有爱的青春陪伴者

图书在版编目（CIP）数据

窈窈春日长 / 阿曜曜著． -- 北京：中国致公出版社，2023
　ISBN 978-7-5145-2125-2

Ⅰ．①窈… Ⅱ．①阿… Ⅲ．①长篇小说－中国－当代 Ⅳ．① I247.5

中国国家版本馆CIP数据核字（2023）第052582号

窈窈春日长 ／ 阿曜曜　著
YAO YAO CHUNRI CHANG

出　　版	中国致公出版社
	（北京市朝阳区八里庄西里100号住邦2000大厦1号楼西区21层）
发　　行	中国致公出版社（010-66121708）
责任编辑	李　薇
责任校对	吕冬钰
策划编辑	娄　薇
封面设计	孙欣瑞
责任印制	周仲智
印　　刷	长沙鸿发印务实业有限公司
版　　次	2023年8月第1版
印　　次	2023年8月第1次印刷
开　　本	880mm×1230mm 1/32
印　　张	9
字　　数	217千字
书　　号	ISBN 978-7-5145-2125-2
定　　价	39.80元

版权所有，盗版必究（举报电话：010-82259658）
（如发现印装质量问题，请寄本公司调换，电话：010-82259658）

作者前言

关于我的乌托邦

  这本算是我在大鱼出版的第三本小说，其实从十八岁开始，我就已经陆陆续续给各个杂志社和网站写文，当然，笔名很多，故事题材也五花八门。

  最初只是因为自己想要看的故事和人设太过冷门，没有作者写过类似题材，我不得不自己给自己"找粮"。

  这六年的时间里，我从只写给自己看，变成了写给大家看。

  我也从默默无闻、无人问津的小作者，变成后来慢慢开始有读者和我讨论剧情、角色，创作同人曲的作者。这种情况让我受宠若惊，甚至还有了自己的读者群。当时，我走上写文这条路已经两年了。

  我记得应该是2016年左右，和文里的言亦溪一样，读者群里随时有嗷嗷待哺的读者问："什么时候更新呀？""大大今天又断更了！"

  那时的我的确是十分快乐，但也十分容易患得患失。为了让更多的人喜欢我的文，喜欢我写的角色，我开始迎合每个读者的意见，把角色改得面目全非，罔顾完整的大纲，把剧情改得一塌糊涂。

连载完结后，的确得到了一些读者的喜欢，可是这篇文也逐渐脱离我原本的故事，连我这个创作者都对它感到无比陌生。

下一篇文，我依旧为了适应当下的热门题材，开始模仿套路，但逐渐变得力不从心，也逐渐对自己产生怀疑。我突然意识到，我已经不再是为我自己而创作，我是为了别人而创作。

我不再是一个活生生的小说写手，我成了流水线上的一名码字女工。

那个时候，我已经写了四年的文了。

彼时，我感觉到了一种莫名的疲惫和迷茫，在日复一日的机械写作中，我好像已经忘记了最适合自己的文风和题材。

我开始变得不会写作了。

刚好这个时候学业繁重，我便把网络上的小说抛在了一旁，努力在现实中找到适合自己的位置。其实我也曾想过不写文了，是否要选择更为安稳的体制内生活。

但是当在现实中遭遇挫折，抑或说当我在现实中被生活压得喘不过气来的时候，只有小说中的世界，是唯一能带给我短暂欢愉和慰藉的最后宝地。

即便我被生活磨平了棱角，但在小说中，我依旧是至高无上的创世神。

于是，我换了个名字，换了个身份，换了个角色，换了个出发地，重新开始摸爬滚打。

我有些时候也会看微博里的私信，也会偷偷看各个平台下的评论和留言，看见表达喜欢之情的读者，我十分感谢，看见表达不喜的读者，我会觉得惋惜。不是为我没能根据读者的建议写出理想的剧情惋惜，只是惋惜自己笔力有限，没办法把这个剧情描写得更加生动有趣。

2019年,疫情前夕,也是这本书刚刚开始写的时候,我与正月初三一起在春熙路逛街,四周人来人往,纷扰嘈杂。我问三哥成为专职作者后写文快乐吗?三哥说只要写自己喜欢的故事,就永远快乐。

回家后,我把这篇文的前三章又重新删改,终于改成了自己满意的第二版。

希望从这篇文开始,我以往的写文经验能重新发挥它的价值,在倾注了我爱的故事中,希望你们能看见我的进步。

2020年,是我写文的第六年。

也是我写文的第一年。

阿曤曤

目录 CONTENTS

{第一章} 求求你们了,让我再淹一次吧,晚了就回不去了! 001
{第二章} 自己这个炮灰居然和拥有金手指的女主角杠上了! 010
{第三章} 这种程度的面膜,怎么能送给她的大腿女主呢! 020
{第四章} 你何德何能,让你的女主角给你道歉! 029
{第五章} 我准备负荆请罪,先去冷宫了 035
{第六章} 沉迷美色的草包皇帝竟然有两副面孔 043
{第七章} 莫非在她心中,琼昭仪的地位比朕还高? 051
{第八章} 我们的目标只有一个!挣钱!挣钱!挣钱! 061
{第九章} 他以往万花丛中过,片叶不沾身,为什么这次耳朵红了? 071
{第十章} 中看不中用,除了美貌一无是处 085
{第十一章} 突然下岗再就业的言亦溪,对未来生活充满了期待 094
{第十二章} 长得好看有什么用!心却硬得像石头! 101
{第十三章} 天黑请闭眼 109
{第十四章} 没有事业的人和咸鱼有什么区别? 119

目录 CONTENTS

{第十五章} 霸道总裁爱上我　　　　　　　　　　127

{第十六章} 凤位易主，指日可待　　　　　　　　135

{第十七章} 琼昭仪受了惊，挑些朕的赏赐送去　　144

{第十八章} 王爷就是太善良，撒谎都找不到个好借口　153

{第十九章} 这些天的真心，终究是错付了　　　　164

{第二十章} 霸道国君纯情妃　　　　　　　　　　173

{第二十一章} 模范夫妇　　　　　　　　　　　　183

{第二十二章} 你好惨啊，宫里的妃子们都不是真心喜欢你的　196

{第二十三章} 我差点以为自己真是你媳妇了！　　211

{第二十四章} 她的妄想该醒了　　　　　　　　　221

{第二十五章} 还好，她没事　　　　　　　　　　235

{第二十六章} 窃窃春日，他是她迟来的奇迹　　　249

{番外} 他依旧会是他的对手　　　　　　　　　　261

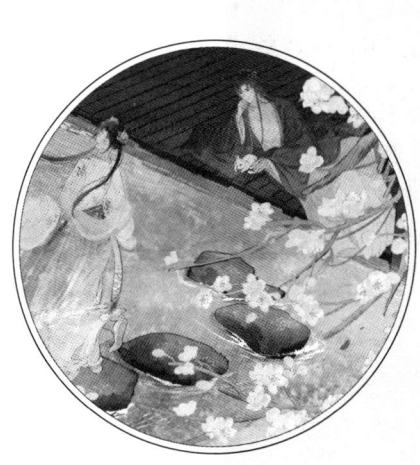

第一章

求求你们了,让我再淹一次吧,晚了就回不去了!

"不好意思，姐妹！我家门口这几天修路，公交车都改道了。"少女穿着宽大的短袖衫，趿着人字拖，头上胡乱扣了顶渔夫帽，一路风风火火地从不远处跑来，笑嘻嘻地露出一对雪白的小虎牙。

"我就知道你肯定会迟到，所以让工作人员改了时间。"被言亦溪挽着胳膊的女生叹了口气，突然脑中灵光一闪，警惕地问，"不对吧，你是不是又在家码字错过了时间了？"

"怎么会呢！我是因为堵车错过了时间好吧！"言亦溪梗着脖子据理力争。

"可你刚刚还说是因为公交车改道？"

言亦溪一时语塞，准备蒙混过关："好了好了，先进去吧。哎！这个游戏怎么玩来着？"

言亦溪大学毕业后，独自一人收拾行李回到了外公曾经住过的老房子里。父母离婚后再婚，各自都有了新的家庭，言亦溪对他们而言，不是累赘，却胜似累赘。

她自己明白，也不再让爸妈费心给她找什么工作，干脆抱着电脑，孤注一掷成了全职写手。好在这片老小区附近的物价不高，她的稿费倒也勉强凑合过活。

"@溪溪 今天码字了吗？大大，今天还有更新吗？坐等投喂！"
"快点发吧！搬好小板凳了！"
"大大！快让皇后领盒饭吧！她太弱了，让女主当皇后吧！"
一过了中午饭点，读者群里的小天使们便成了嗷嗷待哺的幼崽，消息一条接一条，全是来催促她早点儿更新小说的。言亦溪看着几十条消息记录，有些无奈地揉了揉太阳穴。

她正在写的这本小说《绝色宠妃》，讲的是一位名为琼郁的清官之女历经选秀入宫，凭借七窍玲珑心和强硬的手段，从云谲波诡的后宫杀出一条血路，顺利坐上皇后之位的故事。

而刚刚读者念叨想要让她快点领盒饭的角色是书中男主的原配皇后——丞相府嫡女，从太子妃到皇后，一路顺风顺水，仗着有个丞相亲爹在后宫嚣张跋扈，是女主琼郁最大的敌人。

"言亦溪，快点儿，要换装了。"朋友在不远处的化妆间里催促道。

言亦溪连忙打字回复读者："快了快了，还有十多章她就下线了，今天我先请个假，休息一天。"

昼夜颠倒地写了快一个月的稿子，终于有空闲时间来放松一下。

言亦溪早已和朋友们约好，今天去本市最大的一个古风实景探案馆好好玩一天。最近这类实景探案馆如雨后春笋般在本市开了大大小小几十家。玩家进入游戏之前，需要领取自己的身份，并化妆打扮得符合人设，再进入剧情，寻找线索破案，的确有身临其境的感觉。

言亦溪这是第一次玩，还有些忐忑，坐在一旁的等候室里看着朋友们换衣服，忍不住打了个哈欠。这几天为了赶稿，她基本上就没睡个好觉。

渐渐地,她的眼皮开始发沉,似有千斤。

我就眯一会儿……

"娘娘?娘娘!"

耳旁传来一道急促的女声,言亦溪迷迷糊糊地醒来,揉了揉眼皮,在看见眼前的装潢后,顿时瞪大双眼,呆愣在原地——这八宝柜、雕花窗棂、琉璃大插屏、如意美人榻。

天哪!这实景基地也太土豪了吧,连桌子都是红木的!果然门票贵是有道理的,她深吸一口气,东摸摸西看看,暗自感叹道具弄得跟真的古董货似的。

言亦溪条件反射地准备挠头,这才发现不知什么时候自己已经盘起了发髻,插上了珠翠发钗,就连短袖衫和短裤也变成了烦琐华丽的宫装。

"你们也太尽责了吧,我睡成死猪样你们都给我换了衣服……"言亦溪对这家店的服务叹为观止,十分惭愧,十分内疚,"我刚刚没流口水吧?"

小宫女摇了摇头:"娘娘说的是什么话,替您更衣是奴婢的本分,娘娘折煞奴婢了。"

听听!听听!

这文绉绉的用词,这令人折服的演技!

这家店的工作人员不去北影、上戏真是屈才了。

小宫女又神神秘秘地凑到她耳边问道:"娘娘,把人带上来吗?"

人?什么人?

她摸着下巴陷入沉思,突然灵光一闪。是了!估计游戏已经开始了!从这个女生说的话可以推断出,自己现在拿的剧本中角色的身份，应该是一个妃嫔。

那么按理说，现在是该根据线索来破案了。

言亦溪立刻一秒进入剧情，故作深沉地点点头道："带上来吧。"

不多时，几个宫女扮相的人便拖着个披头散发的女人跌跌撞撞地走上前来。还没等言亦溪看个清楚，宫女已经左右开弓打了这女子几巴掌，清脆的声音回荡在空旷的房间内，饶是言亦溪都看得目瞪口呆。

"等等！这个……这个有点过了吧？"

工作人员也是不容易，居然还真打！

小宫女一听这话，拍了拍手上的灰，恶狠狠道："徐美人，只要你老老实实交代如何陷害我们娘娘的，便可饶你一命！"

哦……原来这次的剧本是个宫斗题材啊……

言亦溪一拍大腿，恍然大悟，然而心中依旧疑惑，她依稀记得她们选的主题是龙门客栈啊，是这演员走错片场了，还是她走错片场了？

"言皇后又怎么样，难道就可以不分青红皂白陷害我了吗？"被押着的女人怒骂道，"你有什么证据证明是我把您推下水的，您落水的时候我正在午睡！何况我这一周都没去过御花园，说不定是大雨蒙了您的眼，看错人也不一定！"

看来自己扮演的这个角色还是个大人物！皇后呢！

言亦溪握住一旁宫女的手，感慨万千："你们这家店真的太人性化了，连我的名字都安排进了剧本里，我真的有种我是皇后的错觉了！"

从刚刚清醒到现在，言亦溪已经胸有成竹，觉得自己掌握了剧情的发展。

她大概捋清楚了：自己扮演的角色是言皇后，面前这位狼狈的女子就是害得自己落水的人，那么她现在的首要任务就是找出证据然后破案咯？

思至此，言亦溪也不顾自己的形象了，扶着沉重的发髻开始趴在地上搜寻证据。一般来说，这种密室逃脱类的游戏都会在相关的NPC（非玩家角色）身边留有关键线索，她们当时选择的难度系数为一颗星，只要稍微动动脑子应该就能解开谜底。

众人便看见她们的皇后娘娘跪趴在地上东看看西找找，神色是从未见过的认真。

不仅被压住的徐美人愣了，就连一众宫女也愣了，只有言亦溪还在兴致勃勃地寻找证据中。

"你说这一周都没去过御花园？"言亦溪突然转身蹲在徐美人面前，严肃地问。

被问话的徐美人愣怔半晌，猛然回过神，连忙摇头："没去过！我连端阳宫都没出！我的宫女可以给我做证！"

"可是你刚刚说昨日下了大雨，既然你没有出过你的宫殿，为什么你的鞋底沾了厚厚的一层湿泥？"

言亦溪突然凑近，吓得徐美人猛然后退，顿时结结巴巴："我……我去过，我是天晴了之后去的。"

言亦溪目光扫过徐美人的全身，见她有意无意地把手腕上的银镯往衣袖里藏，连忙眼疾手快地抢了过来，便听一位小宫女惊奇道："娘娘，这不是您入宫之前戴过的镯子吗？丢了好几个月了，原来在徐美人身上！"

咦，这个剧情怎么感觉有点耳熟？

言亦溪在大脑里搜索许久,猛然一拍头。

这不是巧了嘛!她现在写的那本小说里也有这个剧情,更巧的是,也是皇后与一位徐姓妃子的对手戏。

一模一样的剧情,一模一样的台词。

言亦溪很怀疑,这家店的老板是不是自己小说的忠实读者,就连这种毫无技术含量的宫斗情节也照搬进游戏剧本里了。

"我当然知道这个是我的镯子。"言亦溪轻咳一声,开始作弊似的推理,"徐美人进宫之前,喜欢长安街上一家银店的年轻银匠马某,当时马某给徐美人打了一只手镯作为定情信物,没想到被我看上,半路截和给抢了去。"

徐美人顿时一张脸惨白,身如筛糠:"你……你怎么会知道……"

其实我也不想知道,但是这个剧情是我写的,要怪就怪你们老板不用心设计剧情,只知道随意照搬别人的文吧。

言亦溪在心里叹了口气,继续开始她天衣无缝的推理:"徐美人进宫后,发现自己心心念念的镯子原来在我身上,而我由于生活作风极度骄奢,这只银镯子根本没入我的眼,只是随意被丢在桌上。徐美人你嫉妒又愤怒,觉得自己的心爱之物被我糟蹋了,于是伺机报复我,这就是你推我落水的动机。"

她一席话说完,屋中鸦雀无声。

隔了半晌,才传来阵阵低声惊叹,刚刚交代"线索"的小宫女一脸崇拜地望着她:"娘娘,您偷偷调查的吗?真的太厉害了!"

不敢当,不敢当,你们 NPC 也太真情实感了吧?

言亦溪佯装不在意地挥挥手,让他们低调一点:"那我就继续说了啊。"

她在自己身上摸了半天,终于发现在长长的护甲套里有一颗米粒大的珍珠。

这就对了！如果说这家店是按照自己文里的情节来设计的剧本，那这颗小珍珠就是证明徐美人是犯人的关键物证。

她对这家店细致入微的服务是无比佩服，就连这种小细节居然也考虑在内。

按捺住内心的激动之情，言亦溪举起护甲套，厉声道："你还在撒谎，当日我落水的时候，虽然没看见推我之人的模样，但是挣扎之际，我抓扯下了对方鞋子上镶嵌的珍珠。你去看看，徐美人的鞋子是不是少了一颗珍珠！"

言亦溪指了指旁边的宫女，示意她去好好检查一番。

不过片刻，小宫女眉开眼笑地道："是真的！果然是徐美人做的！"她转头呵斥，"徐美人心肠歹毒、执迷不悟，竟敢迫害皇后娘娘，押下去！等候娘娘处置！"

言亦溪这才重新坐回凤椅上，撑着头好整以暇地看着这位女演员被拖下去的同时，尖厉的咒骂声不绝于耳，听得她一阵后怕。

眼看着其他工作人员都走得差不多了，言亦溪这才拉了拉身边宫女的衣袖，感叹道："这个女演员演得好好啊，特别是刚刚骂我的时候，我还以为她真的要冲上来跟我打一架呢。"

小宫女一听这话，笑了："娘娘别怕，您是中宫皇后，谁敢打您呢，不过您刚刚说的那番话真是太厉害了，奴婢佩服得五体投地。"

言亦溪毫不在意地摆摆手："哎呀，都是小事啦，你们老板设计的这个剧情，我之前早就写过了，一模一样的桥段，所以里面的情节我都知道。但是我没有作弊哦，是你们老板不用心，直接照搬我的文。"

小宫女有点蒙。

言亦溪起身理了理衣领,左右张望,有些好奇地问:"不过为什么我没看见我的朋友们啊?这个剧情探案的游戏不应该是一群人玩的剧本杀吗?她们的角色是什么呀?是妃子吗?"

小宫女一愣。

见没人回答,言亦溪扶着头上摇摇欲坠的珠钗,继续问:"这个发饰太重了,我脖子都酸了,我记得我们选的主题是龙门客栈啊,下一场我不想当皇后了,我可以当东厂厂主吗?"

小宫女听得目瞪口呆。

小宫女大着胆子走到言亦溪面前来,伸手探了探她的额头,担忧道:"不对呀,娘娘没发烧啊,怎么说起胡话来了呢?"

言亦溪正在拆发饰的手僵在半空,心中突然涌起一阵不太妙的预感。

"等等……我……我是谁?这是哪儿?"

小宫女一听这话,松了口气,噼里啪啦说开了:"娘娘是不是糊涂啦!这儿是大顺,您是丞相府嫡出的大小姐,如今执掌六宫的皇后娘娘!"

言亦溪深吸一口气,肃然起敬地点了点头,突然提着裙摆就往外跑,把小宫女吓了一跳,连忙追上。

"娘娘,您去哪儿啊?"

"去徐美人把我推下去的那口湖。"言亦溪被众人拉住,拼命想要挣脱开来,眼含热泪,弱小可怜又无助。

"求求你们了,让我再淹一次吧,晚了就回不去了!"

第二章

自己这个炮灰居然和拥有金手指的女主角杠上了!

  与凤鸾宫哭天喊地的景况不同的是,乾福宫却是一派安静祥和的光景。

  大顺天子周宸川捧着书卷沉思,留在他身边伺候的宫女也被他打发了出去。小太监元海抻着头张望了一番,怀揣着各宫娘娘的嘱托,满脸堆笑地捧着一屉食盒进了屋,轻手轻脚地将一碟碟瓷盘从食盒里拿出来。

  周宸川睨了一眼,淡淡道:"放那儿吧,朕待会儿吃。"

  "陛下废寝忘食,当以龙体为重。"元海叹了口气开始碎碎叨叨,"这菜肴凉了可就不好了,陛下还是快尝尝吧,万一有个闪失……咱们大顺可不能缺了陛下啊!"

  拗不过元海的唠叨,周宸川随手拿起筷子夹了一个蒸饺放入口中,一旁的元海见状期盼地问:"陛下觉得如何?好吃吗?"

  "嗯。"周宸川点点头,"还行。"

  "陛下知道这蒸饺鲜香细腻的诀窍是什么吗?"元海凑到他耳边神神秘秘道。

  周宸川不解:"是什么?"

  "是徐婕妤对陛下的爱意呀!"元海献宝似的把一盘盘蒸饺推

到他面前，苦口婆心地劝道，"这一个个不只是蒸饺，还是徐婕妤对陛下充满爱意的心啊。"

周宸川拿筷子的手僵在半空。

"还有这个！这是宋修仪精心准备的爱心大补汤，听说这段时间陛下太过劳累，专门熬制的。"元海佯装拭泪，"宋修仪对陛下的爱意真是天地可鉴，陛下可千万别辜负了宋修仪这么好的女子啊！"

元海从小陪着周宸川一块儿长大，自是知道主子虽贵为太子却资质平平，除了一副好看的皮囊一无是处，说句不好听的就是绣花枕头一包草。

自他登基后，太后薛氏也不指望他能做出什么丰功伟绩，可如今竟然连子嗣都未有。云南王府中同陛下一般年纪的世子，都已经抱了三个孩子了！

丞相府的言大小姐入宫为后，元海打心眼瞧不上这位嚣张跋扈的言皇后，替周家传宗接代的任务，那是决计不能交给这位娘娘的。

言亦溪还不知道自己已经被周宸川身边的小太监踢出局，她撑着头，大脑放空。

她实在是想不通为什么自己睡了一觉起来，连世界都变了。

难怪这剧情！这人设！这国号……怎么这么熟悉！

这个身体的主人不是旁人，正是她写的小说《绝色宠妃》中的言亦溪皇后。

想当初，言亦溪为了满足一己私欲，体验一下人间富贵花的感觉，才把自己的名字安排给了这样一位京城贵女。

可是这作威作福的言皇后拿的不是女主的剧本，是炮灰的剧本啊!

还是女主琼郁最大的敌人,活不过十章的那种!

"娘娘,今日要给陛下送点心吗?"一旁的小宫女茗兰替言亦溪出谋划策,"这几日陛下都没来过咱们这儿呢。"

"这个……还是先不用了。"言亦溪揉揉眉心思索片刻,沉重地叹了口气,"周宸川,他……他不行。"

说到周宸川这个人,言亦溪就想长叹一口气。

对方虽贵为大顺天子,却是一个不折不扣的草包皇帝,闲暇时候便喜欢与各位美人左搂右抱一起赏花听曲,除了脸还说得过去,对朝廷政事是一窍不通,全靠丞相指点。

然而,最为关键的一点是,言亦溪当初在创造这个角色的时候,为了表达自己对花心大萝卜的控诉,把周宸川设定成了一个某些方面患有疾病的人。

虽然这种难言之隐,大顺天子对任何妃嫔都没提起过,但言亦溪知道啊!

毕竟促成这一切的幕后黑手正是她本人。

"什么?不行?哪里不行?"元海有些狐疑地问,"陛下您说您不行?"

周宸川沉重地点了点头,指了指自己的身体,又摇摇头,半晌才幽幽叹了口气。

房间里有那么一瞬间的死寂,片刻后,元海终于回过神来,瞳孔震颤,哭得上气不接下气:"陛下,怎么会这样!老天爷啊!御医呢!快——"

周宸川眼疾手快地捂住他的嘴,恶狠狠道:"你是想让朕的毛病被天下人所耻笑吗！"

元海这才如梦初醒，连忙噤声，又听周宸川皱眉低声道："你明白现在该怎么做了吧？"

周宸川着实想不出拒绝母后把各色美人推到他怀里的方法，加之身边的元海过于忠诚和操心，大顺天子周宸川才不得不出此下策。

元海深吸一口气，严肃道："奴才明白。"

周宸川终于松了一口气，挥挥手，心情十分愉悦道："那你下去吧。"

早知道元海这么好打发，就该早点编个幌子脱身，白费他之前找了这么多借口，治标不治本。

"是，过几日奴才便让礼部商议今年选秀事宜，再去知会皇后娘娘一声。"

周宸川端起茶杯的手一抖，热茶洒了一桌。

"陛下您放心。"元海握住他的手，诚恳道，"奴才绝对不会让别人看出您不行的！"

要想弥补一个缺点，就必须把众人的注意力转移到另一件事上。

元海觉得自己想得很周全，为了不让旁人看出皇上身体有疾，就必须大力扩充后宫，给世人营造一种陛下能行，陛下有金刚不坏之身的假象。

这种任务落在他的肩头，虽然对他来说很是艰巨，但为了陛下的名声，他豁出去了。

"我——"

事情的发展已经完全出乎了自己的预料，周宸川还没来得及解释,元海立马心领神会插嘴道:"陛下是不是觉得这样不妥?万一和各宫娘娘接触多了会被察觉到什么异样?"

周宸川欣慰地点头,看来还是孺子可教。

"陛下放心,奴才自有打算!"元海附在他耳边神神秘秘道,"咱们每晚固定去不同娘娘的宫中溜一圈,等到时机成熟,奴才便会想尽一切办法救陛下出去!"

"等等……"

"陛下放心撩!元海自有招!"

元海一句话,算是一锤定音,这事儿就这么定了。

已是卯时,温柔而缱绻的阳光透过葱茏的繁花茂树,在言亦溪的面容上投映下斑驳而明灭的光影。她倚在树下,随手拈了朵粉嫩的桃花,在瞧见手指鲜红的蔻丹后,脸上浮现出一丝茫然。

是了,她现在已经不是曾经的言亦溪了,从今天起,她的名字叫言亦溪,是大顺的皇后。

终于接受这个事实的言亦溪,认命地叹了口气,扶着宫女茗兰的手慢吞吞地往湖边走。

短时间内大概是不能回去,来都来了,还不如好好想想法子在这异世立足。

言亦溪本来还在盘算现在的场景,到底发展到自己写的那本小说里哪一章了,冷不丁一股大力撞来,撞得她一个趔趄后退几步,差点没站稳摔个屁股墩儿。

"娘娘——"茗兰连忙扶起她。言亦溪稳住身形才发现面前站了一位神色冷傲的女子。

对方着一身青衣,挑着下巴,不卑不亢地行了个礼:"娘娘安好。"

"琼昭仪！"茗兰怒目而视，"你好大的胆子，竟然敢冲撞皇后娘娘！"

琼昭仪？

一声惊雷平地起，吓得言亦溪头晕目眩，一旁的茗兰眼疾手快地扶住她，继而呵斥："要是娘娘有个三长两短，决计不会轻饶你！"

言亦溪连忙回过神来，一把捂住茗兰的嘴，默默流泪。

琼昭仪会不会挨罚她不知道，她只知道自己活不了半年了。

这位琼昭仪不是别人，正是原书中正儿八经的女主角琼郁，言亦溪甚至还没想好自己怎么坚强地活下去，已经在不知不觉中得罪了这位身负主角光环的琼昭仪。

"她不是别人！是琼昭仪！琼郁！"言亦溪紧张兮兮地拉了拉茗兰的衣袖小声道，"你疯了吗，怎么能用这种语气和琼郁说话？"

琼郁作为言亦溪笔下的亲生"女儿"，在原文里可是满了技能，琴棋书画、射箭骑马样样精通，风姿绰约，明艳不可方物。

更为重要的一点是，当初设定这个人物的时候，为了让整本书的节奏更加紧凑，琼郁对付仇敌会以牙还牙以眼还眼，吃亏这种事是轮不到她头上的。

"琼昭仪又如何？"茗兰有些焦急地问，"娘娘您是中宫皇后呀！往日您不是最讨厌这种人了吗？"她有些没明白为什么今日的言皇后行为举止如此古怪。

被茗兰一提醒，言亦溪才拍拍头如梦初醒。

对对对！自己现在是炮灰皇后，人设不能崩，万一被大家看出异样不就麻烦了嘛！

但对上琼郁冷傲的双眸，言亦溪还是有些控制不住地心虚，她轻咳一声，狠狠道："琼昭仪——"

琼郁神色无恙，心中却如释重负。

终于轮到自己了。

她父亲身为国子监祭酒，本是个不大不小的官，但为人清廉，送她进宫后也没有多余的钱财打点，使得她并不能像其他妃嫔一般佩戴奢华的首饰，而正是因为这样，才让她从皇后娘娘面前逃过一劫。

然而她其实知道，言皇后对宫中所有妃嫔都是同样的厌恶，发生在其他人身上的事，自己终究也会遭遇。不过言皇后对她的忽视也成了她头顶上一把悬着的剑，使她终日如履薄冰，不知什么时候会落到她的头上。

今日终于与言皇后正面交锋，看来言皇后果然如其他妃嫔口中所言是个厉害的角色。

"你……你走路怎么不长眼睛！"言亦溪从小到大也没与人起过冲突，想了半天才憋出这一句话，"没看见本宫吗？"

一遇到吵架情景只能当场语塞，想说的话有一箩筐可全都堵在喉咙眼，只能自己气得胸闷。

"的确没看见娘娘，"琼郁福了福身，缓缓道，"转角处草木繁盛，遮掩了娘娘的身影。"

"也是……"言亦溪深以为然地点点头，转角处撞上确实可以理解。

茗兰急了，暗中扯了扯言亦溪的衣袖，声如蚊蚋："琼昭仪……顶嘴……"

言亦溪回过神来，又拿捏腔调，故作严厉地呵斥："你还敢顶嘴！"

"惊扰了娘娘，给娘娘赔个不是。"琼郁再次不卑不亢地福了福身。

以她从前对言亦溪的了解看来，言皇后是个得理不饶人的性子，只要抓住了妃嫔的过错，一定要想方设法好好惩治一番。

"好吧。"言亦溪冷哼一声，满意地点点头，"原谅你了。"

琼郁一怔。

这……这就完了？

言皇后不是应该罚她禁足，再罚她抄写经书吗？

不只是琼郁错愕，茗兰也愣了，半晌才扯了扯言亦溪的衣角，低声焦急道："娘娘您还没惩罚她呢，怎么就放她走了？"

对对对！惩罚！

言亦溪深吸一口气，严肃道："罚琼昭仪——"

她兀自思索半天，既不能得罪这位原书女主角，又不能违背自己骄横跋扈的人设，真是太难了！

"罚琼昭仪这些天不用来晨省了。"为免众人看出自己的心虚，言亦溪又结结巴巴补充道，"我……不是，本宫不想大清早就看见你！"

琼郁愣了。

这也算惩罚吗？

言皇后居然还免了自己每日的晨省礼？

等到匆匆离开琼郁的身边，言亦溪才扶着墙大口喘气。

可怕！太可怕！自己这个炮灰居然和拥有金手指的女主角杠上了！

"娘娘，您刚刚那也算惩罚吗？"茗兰狐疑不解，不应当啊，皇后娘娘什么时候变得这般慈悲了。

"怎么不是惩罚？"言亦溪心虚争辩，"她不来晨省，日后其他妃子便会对她有所猜忌，咱们到时候坐收渔翁之利。"

话虽如此，但言亦溪心中默默给琼郁磕头——女主角你别想太多，我真的只是想让你睡个好觉！

原文中的言皇后为了惩治琼郁，罚她抄写经书不够，还要每日请安时跪上两个时辰。

这种手段，言亦溪是绝对不敢拿出手的，别说让琼郁抄写经书了，倒是琼郁让她抄写经书，估计还有些可能。

眼看着言皇后的背影渐渐离去，琼郁满腹狐疑，实在是摸不透今日言皇后的举动。

按理说以言皇后睚眦必报的性格，怎么会轻易放走自己？还有对方临走时那个心虚又意味深长的笑容究竟是何意？

她从怀里摸出几枚悄悄攒下的金叶子交给身边的宫女，沉声道："你去打探打探，看看言皇后最近有什么动作。"

第三章

这种程度的面膜,
怎么能送给她的大腿女主呢!

傍晚,凤鸾宫。

"娘娘——娘娘——"

老远就听见茗兰的声音从殿外传来,言亦溪甚至还没来得及起身,茗兰已经一溜烟地跑进了屋,弯腰扶着膝盖喘了几口粗气,这才得意扬扬地摇了摇手中的瓷瓶:"娘娘,您托奴婢办的事,都办妥了!"

帷帐中的少女正眯着眼睛打盹儿,享受着宫女站在一旁为她轻摇团扇,一听这话,连忙坐起身,眼前一亮:"真的?快拿给我看看!"

茗兰不敢怠慢,连忙双手奉上。言亦溪接过后细细查看一番,才笑了起来:"不错,就是我要的。"

"娘娘,这是什么呀?"茗兰候在一旁,压低了声音问,"咱们真的要这样对琼昭仪吗?要是其他娘娘知道了……"

"这件事,你不说,我不说,没人知道……"

两人偷偷密谋,没察觉有一道瘦小的身影消失在殿外。

"琼昭仪,皇后果然还想着害您!"小宫女着急禀告,"奴婢亲耳听见娘娘与茗兰说着什么'你不说,我不说,没人知道'……"

与言亦溪身处的凤鸾宫中热闹的景致不一样，锦宁宫里服侍的宫女少了些，自然也冷清不少，小宫女的话在空旷的大殿中倒显得突兀起来。

被这小宫女称为琼昭仪的女子正斜靠在榻上，拨动着皓腕上的一只玉镯，闻言冷冷一笑。

"走吧，去凤鸾宫给皇后娘娘赔个不是。"

"要同陛下说一声吗？"

琼郁摇摇头，神色未变："陛下现在想必还在其他姐姐的宫里玩乐，就别扫他的兴致了。"

周宸川还不知道，自己花心草包的形象早已深入人心。

此时正在进行每日任务的周宸川，正撑着头侧躺在软榻上，享受着一旁徐婕好给他剥荔枝，对方纤纤玉手上的红蔻丹与晶莹透白的荔枝相映衬，更添一番别样的风情。

"今日徐婕好准备的荔枝，似乎更加香甜了。"周宸川对徐婕好赞不绝口，一双桃花眼氤氲一片柔情，后者脸红着撒娇，更是激起周宸川一阵怜爱之心，"徐婕好今日辛苦了，想要什么赏赐，同朕说！"

面前一排披着薄纱的宫女随着靡靡丝竹之音扭动着腰肢，等到音乐声渐入高潮，美人含羞入怀道："今日也快夜深了，陛下不如……"

顿时，周宸川脑子里开始敲响警钟，后背浸出密密的汗珠，看着离他越来越近的徐婕好，他吞了吞口水："这个……这个……"

元海趴在门外偷听，一见进入关键剧情，连忙扯着破锣嗓子吆喝开了。

"陛下——陛下——不好了！皇后娘娘说头疼，怕是旧疾又犯了。"

"皇后?"周宸川这才暗地里松了一口气,立马换上担忧的模样,厉声道,"那还愣着做什么,赶快移驾凤鸾宫!"

一旁的徐婕妤见状,心有不满,但又碍于言皇后的身份,只能悻悻作罢,暗地里又把言皇后给骂了一顿。

等到两人气喘吁吁地从徐婕妤的宫中逃也似的跑出来,元海擦了擦额头上的汗珠,邀功似的嘿嘿一笑:"陛下,我演得好吧?"

"还凑合。"周宸川掸了掸龙袍上的胭脂水粉,打了个寒噤,刚刚见徐婕妤那模样,都快把他生吞了。

"那还去皇后娘娘那儿吗?"

为了把戏演足,周宸川沉重地挥挥手,像是下定了大决心:"去吧,去凤鸾宫的方向。"

"阿嚏——"

此时还在凤鸾宫的言皇后连着打了几个大喷嚏,一旁的茗兰见状,连忙贴心地捧着对襟长衫给言亦溪披在肩头:"娘娘莫不是着凉了?"

"没事,估计有人在说我坏话吧。"言亦溪摇了摇手中的瓷瓶,倒了一点凝胶物在手背上,不知是原料没用对,还是中途出了什么差错,这调出来的面膜竟然是灰绿色的,而且气味也有些不对劲,这可怎么送得出手啊?

"娘娘,这是什么呀?"茗兰候在一旁,好奇地问,"同您原来敷的莹肌玉露散不一样呢,咱们为什么要送给琼昭仪呀?"

给本文的女主角送面膜还需要理由吗?

当然是为了抱大腿更方便啊!

"就叫……急救面膜吧！"原本宫中流行的便是将银耳熬出胶质，加入研磨成粉的桃花，敷在脸上，可她试过，除了让脸变得黏糊糊之外，并没有立竿见影的功效。

这几日，她苦苦思索如何在这深宫立足，脸色发黄暗沉不说，黑眼圈和闭口更是令她苦不堪言。

言亦溪一个人住在老小区的时候，生活拮据，每天敷一次面膜真是叫她肉疼，久而久之，干脆学着自制调和面膜。

去中药店买一大把便宜的药材便足够——只要将白茯苓、生冬瓜、桃花、珍珠、生杏仁磨成粉，用蜂蜜调和后敷在脸上，隔十多分钟洗净，每日两次，肌肤便可白皙透亮，是她急救面膜的不二之选。

"这个当然要让琼昭仪试试，不然我的努力不就白费了嘛。"

琼郁在言亦溪殿外听着屋中传来自己的名字，脸色又冷了几分。凤鸾宫外负责传唤的小宫女回头便见琼昭仪的身影，顿时傻眼，连忙匆匆行了个礼进屋禀报。

"娘娘，琼昭仪来请安了——"

言亦溪顿时大惊，这人来串门怎么都不说一声，她的礼都还没备好呢！

"快快快，把这个面膜藏起来！"

这种程度的面膜，怎么能送给她的大腿女主呢！

然而，说时迟，那时快，琼昭仪已经领着贴身宫女"上门赔罪"来了。

琼郁一脚踏入凤鸾宫的殿门，便见皇后等人正鬼鬼祟祟地把什么东西偷藏起来，一想到今日小宫女的那番话，琼郁便越发觉得言皇后行为古怪。

琼府虽不是钟鸣鼎食之家，但也算是一派清流，琼郁从小到大便十分痛恨这般下作的行为，如今进了宫，成了妃嫔，也一直秉持着淡然处之的原则，从不蹚什么是非浑水，但若是有人想在背后给她使绊子，那她也定要一一奉还。

"琼昭仪怎么来啦？"言亦溪满脸堆笑，生怕惹了这位女主角生气。然而她的笑容看在琼郁眼里，只能算是黄鼠狼给鸡拜年，没安好心。

一旁的茗兰着急地扯了扯言亦溪的衣袖，给她使眼色——您可是皇后啊，怎么还对琼昭仪和颜悦色呢。

言亦溪丝毫没意识到自己的谄媚，毕竟在她看来，琼郁无异于是她的救命稻草，是她活过十章的希望。

"今日不慎冲撞了娘娘，左思右想，还是决定来给娘娘赔罪，特意送了一屉点心给娘娘品尝。"

"费心了！费心了！"言亦溪接过点心随口道，"茗兰，去库房里选个好东西给琼昭仪送去。"茗兰听后去了库房。

又听琼郁笑着问："刚刚还在门外就听见娘娘笑着念到臣妾的名字，不知是什么好事？"

闻言，言亦溪心里咯噔一下。

完了！小秘密被发现了！

可是不对呀，她记得原文里没有这一段剧情啊，琼郁恨不得皇后早日下台，哪儿还有工夫给她送爱心小甜品啊？

"这……"

言亦溪还没来得及编好谎话，又听琼郁笑着问："娘娘桌上放着的物件好新鲜，是宫里新进的面膏吗？"

"这……"言亦溪大脑急速运转，干巴巴地一笑，"是……

是啊……"

琼郁福身点点头，微微一笑："既然娘娘说要赐给臣妾一件物件，臣妾斗胆想向娘娘讨要这款面膏。"

"这……"言亦溪一时语塞。

还真是怕什么，来什么！

言亦溪看了一眼桌上的面膜，尴尬地笑了笑道："这个是我自用的，都用得差不多了，明日本宫差人给你送一个新的。"

"娘娘这才是折煞臣妾了。"琼郁伸手便要去拿放在桌上的瓷瓶。言亦溪呼吸一滞。

这时，茗兰急匆匆地从屋外跑进来，言语中是掩饰不住的欣喜："娘娘，陛下往凤鸾宫来了。"

陛下？

哎呀！现在哪是管她那个草包男主的时候！

言亦溪一心只想把面膜给抢回来。

见言皇后陡然紧张，琼郁更加笃定了内心所想。

看来皇后是怕被陛下发现，那个面膏一定是她私底下准备陷害自己的小手段。既然如此，那为何不顺水推舟，帮着皇后把这个局给做下去。

思及此，琼郁笑意盈盈地打开瓷瓶，欲往脸上擦拭，却被言亦溪一把抢过："这个你应该不喜欢……"

言亦溪还没说完，琼郁已经直接糊了一大坨面膜上了脸。

乖乖！

这可不是普通人的脸！

是本文如花似玉女主琼郁的脸啊！

这面膜不说模样怪，还颜色丑、味难闻，万一起了过敏反应，别说十章了，估计她这个皇后马上就得下线了！

"不不不不！"言亦溪见状，吓得后背一凉，说话都哆嗦了，"茗兰！把面膜抢回来！"

茗兰是个护主的，虽然没明白发生了什么，但还是第一时间站出来抢夺面膜，琼郁身边的宫女自然也不是吃素的。言亦溪虽贵为皇后，然而在琼郁面前，碍于对方的女主光环，又不能用皇后身份压制，场面一度极为混乱。

"皇上驾到——"

屋外传来一道尖厉的嗓音，言亦溪甚至还没来得及回过神，便不知道被谁糊了一脸面膜，跌跌撞撞没站稳，也没看清撞了谁，只听面前一片尖叫吵闹声。

周宸川本来只是顺路来看看言亦溪，他是早有领教这位丞相府嫡女言大小姐的泼辣风姿，当初娶了她为后也不过是权宜之策，对这位皇后他是一向敬而远之的。

"怎么回事？"

周宸川还没迈步进殿内，便见整个内殿一片混乱，皇后和琼昭仪满脸都是灰泥之物，他话音刚落，琼昭仪便被言亦溪一推，像个汤圆一样滚到了自己脚边，而那头的言皇后还顶着一张乱七八糟的脸闭着眼睛四处喊道："别推琼郁！别推琼郁！"

周宸川一愣。

皇后这招贼喊抓贼的戏码，还真是练得越发炉火纯青了。

元海大惊，他身为周宸川的御前太监，早已在言皇后手上吃了不少苦，对方仗着自己丞相嫡女的身份，在宫中横行霸道。

元海心里有了计较，天平自然偏向了琼郁。他哼了一声，颇为不满："皇后娘娘，陛下在此，怎么还敢放肆！"

周宸川见屋中闹作一团，尖叫声吵得他只觉得一个头两个大，原本以为言亦溪这几天安静了不少，没想到她又开始招惹事端。

女人就是麻烦，还不如自己回去喝酒。他不耐烦地挥挥手，转身离开："皇后有失帝后凤仪，罚在凤鸾宫禁足一个月。"

不让言亦溪出去祸害其他人，也算是他做了一件功德大事。

大顺天子匆匆地来，又匆匆地走，言亦溪甚至连自己创作的男主的面都没见过，就被罚了禁足。

然而同言亦溪一样蒙的，还有琼郁。琼郁回到偏殿洗净脸上的污物后，用丝绢擦拭水珠，看见铜镜中的自己后不由得愣了愣。

怎么感觉自己脸上的肌肤好像变得更细腻了？

第四章

你何德何能,
让你的女主角给你道歉!

虽说言亦溪被禁了足,但是每日的晨省是不可少的。

翌日大清早,还在睡梦中的言亦溪就被茗兰给叫了起来,眼皮子都没来得及睁开就已经完成了洗漱、更衣、梳妆等一系列事,最后被赶鸭子上架地给安排在内殿正中心的主位上。

打了个大哈欠的言亦溪,一想到每天都会有十几个花枝招展的女子来向自己请安,心里就把那草包皇帝骂了个遍。

早知道当个皇后这么麻烦,还不如一早就让他领盒饭。

而此时正在御书房批阅奏折的周宸川接连打了两个大喷嚏,他揉了揉惺忪的睡眼,一下子瞌睡都醒了。

"陛下,是不是受了风寒?"元海连忙捧了件披风给他披上,又沏了杯热茶给他暖暖身子。

"没事,就是觉得后背有些阴恻恻的。"周宸川摸了摸脖颈,好像有点冷?

茗兰是言皇后身边的大宫女,自是由她领着各宫的小主进内殿。不多时,莺莺燕燕齐聚一堂,宛如群芳斗艳,各有各的韵味。

言亦溪手一挥,赐座的话语还没来得及出口,便已有人捂嘴轻笑道："宋姐姐今日戴的这套翡翠头面，与皇后娘娘的不分上下呢，想必是陛下亲赐的吧？"说话的是一位白衣女子，模样秀丽温婉，可说出的每个字却像刀刃一般直直刺向另外一名红衣女子。

被她这么一提，众人才条件反射地看向言亦溪，言亦溪被众人盯得一愣，摸了摸自己的头饰，顿时明了。

原来这红衣女子戴了和自己一样的头面。

谁不知道言皇后最不满的便是有人与她穿戴同样的首饰衣服，众人看热闹不嫌事儿小，望向红衣女子的眼神充满了揶揄和嘲讽。

红衣女子不甘示弱，似是愤愤不平，可又有些畏惧地抬头看了言亦溪一眼，这才冷笑一声回呛道："玉妹妹可真是一双慧眼，不过我这套翡翠头面哪里比得上妹妹的玉簪有书香气呢。"

"你——"玉美人一时语塞，这宋修仪的话明摆着就是讽刺她首饰寒酸，她父亲不过是个八品县丞，自然比不得京城中的达官贵人，好在陛下觉得她清秀脱俗，本是她引以为傲的资本，却被宋修仪当众拆穿，气得她一张俏脸通红。

吵起来了！吵起来了！

言亦溪眼看情势不对，连忙清了清嗓子，朗声道："给各位妹妹赐座吧。"

众人这才不情不愿地坐下，言亦溪原本看这一群人暗自较劲还觉得津津有味，像是实景体验了一番真正的宫廷大戏，可到后来终于发现了一丝不对劲！

她想起来了，就说这剧情为何如此熟悉！原来这就是全文第二章的场景！

按照原文的设定，刚刚那位白衣女子就是青州八品县丞府的玉美人，而红衣女子则是翰林院宋波的女儿宋修仪。这时候，原本的言皇后自是怒不可遏，想要狠狠教训宋修仪一番，被女主琼郁当场拦下，对方凭借一张能说会道的巧嘴，将言皇后哄得服服帖帖，还得了宋修仪一个人情。

那么问题来了，言亦溪摸了摸下巴陷入沉思，琼昭仪怎么不说话呢？

琼郁此时正坐在下座，揪着衣角眼神复杂地看向言亦溪。言亦溪被盯得有些狐疑，心中纳闷，便也不敢贸然开口点琼郁的名。

宋修仪刚刚惹了皇后娘娘不快，自是提心吊胆，生怕言皇后借题发挥，当着众妃嫔的面让她下不来台，可等了许久，言皇后也没个动静。她咽了咽唾沫抬头一看，谁知对方却撑着头发呆。

今日的皇后娘娘，好像有点奇怪。

不止宋修仪这样想，其他妃嫔也是心中打鼓，噤若寒蝉。

俗话说得好，事出反常必有妖，今日皇后娘娘这般安静，是不是又在心里打什么坏算盘？

等到各位妃嫔请了安，言亦溪也不知道同这群人聊什么，便如释重负地挥了挥手："那你们就先回去吧。"

不仅言亦溪松了一口气，其余妃嫔也松了一口气。

在凤鸾宫的每时每刻都是一种煎熬。

妃嫔们陆续福身离开，琼郁走在最后，她悄悄地凑到言亦溪身边，低声道："昨日臣妾行事鲁莽，给娘娘赔个不是。"

言亦溪啊言亦溪！

你何德何能，让你的女主角给你道歉！

言亦溪吓得连忙扶起她："没事没事，我压根儿就没放在心上。"

见言皇后好像的确没有发怒，琼郁又斟酌着语句，小心翼翼地问：

"斗胆问问娘娘,昨日那面膏是什么?"

她今日一早醒来,只觉得自己的一张脸细腻光滑了许多,原本琼郁是不屑来讨好皇后的,只是对这面膏的好奇宛如数百只蚂蚁在她心头挠痒痒。

言亦溪一听这话,笑得眉眼弯弯,摇了摇一旁桌上剩的半瓶涂抹式面膜道:"这个还只是我初次摸索的半成品,本来说调制得更完美些再送你的。"

琼郁是真没想到往日里骄横跋扈的言皇后居然真的会送自己东西,顿时有种受宠若惊的感觉,便脱口而出问道:"敢问娘娘,这方子是……"

话一说出口,琼郁才清醒过来。

这是皇后娘娘美颜养肤的方子,怎么会给自己呢!

"这个你不用担心,我做好了会差人……"

言亦溪话说到一半,突然闭了嘴,琼郁也随着她的动作一起抬头,这才发现不知什么时候,身边已经围满了偷听的人。

其余妃嫔本来请完安就准备告退,却不料看见琼昭仪和言皇后窃窃私语,不由得心中困惑,什么时候言皇后和琼昭仪这么要好了?

她们只依稀听见什么"面膏""调制",再细细打量今日的琼昭仪,的确有些与众不同。

"娘娘,莫非是做了什么养肤的药膏?"

后宫中最不缺的就是年轻貌美的女子,而女子们百谈不厌的话题自然与胭脂水粉脱不了干系,一讲到这个话题,那就是言亦溪的长项了。

"是做了一些面膜,日常补水,坚持敷一周,能让皮肤光滑细腻。"言亦溪突然想起这面膜正是女人们喜欢的,要是各宫妃嫔都需要,她完全可以趁此捞上一笔横财呀!

她隆重地把琼郁推到众人面前,开始重点介绍此项新业务。

"各位请看琼昭仪的脸!是不是光滑白皙又细腻了?只要一两银子,就可以拥有能用一个月的面膜!这可太划算了!"

各位妃嫔一听这话,面面相觑,虽然很是心动,但是……

"娘娘,我想买!"

有人带了头,众妃嫔终于能松下一口气,纷纷开口:

"娘娘!我也想!"

"我也想——"

"还有臣妾!"

厅中齐刷刷举起的手如雨后春笋,言亦溪满意地点了点头,吩咐身旁的茗兰好好统计名单。而这时,与言亦溪佩戴同套翡翠头面的宋修仪犹豫半晌,也想举手,被言亦溪拦下。

"你不用敷这个。"

第五章

我准备负荆请罪,
先去冷宫了

　　宋修仪一颗心顿时如坠冰窟,想来一定是因为自己佩戴了同皇后娘娘同样的首饰,令言皇后对自己有所怨言,自己被针对也是正常的。她眼眶通红,但还是要强地挺直腰板,正欲福身退下,又被对方拉住。

　　"你还年轻,脸上都是满满的胶原蛋白,天生丽质,做好日常保湿就行。"

　　宋修仪有一瞬间的愣怔,言皇后说的什么"胶原蛋白""保湿",她没听懂,但是对方夸自己"天生丽质",她是听懂了,不免有些羞赧地低头。

　　"等我过几日想想怎么弄面霜,到时候分你一瓶。"言亦溪说完又歪了歪头仔细打量宋修仪。

　　宋修仪被她瞧得后背发凉,又听对方说道:"不过你这个妆不行,太显老气,得换换。"

　　老气?宋修仪心下大惊,连忙抚上自己的面庞。

　　在座的都是京城贵女,画的都是京城流行的妆面,一听言皇后的意思,似乎她在这方面有所造诣。宋修仪连忙屏息以待,想听听对方的见解。

言亦溪站在高处打量了一圈厅中的众人,终于发现了她们身上的不对劲来源于何处。

古代是没有粉底液的,所谓的"粉"不过就是白粉压制成的粉饼。可所有人的粉饼都是一个色号,而且为了追求过度的白皙,添加了大量铅粉,不仅会造成妆感假面,长此以往,铅元素沉淀进皮肤还会造成色斑、中毒等情况。

"敢问娘娘,有何指教?"宋修仪壮着胆子小心翼翼地问。

"指教说不上,只能算是教你们一些小技巧。"言亦溪回头轻唤来茗兰,低声吩咐几句,茗兰便小跑着离开了。

古代的美妆技术比起现代来说,到底还是差了一条马里亚纳海沟的距离。言亦溪见厅下众人兴致勃勃地看着自己与宋修仪,不由得起了兴致,咳嗽几声清了清嗓子,正色道:"本宫现在要请宋修仪帮忙给大家演示一下妆面小技巧,想要听课的就留下,不感兴趣的可以先退下了。"

皇后娘娘私人配方,现场教学,谁会想离开?

众人对视一眼,连忙坐在自己的座位上,目不转睛地盯着言亦溪和宋修仪。等茗兰捧着瓶瓶罐罐回来后,言亦溪又让宋修仪洗净了脸,这才开始她的首次授课。

宋修仪是标准的瓜子脸,柳叶眉、杏眼薄唇,唯一缺陷就是鼻子的山根有点塌,估计是年纪太小,双颊还有些婴儿肥。洗去铅华的宋修仪端端正正坐在言亦溪面前,连忙闭上眼睛,等待皇后娘娘替她梳妆打扮。

"宋修仪的肤色本来就很白皙,根本不需要追求太白的妆面,这只会让人觉得非常僵硬和死板。"言亦溪从笔筒里挑出一支毛笔，在她山根的地方点了点，"首先，宋修仪的面容没有什么大的缺陷，小瑕疵便是山根太平，脸颊的肉有些圆润，请问大家，如果鼻梁太平，要怎么修正？"

琼昭仪一听这话，连忙回答："把鼻子弄挺一些！"

"非常好，但是——"言亦溪话锋一转，继续问，"但是短时间内要让鼻梁看起来高一些，有什么办法吗？"

众人冥思苦想，言亦溪从一堆瓶瓶罐罐中摸出了一碟小盘子，用软毫毛笔蘸取粉末抖落余粉，莞尔一笑道："这就要用到我们的修容粉了。"

与热闹的凤鸾宫不同的是，今日的御书房格外冷清。

大顺天子周宸川一手撑着头，另一只手捂着嘴打哈欠，他本就不喜欢批阅折子，看着文武百官递上的奏折，觉得头都大了。

"今日还没人来送点心？"

不应当啊，这都几时了？

要是放在往常，他这御书房天天是人满为患，门槛都快给踏平了。

这东西六宫的妃子们各个暗中较劲，做的糕点是一个比一个好吃，久而久之御膳房知道各宫娘娘们会送点心来，便取消了在这一时间送膳。周宸川是万万没想到，自己会有饿肚子的时候。

"没呢。"元海从殿外匆匆进了书房，恭顺道，"今日各宫的娘娘们都还在皇后宫里请安呢。"

"请安？"周宸川摇摇头，"估计又是把她们给扣下来训诫了吧。"

言亦溪还不知道，自己在天子心中的好感度早已崩塌成为负数，她正全神贯注给宋修仪的脸修容。

古代是没有修容粉的,她昨晚在宫里捣鼓半天,把珍珠粉混合一些褚粉压实,色泽较为靠近古铜粉的光泽,只是颜色稍微淡一些。

古代女子不用追求上镜的轮廓感,只要自然就行。

"宫里没有称手的化妆刷,先用一支蓬松的毛笔给大家演示,等日后我再给大家讲解一下不同化妆刷的用处。"言亦溪小心翼翼地抖落毛笔上的余粉,在宋修仪眉头处开始沿着鼻梁慢慢涂抹。

是时候展示真正的技术了。

不多时,等宋修仪再次睁开眼后,见到的便是其他妃嫔愣怔的模样。

该不会是自己的脸太奇怪了吧……

宋修仪有些紧张地抚上自己的面庞,便听见一向与她不对付的玉美人喃喃自语道:"真的感觉变了……"

其余妃嫔更是惊讶不已,纷纷交头接耳,眼眸中洋溢着发现新大陆般的激动和惊喜。更有个别胆大的妃嫔已经发现今日的皇后娘娘不似往常那般恐怖,便讨好般追问:"娘娘是用了什么法子,不如教教我们!"

言亦溪点点头,看来宫里女子接受新鲜事物的能力非常优秀,学习势头高涨,假以时日,在宫里开办她的美妆课堂不是梦。

"现在开始讲的是重点,每个人做好笔记,我会随机抽查!"

围观妃嫔纷纷如梦初醒,连忙吩咐身旁的贴身宫女把皇后的话记在心头,各自死死盯着言亦溪,生怕漏掉一个细微的动作。

"这个就叫鼻影,目的是为了让鼻子更为挺直,但是切记,一定要遵循少量多次,并且从眼窝处开始涂抹,会更加自然,听明白了吗?"言亦溪随手一指不远处的一位粉衣女子,严肃道,"你刚刚在开小差,重复一遍我的话。"

被点名的粉衣女子还沉浸在宋修仪小巧挺直的鼻梁中,猛地被点名,连忙起身开口:"少量多次,眼窝过渡!"

"非常好!"言亦溪满意地点点头。

被夸奖的妃嫔双颊一红,平复下内心的激动之情后缓缓落座。难道从前皇后娘娘的骄横跋扈只是她同我们开的一个玩笑,实际上娘娘是这般平易近人。

"你们都会画画,便应该明白这便是光与影的作用。"言亦溪负手踱步,正色道,"想要隐藏的地方,我们就需要用影子遮盖,想要突出的地方,便需要用光来凸显,也就是化妆的作用——放大你的优点,缩小你的缺点。"

各宫妃嫔倒是头一次听到这种说法,不太明白却又觉得很有道理。

原来妆容还有这般讲究,纷纷不约而同地摸了摸自己的双颊。看来皇后娘娘果然是京城中的标杆人物,日后讨好皇后娘娘才是不二法门。

眼看着厅中的妃嫔们陷入沉思,言亦溪觉得现下时机成熟,正是借此机会推广副业的好时候。

日后致富发财可就不愁了!

她便朝一旁的茗兰使了个眼色,后者心领神会,清了清嗓子朗声道:"各宫小主请安静,咱们娘娘有话要对大家说!"

"女子妆面这种事,里面的学问可太多了,咱们日常只敷铅粉、抹胭脂、涂口脂、贴花钿,太过千篇一律,并不能把每个人的优势都显露出来。"言亦溪佯装无奈地揉了揉眉心,"其实本宫不太想开课的,太累了,出力不讨好……"

言亦溪话虽没说完，其他妃嫔可都是一等一玲珑心的妙人，岂能听不出她的言外之意，见状连忙起座，盈盈福身，异口同声道："请娘娘赐教——"

"赐教可以，只是……"言亦溪故作为难，"这学艺的……"

她现在虽贵为皇后，但以她对剧情的了解，不出几章就会落得一个人走茶凉的下场。今日见到这群口蜜腹剑、笑里藏刀的妃子，言亦溪深知自己怕是连十章都活不过，还不如自己趁早远离，搬去冷宫躲躲是非。

但要是去了冷宫，那金子银钱才是急需的物资。

茗兰是个机灵的，虽不知道自家娘娘的打算，但还是顺着言亦溪的话头继续说道："各宫小主若是想来听娘娘授课，便可三个月交一次束脩以作学费，不同品级交纳的银钱不同。若有想学的可来奴婢这儿报名。"

原本各宫的妃嫔心中还有所顾虑，一听茗兰的话，顿时放了心。银钱对她们来说不过是小事，能从皇后娘娘那儿学到化妆的皮毛，日后在陛下面前得个青眼，才是稳赚不亏的。

"娘娘，我，我报名！"

"还有我！娘娘，每周什么时辰上课呀？"

"娘娘除了妆容还会讲解其他的吗？"

这一群七嘴八舌的妃嫔在言亦溪看来，无异于一群会说话的银子。

言亦溪一边督促茗兰登记，一边笑眯眯地回答："都讲都讲！妆容、发型、穿衣、护肤，应有尽有！只要你有银子，本宫都讲！都讲！"

别说是讲课了，就算是当她们的私人造型师，她也可以呀！

等到送走各宫妃嫔，茗兰才笑着捧着一沓纸走上前来："娘娘可真厉害，东西六宫的小主们全都报名了。"

"活到老，学到老嘛。"

言亦溪正皱着眉头同毛笔作斗争，写出来的字宛如弯弯扭扭的毛毛虫。

一旁的茗兰好奇凑上前来，看了半晌，惊呼道："娘娘，您写的这人是谁呀，目中无人又骄横跋扈，要是放在宫中，那是要被打入冷宫的呀。"

言亦溪深以为然地点点头，沉痛道："是啊，所以我准备负荆请罪，先去冷宫了。"

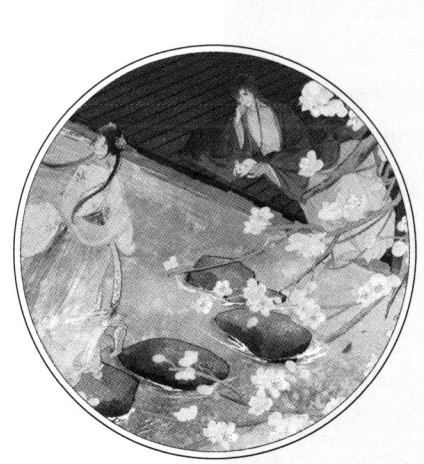

第六章

沉迷美色的草包皇帝
竟然有两副面孔

凤鸾宫有那么一瞬死一般的寂静。

半晌,茗兰才找回自己的声音,结结巴巴问道:"娘娘……您是说……您要去冷宫?"

她想不明白呀,这冷宫是后宫所有妃嫔讳莫如深的地方,避之如毒蝎,为什么皇后娘娘还准备自己搬进去?

"为了避免皇帝当着众人把我赶出去的尴尬场面发生,不如先发制人。"言亦溪掸了掸手中的纸,上面列举了她大大小小十宗罪状,不能定死罪,但也不能让皇帝就此罢休。

茗兰一听这话,顿时慌了神,扑到言亦溪身上,哭得上气不接下气。

"娘娘……嗝……虽然陛下不重视咱们凤鸾宫……嗝……您也不能这么作践自己呀……"茗兰一哭就打嗝,险些翻个白眼昏过去。

言亦溪叹了口气,一把拉起她,正色道:"茗兰,你说实话,原来在宫里,大家是不是都不喜欢我?"

岂止是不喜欢,那完全是见了都得绕道走,生怕被皇后娘娘抓住小辫子,被狠狠教训一顿。

可这话茗兰不敢给言亦溪说,只能擦了擦眼泪,闷声闷气道:"娘娘多虑了,她们是嫉妒您的皇后身份,千方百计地想要算计您呢。"

"那你说为什么这些时日,陛下都没来过凤鸾宫?"言亦溪反问道。

茗兰一时语塞,想了想,才低声道:"没准儿是陛下忙于国事,太过劳累了。"

其实茗兰不说,言亦溪也都知道。

原本书里的皇后言亦溪,就从来没走进过皇帝周宸川的心里。当初周宸川娶她不过是迫于无奈,而后除了大婚之时,两人几乎并无交集。

既然她要抱琼郁的大腿,那还不如竭尽所能地撮合自己创作的男主和女主,这浑水她不蹚了!

大顺天子周宸川自是不知自家皇后如此具有奉献的大爱精神。

周宸川依旧在例行每日任务,这一站来到了琼郁的锦宁宫。对于这个琼昭仪,他了解甚少,而今日不知为何,对方似乎对自己颇为冷淡,给他沏了一壶茶后便捧着书卷坐在一旁看书。

他也乐得自在清闲,最好宫里其他妃嫔都向琼昭仪好好学习。

"陛下——"

这时,一道尖厉的嗓音打破了殿内的融洽,元海气喘吁吁地跑进来,慌张不已:"陛下,不好了!皇后娘娘要去冷宫!"

"冷宫?"

"什么?"

不仅周宸川满脸疑问,就连正在看书的琼昭仪也扔下书本,困惑地问:"娘娘怎么会去冷宫?"

周宸川脑海中陡然出现言亦溪叉着腰训斥旁人的画面,竟没来由地松了口气。

"皇后既然有远离尘世的心,那就——"

他话还没说完,又听琼郁连忙向他求情。

"陛下,娘娘今日才送了臣妾诸多好物,又给臣妾讲了许多宫中的规矩,是不是有什么误会?娘娘不像是想不开的人。"

周宸川有些意外,意外的倒不是皇后言亦溪突然要搬去冷宫,而是一向与她不对付的人竟然还帮着她说话。

言亦溪身为丞相府嫡出的大小姐,在后宫一向行事高调,好几位妃嫔都来他宫中撒娇时埋怨皇后又责罚她们,他为了哄这些妃嫔开心,扔出去不少银钱。

这个言皇后实在是让他很头疼。

"奴才觉得,皇后娘娘这是在给陛下您提个醒呢。"元海一向不喜欢这位皇后娘娘,自然对她没什么好脸色,忍不住在周宸川面前冷哼一声道,"娘娘怕是觉得陛下多日未去凤鸾宫,同陛下闹情绪吧。"

周宸川摸摸下巴,深以为然。

"罢了,既然她这么想去,那便如她所愿好了。"

言亦溪还在宫里挑选着给琼郁送的大礼包,便瞧见自己宫里的小宫女急匆匆从外面回来,哭丧着脸凑在茗兰耳边轻言几句。

茗兰脸色逐渐凝重,半晌低声叫道:"娘娘……"

"怎么了,陛下同意我的要求了?"言亦溪头也不抬地挑挑拣拣,眼影是要的,口红也需要,面膜不能落下,修容和高光也要给琼郁一份。

"是。"茗兰神色复杂,"不过陛下似乎和琼昭仪闹得不愉快……"

"他们怎么还吵架了?"言亦溪丈二和尚摸不着头脑。

自己去冷宫,不管是对自己还是对琼郁,那都是好事一件。

"娘娘,都什么时候了,您怎么还关心琼昭仪呀,陛下这次还免了您的宫份呢!"

所谓宫份便是妃嫔们每个月领的月俸,虽然言亦溪背靠丞相府,自然是吃喝穿用皆不愁,但在她宫里侍奉的下人加上宫中诸事的打点,都需要银子。陛下这轻飘飘的一句话,便是要把娘娘往绝路上赶呢!

茗兰这才有些着急,原本还以为娘娘只是在同陛下赌气,可见娘娘这满不在乎的架势,倒是真准备去冷宫待上一阵子。

可那冷宫是什么地方!历年来禁锢废黜妃嫔的高墙深院,是永不见天日又阴冷潮湿的牢笼。

"我知道啊,所以我才收钱开办学堂,不然我们日后哪儿来的银子花?"言亦溪知道这小丫鬟替她着想,可现在不是享受荣华富贵的时候,保命才要紧。

她坐在茗兰面前,拉着茗兰的手正色道:"我从前因为仗着有个丞相爹爹树敌无数,陛下不爱我,太后不重视我,日后若我爹爹倒了台,谁能帮我?只有早日脱离这场旋涡才能保自己一命。"

要想把希望寄托在那草包皇帝身上,还不如寄托在貌美如花的原书女主琼郁身上。

茗兰似懂非懂地点了点头,擦去眼角的眼泪,笑了。

"娘娘说的是,咱们不能靠陛下,只能靠自己。"

等凤鸾宫的主仆说完这句话,周宸川只觉屋中陡然冷了几分,再在琼昭仪的宫中待下去，估计人都要冻傻了。

他佯装生气拂袖而起，给自己找个台阶匆匆离开琼昭仪的偏殿。

望着周宸川的背影消失在茫茫夜色中，琼郁身旁的大宫女才试探着问："娘娘刚刚为什么要帮言皇后求情？"

"只是觉得皇后也是个可怜人，陛下风流多情，从来就没将她放在心中。"琼郁叹了口气，又想起言亦溪给自己送礼时亮晶晶的双眸，也许这深宫之中，她连一个知心的朋友都不曾拥有。

"可是娘娘刚刚似乎把陛下得罪了。"

"这又有什么关系。"琼郁淡淡道，"陛下同我也不过是逢场作戏罢了。"

周宸川从锦宁宫离开，周身便融入夜色之中，刚才他眼中的玩世不恭逐渐消弭。

"我这儿没人了，出来吧。"

他话音刚落，屋内阴暗处缓缓走出一身劲装打扮的男子，当即单膝下跪拱手行礼："参见陛下——"

周宸川随意点点头，算是打过了招呼："查得怎么样？"

"朝中有十名大人似乎与太妃有所联系，只是他们行事隐秘，一时还无法探清所有，然而最先露出马脚的便是辛大人，也是辛才人的伯父，属下猜测……"

"朕知晓了。"周宸川撑着头嗤笑一声，拖长了语调叹了口气，一双眼眸满是冷意，"看来这太妃还是学不会安分。"

要是往常周天子说出这番话，定是满堂皆惊，然而这低头复命的暗卫却神色未动，似乎早已料到陛下会是这般反应。

自从太上皇驾崩后，太后薛氏与太妃温氏便深居简出，除了出席祭祀宴席外，其余时间都与青灯古佛为伴，为苍生黎民祈福。久而久之，就连太后薛氏似乎都忘了，温太妃乃前朝公主，周家即为她灭族之人。

而周宸川虽是太后薛氏所出，但并非嫡长子，在诸皇子中排行第三。

就在大顺四十八年时，太子在十一岁生辰宴上失足落入池塘淹死，同日温太妃的儿子周寻云出生，那年，周宸川三岁。

丧子之痛令当时的皇上难以自拔，但老五周寻云的出生却让他看见了希望，仿佛这正是长子以老五的身体重新来这人世间。皇上本是想一意孤行立这个牙牙学语的婴孩为东宫太子，却被诸位老臣拦住，而后迫于无奈才把这个东宫太子的名号给了同为薛太后之子的周宸川。

说来也怪，周宸川的其他几位手足在而后的几年中，战死的战死，病死的病死，公主们远嫁离开皇城，留在宫中的便只有他与老五周寻云。

短短十年间，皇上身边便只剩周宸川和周寻云两个儿子，周宸川从小憨傻，沉迷吃喝玩乐，学习不用功便罢了，即便用功也赶不上周寻云一半。

每当皇上气得吹胡子瞪眼时，彼时的皇后薛氏总是护住周宸川，让他免于责罚，而这也让皇上颇为不满，对周宸川的期望便随着他母亲的哭喊一点点烟消云散了。

而周寻云不一样，虽然年纪尚小，却能文能武，十二岁那年便在秋猎上猎得一头幼鹿，意气风发，对比窝在帐篷里看表演的太子周宸川，他是天生的战神。

温太妃这般有恃无恐，周宸川是能理解的，毕竟殷王周寻云兵权在手,太上皇又沉疴离世,自己的母后薛氏是个与世无争的性子,这才让她越发嚣张起来。

毕竟在她心中,现下大顺的天子不过是个沉迷美色、荒淫无道的庸君。

"再好好盯着他们,至于辛才人和玉美人,先别急着下手。"周宸川缓缓笑了,深邃的眼眸闪烁着危险的光芒,宛如蓄势待发的猎豹,忍辱负重、藏敛锋芒。

"让他们自己露出马脚。"

言亦溪还不知道自己笔下凉薄冷淡的女主角琼郁已成了自己的"姐妹"。

她只是在沉思一件事——

宫里没有手机和 WiFi,要怎么打发无聊的时光呢?

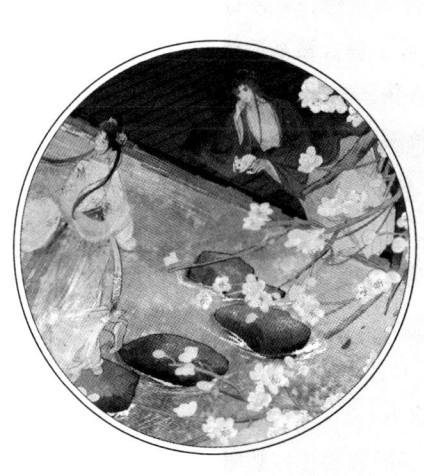

第七章

莫非在她心中,
琼昭仪的地位比朕还高?

无聊的时候,最好的化解办法,就是给自己找乐子。

美容小课堂开班之前,言小溪冥思苦想,觉得自己应该找几个托儿来当群众演员烘托气氛。茗兰等丫鬟自然是已经在名单之中,除此以外还需要找个地位高一点的人物,这样才有信服力。

"娘娘,咱们得找谁啊?请那位来帮我们吗?"

"我怕有些唐突,他对我印象本来就不好,这样会不会太麻烦他了……"

"娘娘别多心,奴婢觉得,只要您真诚一点,对方总会被您打动的……"

片刻后,一道黑影出现在乾福宫内。

脸上盖着《战国策》的大顺天子周宸川正打瞌睡,暗卫罗十八有些不自在地轻咳一声。

他自是知道陛下是个扮猪吃老虎的主,可以往只当陛下不爱看书是为掩人耳目,而后才知道原来陛下是真的不喜欢看书。

完全就是本色出演,根本没有作假的必要。

周宸川被猛地惊醒，这才扒拉下脸上的书，揉了揉惺忪睡眼，打了个大哈欠道："言亦溪今日怎么样啊？"

言亦溪毕竟是言老丞相的宝贝闺女，总不能真的让言亦溪去冷宫受罪，他周宸川还没过分到这种地步。宫女、打杂的小厮，派去伺候的人一个没少，除了免了言亦溪的宫俸当作小小惩罚，那冷宫打扫得可是干干净净、舒舒服服，权当给她度假之用了。

以防万一，他还专门派了一个人盯着言亦溪的举动，就怕对方想不开，暗地里报复其他妃嫔，还得他来收拾烂摊子。

"娘娘今日倒是没惹什么事端，只是最近似乎正准备做点什么事，还说想要麻烦您帮忙疏通关系，又怕打扰了您，所以一直在想法子。"

"怕打扰朕？"周宸川瞌睡醒了一大半，连他自己都有些不可置信，狐疑地问，"她什么时候这么听话了？"

还学会替别人着想了？

这是言亦溪吗？是小时候那个吆喝一群鹅来追着自己咬的言亦溪吗？

不应当啊！看来冷宫果然有冷宫的妙处，周宸川长吁一口气，默念阿弥陀佛，老天开眼。

"既然如此，那朕就不计前嫌，等着她上门求朕帮忙吧。"周宸川表面毫无波澜，内心却十分满意言亦溪变得懂事的行为。

看来言亦溪还是知道，宫里谁的地位最高的。

为了能让琼郁和自己的关系更进一步，言亦溪这回是真的下了血本，从库房里挑选了珠钗玉石就罢了，各类护肤品、化妆品也收拾了几大檀木盒。

等她吩咐着宫女、小厮们把这些一箱箱抬到锦宁宫时，站在一旁看了半天的茗兰，终于忍不住问了："娘娘，咱们为什么要去巴结琼昭仪啊？"

"这哪是巴结？"言亦溪有些心虚地狡辩，"咱们在冷宫，后宫的局势是不清楚的，只能靠琼昭仪帮忙传达，这是给她的劳务费。再说了，琼郁身为昭仪，那也是九嫔之一，宫中没有四妃，她便是仅次于我的妃嫔。"

"娘娘怎么不去找太后和陛下呀？"茗兰有些好奇，"太后可喜欢您了呢，这两位在宫里的地位可比琼昭仪高多了。"

薛太后和温太妃是不可能当她的托儿，至于那个草包皇帝，还是算了吧。

言亦溪心中叹气，周宸川才是大顺皇宫里地位最低的，身为傀儡皇帝就算了，最后还被琼郁给抢了皇位，实在是太惨了。

周宸川当然不知自己已经被皇后吐槽得体无完肤，还撑着头眼巴巴地看着殿外。

"几时了？"

"回陛下，已经未时了。"

距罗十八从皇后的宫里出来都过去两个时辰了，她怎么还不来求他帮忙呢？

元海匆匆进殿，禀告周宸川："娘娘已经从锦宁宫回去了。"

锦宁宫？

不是说要来找朕吗？

周宸川有些怀疑地看向一旁的罗十八："你到底有没有听清？"

罗十八才觉得冤枉，自己在宫中所有暗卫里排名第一，任何细微的风吹草动都逃不过他的耳朵，陛下居然还怀疑他耳朵出了毛病。

"千真万确！属下的确听见了娘娘想找地位最高的人寻求帮助。"罗十八这话一说出口，整个乾福宫都沉默了。

不知过了多久，才见周宸川摸了摸下巴，沉吟片刻道："莫非在她心中，琼昭仪的地位比朕还高？"

话题一时变得微妙起来，吓得元海连忙上前劝阻："陛下！这个是大事儿啊！万万不可忽视！皇后娘娘自从嫁入宫里，祸害了您不够，现在是准备祸害琼昭仪了！"

使不得！使不得！

周宸川突然有些头晕，觉得后宫开始超出了自己的掌控，为了平复心情，他给自己倒了一杯茶冷静冷静。

"陛下，奴才斗胆说一句，皇后娘娘这是觉得求爱不成，所以转移目标——要把您的妃子都抢走啊！"

周宸川手一抖，热茶溅到手背上，烫得他一个激灵。

"……过几日朕去看看她。"

自从知道了言亦溪的种种异常情况后，深夜的乾福宫中，周宸川还在龙床上辗转难眠，看着房梁发呆。

一颗心说急也急，说不急也不急。

对于后宫的莺莺燕燕，他是没什么感觉的，只觉得大家都是好看的姑娘，除此之外，心中没其他的想法。

周宸川从小在宫中长大，见过的美女数不胜数，早已不觉新鲜。加之如今大事当前，儿女情长自然都是逢场作戏，掩饰自己的方法罢了。

可万万没想到，中途杀出来一个言亦溪！

照言亦溪的意思，是要把他的后宫给弄解散吗？自己现在没有意中人，不代表日后没有啊！

周宸川还记得小时候，言丞相的女儿言亦溪就是个天不怕地不怕的主，比宫里的公主还威风。她曾经还在青云山庄撺掇一群白鹅追着他跑，吓得他头一回领略到白鹅的剽悍之处。

他娶言亦溪不过是碍于丞相的面子，实在是对这个皇后没有几分真感情。

大顺天子周宸川忍辱负重二十余年，在这一刻，突然对自己产生了深深的疑惑——他是不是装得太过头了？

而后几日，周宸川才发现自己的担忧并不是多余的。

自从言皇后搬入冷宫后，大顺天子便发现每日围在自己身边的妃嫔人数以肉眼可见的速度骤减，在御书房的每日每夜，都只能与元海为伴。

"今日薛修仪没来？"周宸川用笔杆子支着额头，有些郁闷。薛修仪虽然总是爱争宠，可做的福禄饼比御膳房的好吃多了，这些天竟然连个人影都没看见。

"薛修仪说她头痛的旧疾犯了，在宫里休养呢。"

周宸川点了点头，又困惑地问："那徐婕妤怎么也没来了？"徐婕妤也是一有空就往御书房跑，弄得他好几日都躲在乾福宫不敢出来。

"徐婕妤说她胃疼的旧疾犯了，在宫里休养呢。"

今天是什么日子，怎么都在闹生病？周宸川想不明白，是不是往常他在菩萨面前许愿解救他，被老天爷听见了？

罢了，有些事情急不来，还不如接着做自己的事。周宸川食指弯曲，轻叩桌面，一双眼眸逐渐恢复清明。从前些日子得到的消息来看，估计辛才人最近会伺机接近自己，从他口中套取关于大顺的机密吧。

"去看看辛才人在做什么。"

"奴才这就去看看。"

长门宫离乾福宫相距甚远，一直以来都是宫中堆放杂物，处置被冷落的妃嫔的场所。元海没去过几次，只记得是早已荒废多时，杂草快比他人还高的地方，却没承想一踏进长门宫，只觉四周葱翠绿茵、百花开放，香味馥郁。

他本是奉周宸川的口谕去端阳宫请辛才人，却吃了个闭门羹，多方打听才知道原来今日诸位娘娘都在长门宫听皇后娘娘授课。

授的是什么课，怎么个授法，让他摸不着头脑。

穿过秾丽繁花，只听院落里不时传来一阵阵整齐而清亮的声音。元海小心翼翼地扒在门外偷看，只见言皇后正站在稍高的阶梯上，取了烧得通红的烙铁在其中一位端坐的女子面前比画。

元海心里咯噔一下。

坏了！

皇后娘娘这是准备在宫里滥用私刑啊！他后背顿时冒起一阵冷汗，大脑开始飞速运转——估计是自己让陛下多去各宫娘娘那儿走动，令皇后娘娘醋意大发，她不敢得罪陛下，只能拿这些妃子开刀。

元海紧张地扒着门框，心里开始做起激烈的斗争。

虽然他惜命怕死，可皇后娘娘在宫里横行霸道也不是一两天了，这样下去，要是出了人命可怎么办！

元海，你不是一个人在战斗，你是为了陛下的安危！要是朝堂众臣知晓此事，一人一口唾沫星子都能把陛下给淹死。

一想到这儿，元海便没那么怕了，他深吸一口气，心中默念我是为了大顺江山，陡然一股正气存于心间，大步迈向言亦溪。

"皇后娘娘！住手——"

言亦溪正在给徐婕好烫发尾的卷儿，听见元海的声音，差点把徐婕好的头皮给扯下来。其他妃嫔也在小心翼翼地围观皇后娘娘的举动，大气儿都不敢出，被元海这么一搅和，吓得差点儿灵魂出窍。

元海话一说出口，便感觉几道眼刀狠狠朝他飞来，可话已经说了，总不能就这么退场，只能硬着头皮上，气势顿时弱了半分："娘娘……您……您在做什么？怎么能用烙铁烫徐婕好呢……"

"我这是在给徐婕好烫头发。"

言亦溪头也不抬，手上的动作却十分麻利，不多时，她便将滚烫的铁钳扔进盛满冷水的木桶，烫发终于告一段落。

徐婕好还有些没反应过来，直到宫女捧了铜镜上前，她才惊得合不拢嘴："这……这是我的头发？"

一向顺滑细腻的发尾竟然变得卷翘起来，看上去有点奇怪又有些好看。

"只能烫烫发尾，毕竟这烧红的铁钳对头发的损伤太大了。"言亦溪又好脾气地解释道，"你回宫后一定要记得照我说的做，好好护理。"

徐婕好全身心都投入在把玩自己的卷发中，不住地拿着铜镜左顾右看。

此时在一旁围观许久的琼昭仪终于找到了说话的时机，她轻咳两声，故意提高了声调："娘娘，什么时候才能轮到臣妾啊，臣妾可等了几个时辰了！"

言亦溪一听这话，不由自主地皱了皱眉头，故作为难道："不过我一天就只能做两位,若是没有其他妹妹来,倒是还能给你做一次。"

有了琼郁给大伙探路,其他妃嫔连忙开始掏出怀里的银子,争先恐后地往言亦溪面前挤。

"娘娘,明明是我先来的!怎么让琼昭仪插队了?"

"娘娘!我多出二两银子,能先预约明日吗?"

"娘娘……"

言亦溪顿时满脸堆笑,麻利地开始收钱数钱:"别慌别慌!排队,排队!都有份儿!都有!"

元海被妃嫔们挤得头晕眼花,险些闷得背过气去。

想他身为大顺天子御前总管大太监,是宫中所有人巴结的对象,往常这些娘娘见了他还要偷偷给他塞银钱打点关系,现在居然没把他放在眼里!

他越想越觉得委屈,越想越觉得丢了脸面,终于忍不住喊了一声:"皇后娘娘!"

数完钱的言亦溪甩了甩酸软的手腕,终于意识到这位早已被她冷落多时的大太监元海还在一旁看热闹呢。

她挑挑眉,奇怪地问:"元海公公,你怎么还没走?"

走?他要不是为了找辛才人,谁想留在这冷宫!

元海冷哼一声,阴阳怪气道:"奴才这是奉陛下的旨意,请辛才人去御书房走一趟。"

言亦溪点了点头,突然没头没脑地问了句:"那你现在急吗?"

急?

他急什么？要急的也是辛才人啊。

元海有些摸不着头脑，只能傻乎乎道："奴才不急啊……"

"那就行了。"言亦溪笑眯眯地把元海推到众人面前，清了清嗓子开始张罗，"我昨日教的'如何把阴柔的脸画得更加英气'这个画法，你们还记得吧？"

诸位妃嫔异口同声道："自然记得。"

元海心中冒出一股不太妙的预感。

"宫里没有合适的人选，只能委屈元海公公把脸贡献出来了。"

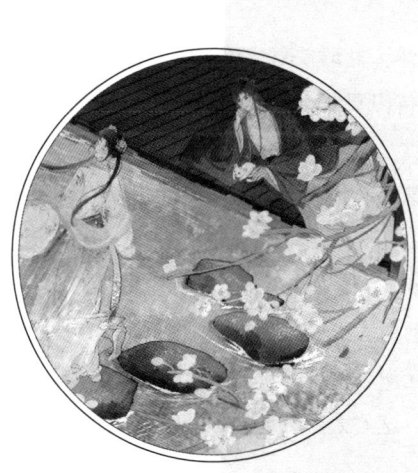

第八章

我们的目标只有一个!
挣钱!挣钱!挣钱!

  周宸川左等右等，没等来给他请安的诸位妃嫔，倒是等来一道鬼鬼祟祟的身影。
  大老远便看见有一个人脚步虚浮，身形单薄憔悴，跌跌撞撞地朝着御书房跑来。守在门外的御前侍卫见状，连忙横剑挡住，厉声喝道："是谁——"
  却见来人双手覆面，从指缝里露出一双眼睛，恶狠狠地回呛道："反了吗！连我都认不出了！"
  这声音尖厉刺耳，在宫里这么多年，侍卫是听得耳朵都生茧了，连忙侧身让开，生怕惹这位陛下身前的大红人不快。
  "属下眼拙，没瞧出原来竟是元海公公。"
  元海愤愤不平地瞪了两人一眼，这才大步迈进了御书房。

  周宸川在殿内听着外面的动静，还觉得有些好笑：元海天天在自己身边进进出出，怎么御前侍卫还能认不出他来。
  听见脚步声渐渐近了，周宸川还在纸上练字，便头也不抬地问："辛才人呢？皇后那儿今日也没传来什么消息吗？"
  然而半响都没听见回答，他心中狐疑，抬眸望去。

这一抬头不要紧，差点儿吓掉他一条命。

只见面前的人穿着元海的衣服，留着元海的发型，一张脸却粗犷得宛如屠夫。黝黑的肤色、浓密的眉毛，还有下巴密密的胡楂。周宸川心里咯噔一声，还没等他想明白，对方已经哭哭啼啼地扑上来准备诉苦了。

"陛下——"

"别过来！"周宸川连忙后退几步，急声喝止。

元海脚步一顿，见到周宸川条件反射地躲避，他嘴角一瘪，便开始诉苦。

"陛下，奴才受了天大的委屈啊！"

浓密的眉毛耷拉着，但是五官却坚毅又棱角分明，明明是一张还算是正常人的脸，配上元海哭哭啼啼的动作和声音，着实让人有些招架不住。

周宸川很后悔，后悔刚刚不该吃那口点心。

"别哭了！"

他揉了揉眉头，佯装借着手的阻挡，不看元海现在的模样："怎么去找了一趟辛才人，回来弄成这般模样！"

"不是奴才想这样，都是皇后娘娘搞的鬼。"

元海终于找到时机，哭丧着脸告状。他把在冷宫中见到的场景，一五一十全都添油加醋地说了一番。

关于自己的脸是怎么变成这样丑陋的，元海觉得这是自己的耻辱，私心把这个过程藏了起来，重点讲述自从言皇后去了冷宫，许多不可思议的事情便发生了。

"皇后娘娘还用这么大的烙铁——"他上下比画，瞪着的眼睛满是不可置信，"去烫徐婕好的头发呢！"

"头发？"周宸川一脸茫然，"徐婕好得罪了言亦溪？"

"没有呀！徐婕好看上去还挺高兴呢！其他娘娘还都求着皇后娘娘烫她们的头发呢！"

周宸川："？"

他活了二十多年，只觉得此事有些超出了自己的想象。

"皇后娘娘还教其他娘娘如何在眼皮褶子上涂上乱七八糟的颜料，宛如鬼魅！"元海痛心疾首，只觉有了这样的皇后娘娘，陛下的后宫怕是不得安宁。

周宸川狐疑地摸了摸眼皮，问道："为什么要在眼睛上画画？"

"不知。"元海沉重地叹了口气，"只怕皇后娘娘是嫉妒各宫娘娘的美貌又怨恨陛下冷落她，想用这种方式来报复罢了。其他的娘娘却像是受了蛊惑一般，对她百般追捧，陛下，这是大事发生的预兆啊！"

元海说到激动处又想扑上前来，被周宸川捂着眼睛挡了回去。周宸川清了清嗓子道："朕知晓了，你……你先下去吧。"

当夜，大顺天子做了个噩梦。

梦里一群脸上涂抹着花花绿绿颜料的女子争先恐后地朝着他涌来，吓得他转身奔逃。而在这时，一只手阴森森地搭上了他的肩膀，回头一瞧，正是一脸粗野屠夫模样的元海，翘着兰花指朝他挤眉弄眼："陛下，皇后娘娘给奴才画的妆容好看吗？"

周宸川猛然睁开眼，一个鲤鱼打挺坐起身来，心脏剧烈跳动，后背已经冷汗淋漓。他抬头看了一眼窗外，正是天光乍破之际，晨曦的微光从厚重的云层中逐渐显露出来。

元海听见了动静，连忙进屋伺候，见周宸川呆愣愣地看着自己，眉眼之中依稀有欣慰和满意之色。他有些不理解地摸了摸脸:"陛下,奴才今日的脸又有什么问题吗?"

周宸川漫不经心地摇了摇头,暗地里松了一口气。

昨日的噩梦导致的后果便是上朝时,周宸川眼神放空,望着众臣的脸庞出神,好在他平日上朝时也是一副没睡醒的模样,众臣早已司空见惯。

辛大人暗中与另外几位老臣交换了眼神,眼中的轻蔑之意不言而喻。

不过周宸川却破天荒地没去揣测今日几位老臣的小动作,下了朝便招呼步辇往御花园而去。

他深思熟虑一早上,觉得不能再让言亦溪抢了他的风头,这后宫做主的当然还得是他大顺天子周宸川。

"今日有人在御花园等着朕一起去赏花吧?"周宸川问出这句话的时候,都不由自主地带上了一丝小心翼翼。

放眼平常,他为了逢场作戏,掩人耳目,才不得不听从元海的安排,心里巴不得这些天天为了争宠而围在自己身边的妃嫔们快些离开,他好自己一个人喝酒睡觉,那才美得很!

可现在竟然有些怀念原先自己被众星捧月般的生活。

元海在一旁走得极快,胆战心惊地抻长脖子张望了一番绿树掩映的御花园,在瞧见几片艳丽的裙袂后,愁眉苦脸的脸上终于恢复了笑容,转头激动道:"都在呢!娘娘们都在等您呢!"

一听这话,步辇上的天子周宸川才终于松了一口气。

还好,还好……

言亦溪的魔爪还没有完全掌控妃嫔。

但为了保持天子的尊严，不让旁人看破他的小心思，周宸川只是轻咳一声，轻描淡写道："朕知道了。"

到了御花园，还是往日的一番光景，美人环绕、花香馥郁。周宸川颇为满意，随便找了个石凳坐下，立马便有妃嫔围上前来讨他欢喜。

"听元海公公说这几日陛下睡不好，臣妾特意做了安神的香囊。"玉美人羞涩地捧着香囊上前递给周宸川，故意在他面前停留许久，有意无意地拨弄着鬓间的碎发，想让他注意到自己的一双美眸。

她今日特意学着娘娘的手法，画了眼影，但总觉得和娘娘画的效果相比，自己的眼影略有些奇怪，但她问了周围的宫女，却都说不出个所以然。

周宸川点了点头，不经意地抬眸，却被吓得挑了挑眉："你的眼睛怎么了？"

玉美人心下暗喜，陛下果真注意到自己了！看来娘娘说得没错，化妆的确能笼络男人的心。

"怎么这么红，你哭了？被人打了一拳？"周宸川狐疑道，"看上去像是戏班里的美猴王。"

玉美人气得头疼，忍不住揪着衣角心中埋怨起周宸川的不解风情——这陛下真是个草包枕头，看来大人说得没错，大顺天子除了一副好看的皮囊，简直一无是处！想要从他口中打探消息，那还不简单！

看着玉美人气呼呼离开的背影，周宸川抚额感叹："这女子就是善变，怎么一言不合就生气？"

"陛下别同玉妹妹置气，臣妾近日抄了一首诗笺，想请陛下指点一番。"徐婕妤瞅准时机挤上前来,她今日特意换了口脂和发型。这是言皇后亲赐的色号,她当日挑花了眼才选了这款,日常宝贝得不得了,只有见到陛下才舍得拿出来涂。

周宸川心不在焉地接过诗笺,抬头一看,惊得控制不住后仰:"你的嘴怎么了?"

徐婕妤按捺住内心的雀跃,故作矜持道:"陛下觉得好看吗?这是皇后娘娘亲自研磨的口脂色。"

她没敢告诉周宸川,言亦溪把这色号叫作"正宫色",但她涂上之后,果真觉得整个人的气质都变得非同寻常。

"好不好看朕不知道,只是觉得像刚刚吸了人血一样。"周宸川神色古怪地指了指她的头发,"你的头发怎么弯弯曲曲的,被火烧了吗?"

徐婕妤的笑容僵在嘴角。

其他妃嫔见状,一时也不敢轻举妄动,怕被陛下挑刺惹得龙颜不快,心里却颇有些不平——男人的眼光真的不行,还是皇后娘娘善解人意。

然而不仅妃嫔们没了动静,就连周宸川也沉默地坐在石凳上一言不发,他倒不是有怒气,而是有些心虚。

怎么回事?如今大顺的流行趋势他已经跟不上了吗?他老了吗?没魅力了吗?这些妃嫔的言行,怎么都看不懂呢?日后还怎么从她们口中套出叛军余党的下落?

不多时,一道身影悄悄出现在繁花处。

"琼昭仪……娘娘说新制了一批口脂,想请您去长门宫小叙一番。"

这话本说得小声,但其他妃嫔此时都无心待在御花园,自然听去。琼郁还没来得及起身,她们早已跃跃欲试地围上前去:

"今日娘娘还开课吗?"

"娘娘前些日子说有好玩的游戏,到底是什么呀?"

"只邀请了琼昭仪吗?我们能不能也去看望娘娘?"

小宫女被团团围住,一时有些惶恐,连忙道:"当然可以,娘娘说了,各宫小主若是觉得乏味无聊,欢迎都去长门宫做客。"

此话一出,便见打扮得花枝招展的各位妃嫔笑嘻嘻地争先恐后上了步辇,刚刚还人满为患的御花园顿时空无一人。周宸川眼疾手快地抓住一道衣袖,困惑地问:"你们去哪儿?"

被人拉住了衣袖的妃嫔本来还有些不满,回头一看才发现拉住她的人竟然是陛下,连忙收敛了不耐神色,矜持地行了礼道:"回陛下,臣妾等人见娘娘身处冷宫,寂寞孤独,想去陪娘娘说说话,解解闷。"

这种冠冕堂皇的理由,周宸川自是不信的,他不耐烦地挥挥手,打断了这位妃子的话,又勾了勾手指让长门宫的那位小宫女前来问话。

"皇后让她们去长门宫做什么?"

小宫女哪见过这等架势,吓得抖如筛糠,结结巴巴道:"娘娘……娘娘新想了几个小游戏,想……想让各宫娘娘作陪……"

"岂有此理!娘娘太不把陛下放在眼里了!"元海愤愤不平道。

"岂有此理!有这等好事怎么能不跟朕说!"周宸川火冒三丈。

两人对视一眼。

元海有些忍不住低声提醒:"陛下,娘娘这是要把咱东西六宫都给搅得天翻地覆啊!"

元海要是不说,其实周宸川都能感觉到,这几日诸位妃嫔对他的态度明显像是敷衍了事。他摸了摸自己的脸，头一次觉得自己引以为傲的皮囊都不能成为优势了。这个言亦溪究竟在搞什么鬼？！

"陛下，要不今日咱们去长门宫见见皇后娘娘吧。"

"不必。"周宸川冷着脸，"朕自己去。"

言亦溪不知自己已经被周宸川列入头号观察对象，她正躺在美人榻上，美滋滋地数着手里的银子，数钱的感觉还真是妙不可言。

冷宫算什么！

我们的目标只有一个！

挣钱！挣钱！挣钱！

茗兰见状，给言亦溪沏好茶后，还有些担忧："娘娘，我们在陛下眼皮子底下做这种事，不会被发现吧？"

"这种事叫什么事？"言亦溪严肃地对小宫女进行批评教育，"咱们这是劳动与教育相结合，既锻炼了妃子们的动手能力，还教会了她们如何变得更加漂亮，是为后宫做贡献，他周宸川凭什么……"

话还没说完，便被茗兰一把捂住嘴。

茗兰惊慌地左右张望，确定四下无旁人，这才松开手急声道："娘娘，您怎么能直呼天子名讳！"

对喽对喽！

她现在已经不是二十一世纪追求平等进步的好青年了。

言亦溪也压低了声音继续道："陛下沉迷美色，当然是希望自己的妃嫔越漂亮越好，感谢我还来不及呢，怎么会惩罚我呢。"

书中的周宸川就是个花心男主，治国平天下是不会的，撩妹却是一把好手。

茗兰急了："娘娘您怎么能给她人作嫁衣呢，您就不想想怎么留住陛下的心吗？"

"这个……这个不是我想留就能留的。"言亦溪有些心虚地挠头顺便背过身去,不敢对上茗兰的眼睛。

单身二十余年的言亦溪头一回遭遇到了生活的大难题——对哦,她总不能在周宸川这个花心大萝卜身上吊死。

可是,去哪里找好看又迷人的小哥哥呢?

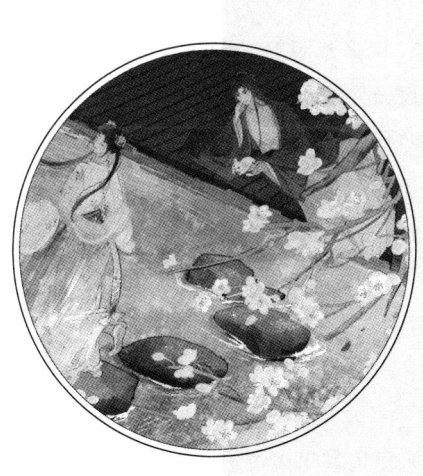

第九章

他以往万花丛中过,片叶不沾身,
为什么这次耳朵红了?

周宸川缓缓打开密信,一目十行快速浏览了一遍后,眉头紧蹙地问:"辛才人这些日子经常去长门宫?"

辛才人是邺州巡抚辛永顺的侄女,而辛永顺曾是前朝旧部的人,大顺宫中不止辛大人一个想要搅弄风云,那余下的其他妃嫔受了各位身后大人的命令,来皇宫中想要牵制自己,便需要里应外合。

这些人一向小心谨慎,他一时还摸不清头绪,可长门宫是皇后言亦溪搬去住的冷宫,辛才人有事没事去言亦溪那里做什么?

"皇后娘娘总是将辛才人留到最后,等其他宫的娘娘走了之后,才让辛才人离开。"罗十八又适时补充道。

周宸川的眸光一时暗了下来。

屋中寂静无人开口,半晌,才听见周宸川淡淡道:"明白了,朕一直说去看看她,总是没找到时机。"

他做了个手势,罗十八便停住了想要退下的动作,狐疑地问:"陛下,您……"

"今日你不用守着言亦溪了,朕自己去。"

已是傍晚，东西六宫纷纷点上了灯笼，微光在天幕中摇曳，不仅是灿烂的云霞与阑珊的宫灯，还是自由的天空与寂寞的灵魂。

言亦溪坐在院中的秋千上，看着天空发呆，不知道原本的世界又过了多少个春秋呢。

"唉……不想活啦……"

她长叹一口气，要是能淹死一次重新回到原来的世界就好了，到时候她一定好好码字，再也不拖稿了。

周宸川本来蹲在树上，想看看言亦溪又在捣鼓什么名堂，一听这话，吓得差点脚底打滑，从树上栽下去。好在最后他稳住了身形，可免不了撞得树影婆娑。

他连忙收敛气息，定睛一看，刚刚不远处秋千上的身影已经不见了，终于松了一口气。

"你是谁啊？"

冷不丁从树下传来一个清亮的女声，周宸川大脑顿时一片空白，有些尴尬地朝树下看去。茂盛枝叶的掩映下，一张白皙娇艳的面庞映入眼中。

对方不过二八芳华，青丝及腰，肤如凝脂，鼻子小巧挺直，一张樱红薄唇，平白添了一派娇俏矜贵的气质。

自家的小皇后好看是好看，只是这脾气真的让人退避三舍。

周宸川心中叹了口气，从树上翻身跃下。被言亦溪给逮了个正着，也没撒谎的必要，还不如同她直截了当地说清楚。

言亦溪这人虽然脾气不好，但没什么坏心眼，周宸川对她也没什么防备。

"我来……"他话还没说完，就被言亦溪打断。

"你是不是宫里的暗卫啊？"言亦溪一张俏脸激动得通红。

想不到啊！想不到啊！是真的会武功的暗卫！不是纸片人暗卫！

周宸川一怔。

他面色平静地摸了摸自己的脸。

他没易容啊，言皇后竟然认不出自己了？还是说，又是她耍的什么小花招？

"你不认识我？"周宸川抱臂皱眉问道。

对方居高临下的态度让言亦溪一时有些摸不着头脑——难道我应该认识你吗？可是原文里皇后好像没啥认识的异性啊……

对了！她已经穿书了！没准儿这个故事情节和自己写的略微有点出入呢！

"认不得了，认不得了。"言亦溪诚恳道歉，"本宫之前失足落水，救上来后记忆便有些模糊了，这位官人……呃不是，这位公子，您是？"

周宸川一愣。

他突然觉得自己刚刚说的那番话像是一拳打在软绵绵的棉花上。

皇后落水这事儿，他是知晓的，还派了太医前去诊治。当日太医回来复命的确说皇后昏迷不醒，醒来后怕是会落下什么顽疾。可听说她醒后又是活蹦乱跳的模样，还以为没什么大碍呢。

言亦溪眼神清澈，却又带着一丝小心翼翼的惶恐，似乎并没作假。周宸川也来了兴致，若是她作假，便陪她把这出戏演下去，看她要玩个什么名堂。

"在下斥候使罗十八，奉陛下之命，前来保护娘娘。"

是了是了！

言亦溪心中暗喜，真的是书中久闻不如一见的暗卫啊！

她偷偷打量起身前这人的模样,剑眉入鬓、凤眸微敛、薄唇紧抿,一袭黑衣勾勒出挺拔颀长的身材,墨发高束、衣袂翻飞,周身萦绕着一种凛冽之气。

妈妈!

是心动的感觉了!

她第一次觉得自己用来形容周宸川模样的词汇,终于找到一个合适的人选,这才是标准的男主模样啊!

言亦溪咽了咽唾沫,小心翼翼地开口:"罗公子?你这样直接现身,不会被周……不会被陛下责罚吧?"

周宸川有些惊愕地挑了挑眉,言亦溪说这话时的神色,还是那个传言中的言皇后吗?

他再一次狐疑地看了看言亦溪,没想到却看见言亦溪双腮红如绯霞,一双眼睛盈盈如春水,这种神色他见过千次万次,却都在后宫妃嫔遇见自己时的脸上。

唉……

周宸川心中叹了口气。

原来尽管言亦溪有些想不起往事,却还是记得对自己的一片真心。

"陛下宽宏大量,怎么会因此事责罚?"周宸川轻咳一声,又随口道,"只要能保护娘娘安危,无论身处明暗,都是我的职责所在。"

言亦溪忙不迭点头,迎他来到院中石凳坐下。周宸川原本还有些担心被其他宫人发现而左顾右看,殊不知他的举动被言亦溪看在眼中,令她顿时恍然大悟。

"你是怕被其他人发现吧？你放心，茗兰被我差去琼昭仪那儿了，其他人此时都在屋中候着，不会来打扰我们的。"说到最后几个字，言亦溪的脸上浮现出一丝可疑的红晕，"你……你辛苦了一天吧？喝点茶怎么样？"

周宸川对于言亦溪的体贴还有些不敢相信，便挥了挥手拦住她，有些不自在道："娘娘是凤鸾宫的皇后，不必对属下如此关心。"

唉，真是个榆木脑袋，要是你是那个草包皇帝，你看我对你关心吗？

言亦溪腹诽，脑海里已经开始模拟如何与"罗十八"关系更进一步的一百种方式。

没人比她更清楚在周宸川心中，言亦溪不过是性格软弱的大顺天子不敢违逆丞相的心意，而不得不娶的妻子。

周宸川爱过她吗？定是没有的。既然周宸川不爱自己，她也不喜欢草包皇帝，那干脆好聚好散，她另谋良人。

"你会武功吗？"

这是什么问题？周宸川有些无奈地点点头："这是自然。"

"轻功也好吗？"

"嗯，还行。"周宸川摸不准言亦溪的意思，只能别过头去随口应付。

言亦溪撑着头毫无顾忌地打量着对方，笑得眉眼弯弯。

鲜衣怒马的少年，或晴或雨的江湖，倘若能逃离这座皇宫，那也是千里快哉风。

周宸川被言亦溪盯得有些手足无措，他一向对言丞相的女儿敬而远之，只在大婚之日见过一次，而后更是在洞房花烛夜匆匆逃离，倒是没见过言亦溪对自己如此含情脉脉。

"罗公子，你守着我也无聊的吧，我这倒有个好玩意儿！"言亦溪一拍头突然想到，自己也没什么拿得出手的，但这后宫妃嫔总是爱来她的冷宫让她开飞行棋的局，这位暗卫小哥哥会不会也喜欢呢？

她本是坐在秋千上荡着双腿，绣鞋上的明珠耀眼夺目，一想到这事儿连忙蹦下秋千，欢欢喜喜地往屋中跑去。

周宸川看着言亦溪的背影一时有些错愕，待她进了屋后，便沉默地环顾了一番四周。

长门宫是宫中最为偏僻的宫殿，一般鲜有人来此。

记忆中原本这座宫殿应该是长满杂草、落满尘埃的残破景象，但如今却被言亦溪改造得和凤鸾宫不相上下。

言亦溪在院落中放置了凉亭、秋千，又不知从哪儿找了石块砌成水池喂了几条红尾鱼。根本不像是来反思赎罪，而像是换了个地方度假。

他一想之前还怕言亦溪住得不习惯再做出什么出格的事来，如今看来反倒是自己多虑了。

"罗公子，这是之前我在宫中捣鼓出的小游戏，其他宫的娘娘都很喜欢，你也来玩玩。"

不多时，周宸川便看见言亦溪捧着一盒东西从屋里走出来，不知是因为激动还是因为累着，一张脸红扑扑的，眼睛却透着狡黠的光。

他突然想到这些时日后宫的妃嫔们总是聚集在言亦溪的宫里，难道就是为了玩这个吗？

言亦溪费劲地铺开一张图纸，又从盒子里摸出一颗玉骰子和几个不同颜色的小圆片，像是老朋友一般熟稔地开口问："你喜欢什么颜色？"

周宸川并不作答只是接过她掌心里明黄色的圆片，在她眼前晃了晃，意有所指道："这个就挺好。"

言亦溪却压根儿就没往心里去，只是又摸出几个同样大的圆片，按照纸上的图标摆放整齐，开始给"罗十八"讲解规则："现在我们俩都有一个不同颜色的小圆片，但是却被关在这个小房间里。"她指了指一旁的骰子，"要扔到六个点才能把小圆片移出来，然后按照图上的小格子走，扔到几个点，就走几格。"

这其实就是飞行棋，言亦溪一个人在宫里无聊得紧，便自己开始动手画图，要求茗兰和几个小丫鬟陪自己一起玩，殊不知后来被琼郁等人发现，大家来她宫里上课的闲暇时间变成了玩飞行棋的好机会。

周宸川听她唠唠叨叨地讲规则，什么"到了同样颜色的格子可以继续飞到下一个同样颜色的格子里"，还有什么"如果飞到了别人的格子里可以把别人的小圆片挤回家"，乱七八糟、一塌糊涂。他只是听得云里雾里，但看见对方真诚的眼神，又把疑问给咽了回去。

"懂了。"

这还不简单，不就是扔骰子。

周宸川心里很不屑，就这个小游戏也值得后宫的妃嫔们废寝忘食，连给自己送点心也忘了？

一刻钟后。

随着天色愈发暗淡，周宸川的表情也越来越凝重，身后屋檐下的灯笼将他的面容映照在一片明灭的光影中，他沉默着将手中的骰子给扔了出去。

定睛凝神细看——

"六个点！该我了！该我了！"

周宸川长松一口气，喜悦之色溢于言表，又偷偷看了一眼言亦溪的棋，刚刚言亦溪都快走到终点了，半路又被自己给堵了回去。他佯装漫不经心地拨弄着圆片，心里却暗爽不已——也不知道言亦溪脑子里一天到晚装的是些什么奇思妙想，以前怎么没人想出这种棋来。

"娘娘——已经戌时了，还在院子里吗？"

屋中传来茗兰的声音，伴随着脚步声渐渐靠近。周宸川心下大惊，连忙起身准备藏于树上，被言亦溪一把拉住。

"你先别过来了，本宫马上进屋。"言亦溪立即回道，转过头来朝着周宸川甜甜一笑，"你要去陛下那儿复命了吗？"

周宸川被言亦溪拉着手，感觉到对方柔软细腻的掌心，对上言亦溪盈盈笑意的眸光，只觉耳郭陡然通红滚烫，一时竟然有些说不出话来。

"你明天还来吗？"言亦溪有些失望地拉了拉他的手，小声问，"明日我不让茗兰过来，你还来陪我玩飞行棋吗？"

周宸川一愣，连他自己都没反应过来时，已经点了点头。

便听见言亦溪笑嘻嘻的声音在耳边回荡："那你不要忘了哦！"

她说完这句话，快速地从周宸川身边离开，胡乱地把桌上的棋盘纸和棋子扔进盒子里，抱着盒子欢欢喜喜地往屋内跑去。只留下周宸川站在院落中，有些怔怔地捏了捏自己的耳垂。

他以往万花丛中过，片叶不沾身，为什么这次耳朵红了？

翌日，言亦溪给宫里其他妃子上完美妆小课堂，便眼巴巴地坐在院落中等"罗十八"的身影。

茗兰有些不解,只当她是望着树发呆,便屏退了其他伺候的宫人,让言亦溪一个人好好清静。

"啪——"

一枚纸核桃落在言亦溪脚边,她狐疑地抬头,四周空无一人,连只猫都没有。

"啪——"

又是一枚纸核桃落在言亦溪的肩头,吓得她连忙起身,便看见跨坐在树梢上的"罗十八",对方朝她微微一笑,算是打过了招呼。

"娘娘万福。"

言亦溪喜出望外,招手让他下来:"你今天怎么来得这么早呀?"

"处理完奏折……"周宸川话说到一半又改了口,"陛下处理完奏折便让我先来长门宫。"

这句话漏洞百出,沉迷于美色的言亦溪完全没发现有什么奇怪之处,只是热切地邀请他一起来玩飞行棋。

周宸川熟门熟路地走到石凳旁坐下,他从昨晚的棋局中已经把规则摸清了,今日果真把把都是满点,言亦溪连连挫败有些挂不住脸。

"等等,今天运气不好,我们过几日再玩!"

看着言亦溪气得红扑扑的脸,周宸川一时有些哑然失笑——虽然她有些记不住事儿,但果真是小孩脾气。

言亦溪闷头把棋子收进盒中,正对上周宸川暗藏笑意的双眼,一时呆住了,有些恨自己不争气,又有些羞赧地问:"罗公子,我想问你一件事。"

被人称为罗十八还真有些不习惯，周宸川轻咳一声低声问："什么事？"

　　"用轻功飞是什么感觉？你能不能带我飞到那个阁楼上面去？"言亦溪指了指不远处的雕花阁楼，期盼地问。

　　她觊觎古代的轻功很久了，这位暗卫小哥哥一看就是武功高强的主，这点小要求总不会为难他吧？

　　周宸川垂眸看她，心头一时有些困惑。

　　这种要求，他还是第一次遇见。

　　要说用轻功飞到那栋楼上去，倒不是什么难事，只是——

　　言亦溪见对方踌躇不决，心下了然。对了！我如今是皇后，他一定是觉得身份尊卑不同，男女有别，不好贸然答应。

　　她连忙又道："本宫不会告诉陛下的，我只是想感受一下用轻功飞的感觉。"

　　她壮着胆子假装恶狠狠道："再说了，我是中宫皇后，你见到本宫还要行礼，这种小事都办不到吗？"

　　周宸川心中无奈，言亦溪还是言亦溪，这摆架子的事儿真是做得越来越娴熟，连他都自叹不如。

　　"好。"

　　话音刚落，言亦溪只觉腰间一股大力，携着她腾空而起，夜风擦着脸庞呼啸而过，大脑陡然一片空白。不多时，两人便站在雕花阁楼之上，脚下是灯火辉煌的茫茫大地。

　　言亦溪有些后怕地攥着周宸川的衣袖，小心翼翼地探出头去。

　　原来这就是用轻功飞的感觉。

　　她笑得眼睛弯弯，心里说不出是什么滋味，只是一瞬间心情大好，恨不得大声尖叫。

　　"好看吗？"周宸川歪了歪头，嗤笑一声问，"寻常女子要是站在这么高的地方,早就吓得花容失色了,你怎么还像个没事人似的。"

"你还带其他人飞过?"言亦溪狐疑回头,连忙反问。

周宸川像是突然被抓包似的一时语塞,半晌才不自然地咳嗽一声,辩解道:"这……这倒没有。"

"那你怎么知道寻常女子是什么反应?"言亦溪笑嘻嘻回呛道。

她尝试着松开对方的衣袖,独自站在高阁之上,俯瞰大顺宫殿楼宇,风吹起她的裙袂秀发。言亦溪周身的恣意张扬是周宸川从没见过的模样。

大顺天子周宸川在这一刻突然有些怀疑自己。

他原本以为对言亦溪很了解,现在看来,他也不过是了解儿时的言亦溪罢了。而对方早已成为娉娉袅袅的少女,已然不是他梦中的那个调皮鬼了。

等到言亦溪恋恋不舍地重新回到长门宫,院落中还静悄悄的,茗兰等人怕惹了她不快,都听话地待在屋中没有踏出半步。

言亦溪松开罗十八的手臂,突然像是想到什么事一般,拉了拉他的衣角,歪着头问:"对了,我还没问你呢,周宸……陛下为什么派你来保护我啊?"

周宸川低头看着她清澈的双眸,皱了皱眉问:"他担心辛才人对你有所不轨。"

"辛才人?"言亦溪在大脑里翻了好半天才想到这个名字对应的角色,便点了点头,"你是说辛潇潇?辛才人?她最近挺听话的呀,每天都来我这儿上课,按时交学费,我还送了她几节免费课,她对我也恭恭敬敬,从没做出什么逾矩的事儿来。"

又来了,又来了,又说些听不懂的话了!

周宸川很头疼，虽然没明白言亦溪说的这番话是什么意思，但看她活蹦乱跳的，想来对方也和她没有什么关联，辛才人之所以在她宫里停留这么久，也是因为其他事给耽误了吧。

"既然娘娘说没事那便是皆大欢喜了。"周宸川颔首行礼，"属下告退了。"

"哎，等等！"言亦溪一把拽住他，左右张望一番后低声问，"你是陛下身边的暗卫，那也一定对他很了解吧？"

周宸川有些古怪地看向她，闷声闷气地点了点头。

"嗯。"

"这些日子陛下还常常去东西六宫吗？"

这话问得，周宸川在心里斟酌如何回答。

"没怎么去了。"

"哦……"言亦溪的声音听起来有些失望，"其实应该常去的，不然他那病还怎么治好啊。"

"什么病？"周宸川警惕地竖起耳朵。

言亦溪吓了一跳，忙不迭摆手摇头："没有没有！我胡说的，天色不早了！你快回去吧！"

"嗯。"周宸川心中困惑，但又不好意思明问，只能点点头转身离开。

虽然有点舍不得暗卫小哥哥，但言亦溪也是个有分寸的人，知道他要是回去晚了，没准儿还会惹来事端，只能恋恋不舍地挥手道：

"那你注意安全哦，明天再来找本宫玩吧！"

周宸川足尖轻点，翩如游龙，再次落地已经是在长门宫外，他正准备掸掸身上的灰尘时，又鬼使神差地伸出手背凑到鼻尖轻嗅——

刚刚言亦溪站在高阁之上，害怕得紧紧攥住他的衣袖，没承想沾染上女子特有的胭脂水粉味。

倒是和其他妃嫔的气味不同。

脑海里莫名其妙浮现出这句话，周宸川无奈地摇了摇头，大步往自己的乾福宫走去，却没看见有一道身影站在墙后，满目愕然。

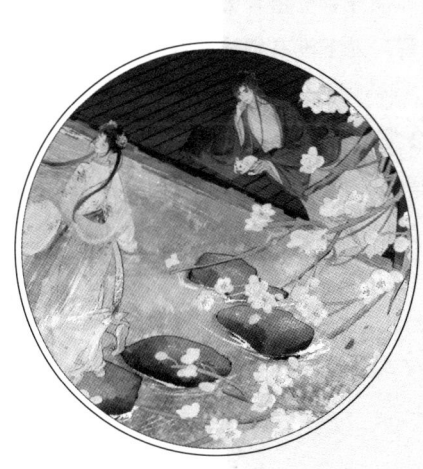

第十章

中看不中用,
除了美貌一无是处

　　言亦溪还在为送走了好看的暗卫小哥哥而心生遗憾，都没注意到琼郁后脚便进了长门宫。看着言亦溪撑着头望着天空发呆，琼郁心里好笑——看来言亦溪虽然嘴上说对陛下没感情，背地里却相思成疾。

　　"娘娘，怎么不留陛下多待一会儿？"

　　她这几日与言亦溪关系日渐熟络，又被要求在言亦溪面前不必太过注意尊卑有别，只把她当作与自己年岁相当的小姐妹，说起话来也不再拐弯抹角。

　　言亦溪被琼郁的声音唤回神来，一时还有些蒙道："什么陛下？"

　　"娘娘又在装糊涂了，刚刚臣妾来的路上看见陛下才从娘娘的宫里出来。"琼郁以袖掩嘴轻笑起来。

　　如今琼郁心中对周宸川早已没了感觉，自然也不会有争风吃醋的事儿发生。

　　"陛下还穿的是夜行衣，怕是担心被我等看见吧。"

　　虽然言亦溪没有明说，但琼郁心里已经猜到了七八分。如今在众人眼里，陛下对皇后不冷不热，可能只是掩人耳目，实则二人私下卿卿我我。

等等……夜行衣……陛下……

言亦溪咽了咽唾沫，颤抖着问："你刚刚说，从我宫里出去的那个人是陛下？是周宸川？"

琼郁也被她问得愣住了，不由得点了点头："是……是啊……娘娘您……您总不会不认得陛下了吧？"

"虽然说出来你可能不信……"言亦溪泪眼婆娑，差点晕厥，"我真的没认出来他是陛下……"

琼郁大惊失色，突然想起之前皇后落水，各宫便传皇后记忆有些不复从前了。她担忧地问："那陛下同您说了什么？您……您没做出什么逾矩的事儿来吧？"

言亦溪垮下脸来。

不仅做了，还做了很多呢。

言亦溪只觉整个人精神有些恍惚，原来那个帅气小哥哥不是暗卫，而是自己创作的男主角，看看她一天到晚做了些啥事儿啊！

不仅叫大顺天子和自己一起玩飞行棋，还当着他的面讨论对方是否那方面有问题，更为关键的一点是——她居然当着皇帝的面挖墙脚！

这一桩桩，一件件，都是死罪啊！

眼看着言亦溪脸色发白，琼郁心中也有了不好的预感，正在想如何应对。只见言亦溪腾地起身，开始收拾东西，她被吓了一跳，连忙道："娘娘！你这是做什么？"

"快快快，快给其他姐妹说一声，就说我的美容课暂时不能开了。"

言亦溪汗如雨下,开始琢磨如何挂牌歇业,逃过这一劫。

能生病最好,生不了病那装病也行!现在唯一要做的,便是在周宸川面前降低存在感,最好无人知晓有这一位皇后,最好宫里完全不要传出关于她的任何消息!

"琼郁!"言亦溪转头握住琼郁的手,满含热泪,"我能依靠的就只有你了,苟富贵,勿相忘啊!"

她潜台词已经很明确了,只等这位原文女主靠着主角光环在后宫披荆斩棘,能给她分上一杯羹。

"娘娘说的是什么话?"琼郁有些丈二和尚摸不着头脑,"如今您贵为中宫皇后,如此这般真是折煞臣妾了。"

唉,给琼郁说了真相又怕她听不懂,到时候再传到周宸川耳里就麻烦了。言亦溪只能愁眉苦脸地叹了口气,和她寒暄一会儿把她送出宫去。

等第二日大清早,众人便发现长门宫有些古怪。往日里为了招揽学员,言亦溪把整个殿门布置得花花绿绿,还派了两名宫女站在殿门外等候各位娘娘到来,今日却安静得有些匪夷所思。

徐婕妤狐疑地扒在门缝前往里看,轻轻敲了敲宫门:"娘娘?皇后娘娘?"

"娘娘病了,暂时闭门谢客。"琼郁从一旁走来,淡淡道,"各位请回吧。"

众人皆知琼昭仪和言皇后是好友,由她出面解释,众人便又信了几分,逐渐告退。

等到众人都走得差不多了,才听见从门里传出一道低声的感谢:"谢谢啦,琼郁……"

"不客气。"琼郁有些无奈地摇了摇头,"娘娘您也注意凤体。"

丝毫不知此事的周宸川正在朝堂上,听着殿中众人明争暗斗的话语,打了个大哈欠:"还有什么事儿要说吗?"

户部就豫州饥荒一事上前禀告,周宸川闻言掏了掏耳朵,小心翼翼地看向殿中的言慎啸:"这事儿,丞相大人意下如何?"

言慎啸面不改色道:"依臣所见,不如由户部尚书申大人亲自运送粮草发粟赈济,以免豫州吏蚀官侵,喝百姓血,吃百姓粮。"

周宸川一听这话连忙拍手称好:"言相所言极是!就以丞相之意办!"

他向来是个不爱过问国事的,其他臣子早已见怪不怪。虽说周宸川登基为帝,可朝中诸事却还是靠着言丞相帮衬,难怪陛下虽不喜言小姐,却不敢违逆丞相的心意,不得不娶其女为后。

等下了朝,辛大人故意走得极慢,与其他几位大臣似是闲聊,眼中的精明之色一晃而过。

"如今言相真是快一人之下万人之上,只手遮天了。"

"难怪太妃看在眼中,急在心里。"另一位老臣摇了摇头,"陛下昏庸无能,只能靠言相帮衬提点,这大顺的天下还不得改了姓去?"

"莫急莫急。"辛大人叹了口气宽慰道,"殷王就快回宫了,这事儿也快了。"

与这几位大人焦急的心思一致的,还有大顺天子周宸川。

好不容易下了朝,周宸川便把批阅奏折一事抛在脑后,兴致勃勃地往长门宫走去。和言亦溪待在一起的感觉是和其他妃嫔不一样的,言亦溪不会像其他人那般带着功利和虚伪的笑容讨好自己,不过说来言亦溪从小就没想过讨好自己。

等到了长门宫外，周宸川才发现今日的长门宫有些安静过头了。

他敲了敲宫门，无人应答，心中猛然一紧，难道言亦溪出事儿了？

他连忙足尖轻点，一跃而起，翻身进入院中。

可院落中除了摇曳的树影和花丛，便只有鸟鸣风声。他心下困惑，大步往院内走了几步，这才发现院门处贴着一张纸，随着风轻轻摇晃。

周宸川走近了些，终于能看见这白纸上歪歪扭扭写着几个字。

"陛下……臣妾身体抱恙……暂时……暂时无法亲迎？还请见谅？"

原来言亦溪想起来了？

周宸川皱眉站在院落中，深吸一口气，大声道："来人——"

不多时，长门宫的宫女太监全都一溜烟地跑了过来，个个低垂着头，不敢看周宸川的眼睛。

"皇后呢？"他双手抱臂，环视了一番，还是没看见那道红衣身影，心中倒有些失落起来。

"娘娘生了病，在屋里躺着……"

怎么又生病？一看见朕就生病？朕是太医院研制的毒药？

"叫她出来。"

"娘娘是真的……病了……"茗兰低垂着头，小声道。

显然，周宸川不信，他皱了皱眉，还没来得及说下一句话，便听院门外传来窸窸窣窣的脚步声，一位白衣女子顶着张灰败又毫无血色的脸出现在自己面前，吓得他倒吸一口凉气后退几步。

"你——"

"陛下，我真的病了。"言亦溪捂着心口，似是忍受着剧烈的疼痛一般，"今日不能陪您玩飞行棋了，您慢走，有缘咱们再见吧。"

周宸川无语。

我总觉得你在骗我。

可是见言亦溪一脸惨白,双目无神,一张薄唇也毫无血色,周宸川又有些担忧:"好吧,那你好好休养,朕一会儿派太医——"

"大可不必!"言亦溪连忙打断,见到对方诧异的目光又长叹一口气,"这是儿时就有的毛病,一年总要犯几回,但只要不动脑,就不会犯病。"

"你这几日动脑了吗?"周宸川很怀疑。

言亦溪言大小姐,和自己并称为京城两大草包花瓶人物。

中看不中用,除了美貌一无是处。

"怎么没有?"言亦溪哽咽着辩解,"这几日不是和你下棋吗,下棋也要动脑的。"

周宸川语塞。

真是有理有据,令人信服。

从长门宫离开后,周宸川越想越不对劲,总觉得自己被骗了,但是又觉得言亦溪没有骗自己的理由。不就是和自己一起玩了飞行棋,也没说要惩罚她,她故意躲着自己是什么意思?

周宸川不乐意了,又不能找言亦溪质问,只能把怒火撒在其他人身上。

"这几日后宫众妃嫔聚集于长门宫……"周宸川兀自想了想,换了个词继续道,"玩物丧志、骄奢淫逸!岂有此理!把皇后那什么课给朕停了!再把她那些稀奇古怪的东西给朕没收了。"

大顺天子此话一出,手下的人便开始闷头做事。

言亦溪刚刚卸了妆,把脸上厚得跟城墙似的粉擦拭干净,便看见一群人跟土匪似的闯了进来。

"喂——你们做什么!"

她眼疾手快地把自己的两盒面膜从对方手上抢回来,只听对方公事公办道:"娘娘莫怪属下,这都是陛下的旨意。"

一听见周宸川的名号,言亦溪刚刚还嚣张起来的气焰顿时熄灭,只能愤愤不平地候在一旁,看着这几人进进出出,把她的美妆产品扫荡一空。

"等等!这个飞行棋就不用没收了吧!"

"陛下说各宫娘娘玩物丧志,以后不仅不能来长门宫上课,也不能来长门宫玩这类物件。"

周宸川还真是说到做到,第二天长门宫便没几人前来拜访,言亦溪趴在石桌上闷闷不乐。打探完消息回来的茗兰吓得杏眼圆瞪。

"娘娘,奴婢跟您说件大事!"

"什么事啊——"言亦溪拖长了声调闷声闷气道,"是不是周宸川把我的化妆品还给我了。"

"娘娘您又在做什么美梦呢?"茗兰摇了摇头,急切地低声道,"不是这件事!是陛下竟然把月才人和蓉修仪贬为庶人了。"

言亦溪瞪大了眼睛,有些不可置信:"这……这是为什么啊?"

这两人倒还经常来她宫里做客,除了说话夹枪带棒外,也没对她有什么实质性的冒犯,更为重要的是,这二人是太妃选进宫中的,是温太妃的人,周宸川就这么直接打了太妃一个耳刮子?

"陛下说月才人和蓉修仪天天只顾玩乐,见了他也是心不在焉的,一天到晚只知道打扮……"

言亦溪都惊呆了,这不是一个后宫女子日常该做的事吗?总不能让这些后宫的娘娘上战场杀敌吧?周宸川这是什么理由?是直男的脑回路吗？

她咽了咽口水，有些后怕。

没想到，竟然有朝一日玩飞行棋都能挨罚。还好当日自己见到周宸川的时候，爱慕之情没有表现得太明显，不然自己的下场估计比这两人还惨呢。

虽说她一直在努力活过十章，不过周宸川已经成了威胁她生命的定时炸弹。

借着言亦溪的手暂时把温太妃塞给他的妃子给除了去，虽然太妃心有不满，但也无可奈何，估计只会把这笔账记在言亦溪头上。

周宸川心中有些歉意，只能叮嘱罗十八暗中好好保护言亦溪。

等罗十八离开后，周宸川还有些意犹未尽，当初自己虽化名成了罗十八，可是言亦溪还是对自己青睐有加，看来言亦溪是真的对自己一往情深呢。

思至此的大顺天子，再一次回到书房看书，心中却有些遗憾。

她要是晚些发现自己的身份就好了，还可以带她去宫外逛逛，可如今和她见面不是拌嘴就是被她躲着，可真没意思。

第十一章

突然下岗再就业的言亦溪，
对未来生活充满了期待

  自从周宸川借机把她的美妆产品和飞行棋扫荡一空，言亦溪便不得不下岗，整天撑着头发呆，无所事事。

  茗兰见她这些日子情绪不佳，只能出言安慰："娘娘，别发愁了，说不定这是好事呢。您不用再给其他娘娘讲授什么妆容秘籍，她们便不会再得了陛下欢心，对您来说才是真正的大好事儿呢。"

  言亦溪一只耳朵进，一只耳朵出，压根儿没听进去。

  见言亦溪没有应答，茗兰着急了，趁机偷偷道："娘娘莫不是忘了您曾经还去龙山寺算过一卦，方丈说娘娘是凤仪之姿，如今各宫娘娘安分守己，不敢轻举妄动，这正是娘娘您抓住陛下的心的好时机呢。"

  算卦，我还想算一卦呢，算算我啥时候才能回去啊……

  言亦溪长叹一口气，突然脑海里灵光乍现。

  等等，算命……

  原本周宸川把她的美容事业查封后，言亦溪就觉得自己挣钱无望了，然而今日被茗兰这么一提点，突然福至心灵，她身为原作者，最拿手的应该是算命啊！她既然如此了解剧情，就该替各宫娘娘排忧解难，成为对方人生路上的指路明灯。

突然下岗再就业的言亦溪，对未来生活充满了期待，连忙让茗兰去把琼郁从锦宁偏殿接来，要同她好好合计。

"什么？娘娘您要算命？"琼郁有些愣怔，一时摸不准言亦溪的葫芦里卖的什么药。

"算命？那不是坑蒙拐骗的活计吗？"茗兰正在一旁沏茶，一听这话，瞪大了眼睛。

言亦溪摇了摇头，恨铁不成钢道："什么坑蒙拐骗，皇后的事儿怎么能叫骗呢？那是本宫为了后宫的安宁与和谐，替各位妹妹指点迷津。"

当然，最重要的也是为了赚点钱。

宣传和拉客的光荣任务，就这么交给了琼郁。自从之前言皇后时不时地示好过后，琼郁对言亦溪也逐渐放下了防备，意识到这位言皇后其实并不似其他人口中那般胡搅蛮缠，相反，是一个纯善没有坏心眼的女子。

两人关系逐渐熟络，言亦溪也没有亏待自己，领来的赏赐之物总是会分一半给她。琼郁心中也很是感激，说来也是，言丞相的女儿怎么可能是外面传言的那般劣迹斑斑呢。

自从被陛下勒令关停美容课后，众位妃嫔一时都有些不习惯，本来每日安排得满满当当的行程，如今只能待在宫里像曾经那样绣花弹琴，说不寂寞那是假的，可又不能违逆陛下的意思，只能把埋怨的话咽回肚子里。

"彩珠姐姐，我刚刚去给赵修仪送药膏，便听琼昭仪在说皇后娘娘的事儿呢。"

"说什么？"彩珠还在打扫院落，连忙把扫帚一扔，将耳朵凑过去。

小宫女断断续续地说着偷听来的事儿,彩珠的眉头渐渐紧锁。

"什么?算命……可是这……"

"听说有好几位娘娘去了呢,都说言皇后算得准极了。"

徐婕妤在屋中对着铜镜左看右看,皇后娘娘上次说下回讲如何涂口脂,可没想到第二日,陛下便下令禁止再谈论妆容一事。如今没了皇后娘娘指点,自己手法又不精,涂来涂去总是不对劲,都快愁死了。

"彩珠,何事这么吵闹?"她皱眉呵斥。

彩珠忙不迭跑进屋中,开始传递听到的小道消息:"娘娘,是关于皇后的事儿。"

"皇后娘娘怎么了?"徐婕妤两眼放光,"是不是又有什么好玩事?有趣事?"

言皇后自打在后宫开办美容课堂,又发明了好玩的棋类游戏,再加上时不时对各宫妃嫔的穿着打扮进行指点,俨然已经成为后宫妃嫔心目中的标杆人物。虽然言皇后如今还在长门宫,但在这些妃嫔看来,那不过是她休养身心的场所罢了。

"锦宁宫的琼昭仪说,娘娘曾经去龙山寺得过高僧真传,一直以来苦心钻研修炼卜卦之术,如今已有所心得。"

"卜卦?"徐婕妤疑惑地问,"娘娘在长门宫开始卜卦了?有人去吗?"

"多着呢。"彩珠老老实实地回答,"好几位才人和修仪都去了,说娘娘算得可真是神了!"

"这么厉害?"徐婕妤心中打鼓,想去又不好意思,咬了咬嘴唇想出一个法子,让彩珠把她宫中偏殿的玉美人拉上一同前往。

长门宫里的空地院落,搭了一个简易的亭子,亭子四周垂挂着轻幔,亭内点上了袅袅熏香。一位红衣女子正端坐于蒲垫上,双眸紧闭,嘴里念念有词,不知道在说些什么。

徐婕妤同玉美人进了院落,便小心翼翼地候在一旁,大气也不敢出。只见言亦溪睁开眼后,涂满红蔻丹的纤纤玉手搭在宋修仪的腕上,轻声道:"这几日是不是家里又来书信了?"

宋修仪心头一惊:"娘娘怎么知道?"

我怎么知道?因为这情节是我想的。翰林院宋波为了儿子入职一事想破脑袋,只盼望宋修仪能在皇上面前美言几句,却没承想半路杀出一个言亦溪,琼郁为了得到宋修仪的支持,暗地里动了手脚,这才使得宋修仪的弟弟心愿圆满,而宋修仪日后也成为琼昭仪晋升凤位的有利帮手。

虽然现在剧情已经被自己破坏得乱七八糟,但是好在人物主线和背景没什么改动,言亦溪依旧可以凭借自己的金手指,在宋修仪面前露一手。

"本宫刚刚算了一下,是否因为令弟的事?"言亦溪装作苦恼的样子道,"这件事要想达成,得要贵人相助,此事已是板上钉钉,只待贵人顺水推舟,便成矣。"

宋修仪这些日子的确为了二弟的事愁眉苦脸,可皇上最近又不想见她,她根本没机会去与皇上搭上话,听言皇后这意思,顿时心便稳了。这件事她从未告诉任何一个人,可言皇后的卦让她有了一种胜券在握的感觉。

看着宋修仪满脸喜气地离开,徐婕妤和玉美人对视一眼,也迎上前去。

"娘娘，这卜卦一事，要如何……"

茗兰大步跨上前来，捧着玉盘道："二位娘娘，只需十两银子便可算卦一次。"

玉美人心里想着那件大事，连忙吩咐宫女摸出钱袋扔了几块碎银，便焦急地坐在言亦溪面前，问："娘娘！臣妾先来！需要做些什么？"

言亦溪故作高深地捧起一个竹筒递给她："抽签吧。"

已是深夜，宋修仪盼星星盼月亮终于盼来了周宸川来她宫中小坐，一想到今日在皇后那儿算的卦象，心中略微紧张。今日娘娘说关于二弟的事有贵人相助，当晚陛下就来了她宫中，也不知是巧合还是言皇后神机妙算。

周宸川端着茶碗，浅呷了一口，心里盘算这元海怎么还不放信号给自己解围！

"陛下。"

听见身后传来女子的轻唤，周宸川心里咯噔一下——怎么办？这宋修仪是准备留我在元秀宫过夜？我得找个借口脱身啊！

看着周宸川脸色顿时沉了下来，宋修仪虽心头打鼓，但还是羞涩一笑，上前准备替周宸川宽衣。虽说大顺宫里后妃众多，可自陛下登基以来，便一直无子嗣，如果自己能把握机会，便能母凭子贵——原来皇后娘娘说的贵人相助，是这个意思。

"等等——"周宸川连忙阻止了她的举动，尴尬一笑，"对了，你上次说绣了个什么香囊，现下可以拿给朕看看了。"

宋修仪羞涩地低头道："那陛下同我进屋吧。"

完蛋了，说什么香囊！

周宸川悔不当初，额头上沁出密密麻麻的汗珠，也不知道怎么做才能让宋修仪离自己远一些。突然福至心灵，他捂着额头做难受状："你这屋里熏的什么香？怎么惹得我头疼。"

宋修仪一愣，有些疑惑地嗅了嗅，不就是正常的香料味吗？她见周宸川表情痛苦，急忙问："陛下，您是身子不舒服？"

"是啊是啊……"周宸川无力地摆摆手，"朕还是明日再来好了。"

眼看着周宸川就要离开元秀宫，宋修仪心里急得不行，绞尽脑汁想如何把周宸川留下："陛下，不如去请太医过来……"

"不行不行！"周宸川连忙摆手，但一时又找不到好的借口，只能岔开话题，"今日你伺候我用膳也辛苦了，赶明儿朕差元海给你送些赏赐过来。"

一听到"赏赐"两字，宋修仪顿时两眼放光，也不搀着周宸川了，小心翼翼地问："陛下真的想给臣妾赏赐？"

"说吧，说吧，要什么赏赐。"

只要能从元秀宫完完整整地回去，别说赏赐金银珠宝了，就算宋修仪想搬去别宫，那也成啊！

宋修仪便提了弟弟的事。

没想到陛下一口答应了，宋修仪险些无法控制住自己激动的心情，看着陛下的身影渐渐消失在殿外，忙吩咐奴婢道："快去给父亲回信，就说此事办妥了。"

她一边轻抚心口，一边对言亦溪的卜卦结果赞不绝口："娘娘果然神机妙算。"

不多时，言亦溪会卜卦之术的消息不胫而走，长门宫继开办美容班之后再一次恢复火热景象。

言亦溪每天从早忙到晚，赚得盆满钵满，早就把当初自己因为开办美容班惹怒皇上的事儿忘在了九霄云外。

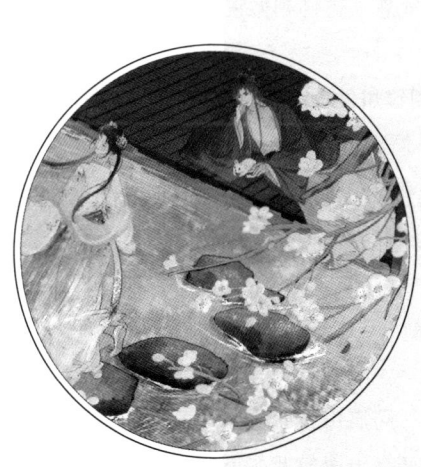

第十二章

长得好看有什么用!
心却硬得像石头!

　　御书房内,无人说话。阳光透过雕花窗棂,能看见袅袅香烟中细小的尘埃,空气里弥漫着沉默的气息,仿佛稍微说一句话便会打破这短暂的寂静。

　　罗十八垂首跪地,等待座上的周宸川发号施令。

　　"不错,难为你查了这么久。"周宸川轻掂着手中的一沓名单,顿时觉得事情棘手了起来,"没打草惊蛇吧?那几位胆子是出了名的小,平时互相之间连句话都不肯多说,你们在辛府里偷藏了多少日才拿到的这份名单?"

　　罗十八的头垂得更低了:"这……这是属下在宋大人府里拿到的。"

　　"怎么又扯到宋大人头上了?"周宸川顿时心中一惊。这位老臣平时左右逢源、长袖善舞,逢人便是一张笑脸,周宸川倒是从未怀疑到他的头上,怎么这件事里会出现他的名字?

　　往日也没听说宋大人对前朝有多拥护,周宸川还以为他是丞相麾下的一员。

　　看来自己平日里还是缺少了防备之心,周宸川赞许地看了罗十八一眼:"你做得很好,朕心甚慰,待会儿自己去领赏吧。"

罗十八这才松了一口气，拱手行礼道："谢陛下，但此事是娘娘有功在先……"

"娘娘？"周宸川转身准备去拿书的手一顿，一脸狐疑地回头问，"什么娘娘？"

坏了！皇后娘娘千叮咛万嘱咐说一定不要暴露她的卜卦之术，自己怎么一得意给忘了个一干二净！

罗十八心中暗叫一声不好，张了张嘴又把话给咽了回去，涨得满脸通红道："没……没什么，陛下国事为重，属下先行告退。"

周宸川要问的话还没来得及说出口，罗十八已经脚底抹油溜之大吉。

看着对方急匆匆逃跑的背影，后者摸了摸下巴陷入沉思。

罗十八既然提到了娘娘，莫非是言亦溪？

难道，这一切是丞相托言亦溪送进宫来的？

"娘娘是说，过不了多久，豫州的蝗灾便会停了？"钦天监徐监正恭恭敬敬地坐在院落中记着笔记，屏风后有一道风姿绰约的身影，听声音便知道是皇后言亦溪。

"是的，虽然豫州蝗灾暂时无虞，却须注意邕州水患洪涝。"言亦溪薄唇轻吐，淡淡道。

钦天监负责的是全国节气星象之事，在对方面前，她这个半路出家的"算命先生"，不得不开启剧透模式。

屏风外，整整齐齐坐了一排官员，钦天监上至监正下至五官司历，全都捧着一沓纸，握着一杆笔，眼巴巴地望着言亦溪，等待她继续讲课。

也不知道是哪位妃嫔走漏了消息，言亦溪卜卦灵验的事儿一夜之间在后宫前殿传开了。众人当然不敢当着陛下的面来请皇后娘娘卜卦,只能找个闲暇时间来听皇后娘娘讲课。

"皇后娘娘,您的卜卦之术能否教教我们?"冬官正小心翼翼道,"咱们也不能每天都来叨扰皇后娘娘啊。"

"这恐怕不行,天机不可外泄,何况我已经告诉了你们这么多人。"言亦溪摇摇头,故作为难。

其实哪是她不愿意讲,根本就是无从开口嘛!大顺发生的一切都是她原文中的设定和伏笔,当然只有她自个儿知道,她就是天机。

"不过今日各位大人也算是与本宫有缘。"

——毕竟给了银子当学费。

"那本宫就勉为其难再告诉各位一个消息。"

——考点马上出现,大家做好笔记。

一听言亦溪这话,众人如梦初醒,纷纷端坐起来,执笔凝神细听。

周宸川脚运轻功,在房檐上穿行。风掠过他的鬓发,吹起的发丝不时遮挡了前方的视野,然而他心急如焚,一心只往长门宫的方向赶去。

如果是言相要托言亦溪向他传递消息,那为何是通过罗十八之手,而不是直接告诉他本人,莫非是因为言亦溪身边有别宫的眼线,她早已发现却无能为力?

果不其然,到了长门宫外,此处已是冷冷清清。

自从周宸川勒令停止言亦溪的美容课和飞行棋后,长门宫便恢复到冷宫的模样,没了人来人往,也不知道言亦溪会不会寂寞和孤单。

一想到这儿,他原本想要推开门的,又变成了轻手轻脚地扒在门缝前打量长门宫内的情况。

"……有件事,本宫埋在心里很久了,可若是直接告知陛下,又会令他有所不满。"

周宸川疑惑不已。

这个声音是……他皱起眉头,身体又往门上靠近了些。

"娘娘您直说吧。"众位官员朝她深鞠一躬,"娘娘是为了大顺,我等明白的。"

自从言亦溪算对了接连发生的每件事后,钦天监众人对皇后佩服得五体投地,深信她是天生凤命,肩负传递上天旨意的大任。

见此情景,周宸川挑了挑眉,心下困惑。

怎么钦天监的都跑来长门宫了?

不好好观察天象,来找言亦溪做什么?听这些人的口吻,似乎还有求于她?

言亦溪见众人恭恭敬敬地听候自己吩咐,便长叹一口气。

"当今圣上骄奢淫逸,恐怕日后后宫会祸乱前殿……"

她完全只是为了一己私欲,要是后宫被闹得天翻地覆、人仰马翻,她这个皇后别说什么凤命不凤命了,小命能不能保住都难说。

钦天监在大顺皇朝,除了观察天象、修订历法,还会适时地奏呈天文异象给皇帝,以作参考,也算是给皇帝算命的机构。

她这个民间的神棍没有说服力,可官方的钦天监总有话语权了吧!

几位官员面面相觑,都看见了彼此眼中的震惊。

当今天子周宸川的确是个不折不扣、只会吃喝玩乐的草包皇帝,每日下了朝第一件事不是批阅奏折,而是同妃嫔玩乐……依皇后说的,似乎是有些道理。

他们原本就对周宸川的所作所为十分担忧,如今被言亦溪拿到明面儿上来说了之后，更加坚定了内心所想。

皇后代表着上天的旨意，如此看来，老天爷都觉得陛下太过昏庸，这可是大凶之兆。

"哦？是吗？朕居然不知道，皇后还擅长卜卦之术。"

一听宫外传来熟悉的声音，屏风后的言亦溪吓得浑身一哆嗦，条件反射地就准备蹲在地上，抱头求饶。

周宸川怒气冲冲地大步跨进宫门，冷笑道："徐监正，你们钦天监不好好在司南台待着，竟然跑到长门宫来了！你是要观察天象还是要观察皇后？"

"这这这……"众位官员大惊失色，万万没料到陛下竟然亲临冷宫，连忙跪地请罪，"陛下恕罪，只是因为皇后乃天神下凡，微臣想来求皇后娘娘帮忙解除困惑。"

"天神下凡？"周宸川嗤笑一声，看了屏风后的言亦溪一眼，"她要是天神下凡，那朕算什么？"

钦天监一听这话，连忙把这几日言亦溪所卜卦的大大小小事全都一股脑儿地说了出来。周宸川原本只当是听笑话，但听到关于自己的事时，才皱了皱眉头。

"皇后，出来吧！"

周宸川都开口了，言亦溪也不好意思再躲在屏风后面当缩头乌龟。

周宸川双手抱臂，似笑非笑地看着她，说："刚刚朕进来时，正听见你说什么异象，似乎还没说完吧？"

"是的是的！"言亦溪点头如小鸡啄米，连忙殷勤赔笑道，"虽会祸乱前殿，却能置之死地而后生，是大祥之兆！"

钦天监诸位一怔。

周宸川睨了她一眼,紧锁的眉头又松开了些。

"天地万物,斗转星移,无数凶险,福祸相依。"他这句话不知是说给言亦溪听还是说给自己听,"生死由命,富贵在己,懂了吗?"

"懂了懂了!"言亦溪立马捧场,深深地点了点头,带头鼓掌,"陛下说得太对了!生死由命,富贵在己,看来本宫修炼一场还是不如陛下,惭愧啊惭愧。"

她又挥了挥手,对钦天监们暗中眨眼示意:"诸位大人请回吧,本宫卜卦之术还有待提高,等日后再交流吧,先回去吧!"

有眼力见的一听这话,便知道是皇后给他们找台阶开脱,忙不迭行礼退下,剩下几名年迈的官员还捋着胡须苦口婆心地劝着周宸川。

"陛下,娘娘天降凤命,实在是不该居于冷宫之中,于江山社稷,于后宫前殿,怕是会落人口舌。"

不不不!我根本不想出去啊!言亦溪吓得一张俏脸惨白,眼巴巴地望着周宸川,然而在对方看来,这无异于是向他求情。

周宸川若有所思地点了点头:"你说得对,皇后意下如何?"

言亦溪眼观鼻,鼻观心,努力降低自己的存在感。

"皇后意欲扰乱民心,念其罪行尚轻,留在长门宫好好反省。"

周宸川一声令下,再一次在言亦溪还没反应过来的时候,查封了她的第二项事业。

赚钱之路几经坎坷,言亦溪再一次对周宸川恨得咬牙切齿。

长得好看有什么用,心却硬得像石头!

从长门宫回去后,周宸川只觉整个人神清气爽,特别是想起言亦溪咬着下唇狠狠瞪他时，气得双颊绯红的模样，他心中又是好笑。突然想起十几年前，对方戏弄他时，狡黠又得意的眼神，只觉得像是报了深仇大恨。

"陛下，殷王的人马还有五日便抵达京城。"

"噢,也是。"周宸川慢条斯理地逗弄着笼中的金丝雀,眼眸深沉,"朕都忘了，太妃心爱的儿子要回来了。"

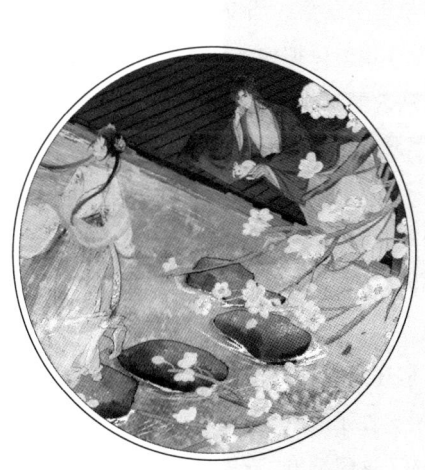

第十三章

天黑请闭眼

殷王周寻云要回宫了!

这消息转眼间便传遍了大顺宫里每个角落。周寻云身为大顺的战神,骁勇善战、意气风发,是大顺江山的保护神。

至少一听见殷王回宫的消息,众人便犹如吃了一颗定心丸,朝中重臣在看见周宸川的时候,也少了几分平时的无奈。

"这些日子,陛下的后宫真是闹得哀家头都疼了。"薛太后揉了揉眉心嘟囔道,"也不知道言亦溪究竟弄的哪一出,这后宫都被她搅得天翻地覆。"

太妃温氏眼中划过轻蔑笑意,但还是一副真切的模样道:"皇后是言丞相爱女,入宫之前深受宠爱,性子跋扈些也是正常的。"

当初便是自己撺掇先帝给太子选了这门婚事,言相爱女又如何,不过是个粗鲁丫头,又如何能担当皇后之位,将后宫搅得天翻地覆才是好事。

"唉,倒也不是嚣张跋扈。"薛太后有些无可奈何地叹了口气,"她时不时便给哀家送来些什么胭脂水粉,好看是好看,可哀家一大把年纪了,哪用得上这些啊。"虽如此埋怨,但话语里却是掩饰不住的欣慰之意。

温太妃的笑容僵在嘴角，只能悻悻作罢，岔开话题。

温太妃静静地看薛太后修剪花枝，淅淅沥沥的雨打在屋檐上，使得她整个人的心境也逐渐沉寂下来。

前来禀明消息的人一走，温太妃阴郁的双眸终于显露几分笑意。

"阿云回来了啊？"薛太后笑吟吟地将剪刀放在桌上，招了贴身的宫女取来一块玉佩，将它递给温太妃，"这还是先帝在世时，送给哀家的，是开过光的玉，阿云为大顺奋勇杀敌，这块玉希望能保他平安。"

温太妃起身，感恩戴德地行礼接过："太后费心了。"

薛太后摆摆手，不以为然道："你我都这把岁数了，还要这些虚礼做什么，阿云是我看着长大的孩子，如今陛下还得靠殷王守卫大顺江山社稷，一块玉佩算得了什么。"

"既然阿云要回来了，哀家便让礼部看着准备给殷王接风洗尘一事了。"

温太妃连连称是，对这块玉佩爱不释手。

天色渐晚，薛太后也不留她在永寿宫，便挥挥手让她回去。

等出了永寿宫，刚刚还笑吟吟的温太妃，恢复往日淡漠的眉眼，手中紧握的玉佩也随手递给了身旁的宫女："拿去扔了。"

"可……"宫女小心翼翼地接过，"奴婢遵命。"

这块玉佩温太妃见过无数次，曾经太上皇每每带兵出征时，便会随身携带。可一看见这块玉佩，她就会想到曾经的族人，想到曾经的大雍皇室，想到她的兄弟姊妹。

以为一块玉佩就能收买周寻云的心吗，这薛太后憨傻了几十年，只怕到死都不知道最后是她疼爱的周寻云攻破大顺的城池吧。

温太妃眼中划过一丝阴鸷，她的确是看不惯如此有福气的薛太后。当初薛氏不过是个商贾之女，怎配与她这位前朝公主平起平坐。周家灭她族人，登基为帝，自己为了苟活受此屈辱，薛氏却在后宫岁月静好，赏花弹琴。

夜色浓郁，温太妃的身影隐入潇潇雨幕之中，再也看不见踪迹。

等到温太妃从永寿宫离开，薛太后的贴身宫女班嬷嬷收拾着桌上的糕点，看了眼窗外，喃喃道："太后，外面还在落雨呢，该留太妃多坐一会儿的。"

"这殷王一归宫，她的心思哪还在哀家这儿。"薛太后漫不经心地拨动着手腕上的佛珠，"都这把年纪了，却还是不肯罢休啊……"

永寿宫的宫人低垂着头，大气都不敢出一声。

"班嬷嬷，把先帝给哀家的那枚玉佩单独送给殷王吧。"

班嬷嬷有些愣怔抬头，才看见薛太后手中还有一块玉佩，色泽温润清透，是块上好的玉石。

"她对周家有怨气，也对哀家有怨气，本想送她个赝品探探她的态度。"薛太后起身扶着宫女往内室走去。

"结果啊，她这人几十年过去了，什么都没变。"

茗兰一路风风火火地跑回长门宫，言语里是掩饰不住的喜气。

"娘娘！殷王要回宫了！"

言亦溪正握着毛笔在一块块小木片上画着花纹图案，闻言，也是惊喜不已："殷王？是周寻云吗？"

"是啊！殷王回宫，礼部还在商讨接风一事，若是陛下心情好，娘娘，咱们就能从冷宫出去了！"

言亦溪倒是不在意什么冷宫不冷宫，但是殷王即将回宫这件事儿,她记得应该是当时她正在写的最后一个剧情。

殷王北伐载誉而归,在宫中宴席上结识琼郁之后惊为天人,可对方却已经是周宸川的妃嫔,极度的懊恼与悔恨还有不舍充斥着周寻云的内心,而战神周寻云,也将是周宸川最大的情场对手。

言亦溪嗑着瓜子在脑海里看戏,原本周寻云便与周宸川颇为不和,二人矛盾的激化也正是因为琼郁的出现。从她这个旁观者的角度看来,虽然周宸川的长相十分合她胃口,轻功也勉勉强强,还是主角身份,可要是与周寻云相比的话,她还是觉得周寻云更适合琼郁。

毕竟美人就该配英雄,而不是配草包纨绔。

这种恋爱修罗场的画面,真是让人想一想便不由自主露出姨母笑呢!然而,言亦溪突然发现有点不对劲。

小说里,殷王回宫的时候,琼郁已经成为四妃之一,怎么现在还是个昭仪?而且……她摸了摸下巴陷入沉思,这时候应该是琼郁最得圣宠的时候,周宸川还把她从锦宁宫接了出来,单独安排了离乾福宫最近的宫殿。

现在的剧情走向到底是哪一章啊!

还没等言亦溪想明白,周宸川已经带人来到长门宫。距离上一次见到周宸川不过是十八个小时之前,然而每一次见到对方,言亦溪心里的紧张又会多几分。

"殷王要回宫了,你知道吧?"对方好整以暇地坐在一旁喝茶。言亦溪点头如捣蒜:"知道知道。"

"准备怎么安排?"

这话把言亦溪给问住了,她看了看周宸川,心里揣测大顺天子的想法。自己还在冷宫就不说了,难道他是想问其他妃嫔的事儿?

"到时候，安排琼昭仪陪您一起？"

周宸川一言不发，只默默饮茶。

言亦溪心里打鼓，又试探道："那把宋修仪和徐婕妤叫上？"

周宸川还是不说话，依旧低头浅呷一口。

嫌少？这还真是难办，难道周宸川是想让她挑几个心爱的妃子陪他一起？那干吗不早说！

言亦溪暗地腹诽，但不知为何心中却隐隐有种说不出的感觉，一想到周宸川曾经带其他人看过晚霞，带其他人从这皇宫大大小小的角落上飞过，就气得想改写小说结局，把周宸川写成个油腻的秃头大胖子。

"朕是问，你准备如何安排？"周宸川把茶碗轻轻搁在桌上，抬眸看她。

被周宸川这么看着，饶是言亦溪都有些愣怔了。

"你身为皇后，是必须出席的。"

"我……"对方的双眸似有柔情千种，言亦溪突然心跳如鼓擂，一时说不出话来。

"别抹些花里胡哨的颜料在眼睛上，也不要弄复杂的妆容。"周宸川摆摆手，"口脂颜色也可以换一换，娇嫩的粉色就挺漂亮。"

"哦……"

直男果然还是直男，无论哪个时空的直男都是差不多的生物。

等到举办晚宴这天，言亦溪还是免不了有些紧张。别说是现在参加宫里的晚宴了，就是她小时候和长辈一起吃顿饭都会战战兢兢，此时还得面对这一群朝中大臣……要是她中途说错了什么话，或者出了什么岔子，那可会丢尽皇家的脸面。

"紧张什么？"感受到身边人微微的颤抖，周宸川满不在乎地拈起一颗荔枝剥了壳扔进嘴里,含混不清道,"吃顿饭而已,看把你吓得,你原来不是胆儿挺大吗?"

"这不是忘了嘛!"言亦溪不甘示弱小声辩解。

她摔进水池里醒来后记忆出现缺失这事,还真是兵来将挡水来土掩的万用理由。

随着礼乐声响起,整个大殿便笼罩在一片喜气洋洋的氛围之中。言亦溪一边喝着果酒,一边小心打量殿中的众人。她身边坐着琼郁,太后她是见过的,旁边那位上了年纪的妇人应该是温太妃,至于下座的几个官员……一个都不认识。

不知为何,突然感觉到一道目光注视着自己,她回头看去,便看见一位一派正气的中年男子正朝她笑了笑,那神情很是慈爱宠溺,恍惚间让她有一种亲人的错觉。

"那是言丞相,是你爹,你总不会这都忘了吧?"耳边有人凑上前来轻声说道,热气尽数喷在她的耳朵上,惊得她心口狂跳。

"你挨这么近做什么!"她气急败坏地推开周宸川,有些心虚道,"现在在大殿上,得注意形象。"

"你是皇后,朕是皇帝,咱俩是拜过堂、成过亲的夫妻!"周宸川有些纳闷,"你这样说,朕感觉自己好像是个花心大萝卜。"

言亦溪要说的话噎在喉间,最终只能敷衍且讨好地握了握他的手。

"这样行了吧。"

这还差不多。

周宸川心里很满意。

两人打趣斗嘴才说到一半,便听见礼乐声响起,通传的太监高喊道:"殷王到——"

诸位大臣纷纷起身行礼问安,言亦溪和周宸川居于上座,便看见一道玄色衣袍迈着大步进了殿内。

周寻云比周宸川小几岁,眉眼间却已有了凛冽之气,或许是因为年纪轻轻便已经上了沙场,周身萦绕着一股说不出的肃杀之意,从他刚刚迈步进大殿时,言亦溪便觉得有些冷飕飕的。她又小心翼翼地看了一眼对方,虽然兄弟俩都挺帅气,但周寻云的长相着实不是自己喜欢的类型。

唉,又想给自己一个耳刮子,你说说你写小说的时候能不能对配角上点心啊!

"臣参见陛下——参见皇后娘娘——"对于这个皇兄,他算是恨铁不成钢。可在周宸川面前提醒过无数次,对方只当耳旁风,长大后他去了边塞,两人自然而然地疏远起来。

周寻云一掀衣袍,对着周宸川行礼问安,言亦溪还有些不好意思,只听周宸川淡淡道:"你也是辛苦了,赐座吧。"

周寻云点头退下,往一旁的座席上走去,却感觉有一道目光在追随自己,等落座后才发现是皇后身边的一位蓝衣女子。

想来应该是皇兄的妃嫔吧。

他礼貌地笑了笑,朝她点点头算是打过了招呼。

俗话说得好,酒足饭饱易犯困,言亦溪再一次打了一个大哈欠后,有些不好意思地问一旁的周宸川:"咱们这个饭局……不是,咱们这个宴席,什么时候才吃完呀?"

"这才到哪儿?"周宸川睨了她一眼,"等会儿还有戏子和舞伎上场助兴。"

"哦……"言亦溪叹了口气,继续和果酒作斗争。

你说说你,开个宴席,每份菜才那么一点,塞牙缝都不够,干脆做几锅红汤火锅好了。这吃得普通就罢了,表演的除了唱歌就是跳舞,一点新意都没有,乏善可陈。

有此想法的当然不仅仅只有言亦溪一人,众人只见殷王突然起身,歉意地行了个礼:"陛下,臣想起府中还有事,得先走了。"

顿时,大殿里的气氛有了一丝微妙的尴尬。

谁都知道今日这宴会是为了给殷王接风洗尘,他这样毫无顾忌地离开,不就是当着众人的面打陛下的脸嘛。

言亦溪看了眼眉头紧皱的周宸川,又看了眼茫然无措的薛太后,最后看了眼埋着头大气儿都不敢出的诸位大臣。

——得说几句话把这场子给圆回来才行。

"陛下,依臣妾说就该早点把那小游戏拿出来。您看看,现在晚了吧,您还说给殷王一个惊喜呢。"言亦溪清了清嗓子,突然对一旁的周宸川打趣道。

她的声音在空荡的大殿中显得尤为突兀,周宸川一愣,周寻云也停了下来,转身狐疑地看向他们二人。

"什么游戏?"

言亦溪连忙把眼神抛向一旁的周宸川,示意让他接话。

虽然周宸川立马反应过来这是言亦溪在给自己解围,然而一时半会儿也想不出合适的游戏,只能又把这个问题抛给了言亦溪。

"说得对,皇后,你来同殷王解释解释吧。"

言亦溪一愣。

周宸川你是真的狗啊!

她不得已只能硬着头皮解释道:"是前些日子本宫同陛下琢磨着在宴会上给各位娱乐助兴的游戏,靠语言和神情来破案。"

破案?语言?

一听这话,武官和文官都来了兴趣,本来这国宴上喝喝酒、看看歌舞已经是几十年来的传统,毫无新意,他们也觉得无聊。这话可刚好说到了周寻云的心上,他是武将出身,在沙场上打打杀杀,这些靡靡丝竹之音听在他耳里只会成为催眠曲。

"敢问皇后娘娘这游戏叫什么?"

"天黑请闭眼。"

要对一群古代人科普这种桌游,简直是要了言亦溪的老命,好不容易断断续续、磕磕绊绊地讲完了规则,言亦溪深吸一口气,紧张地等待众人的反应。

不知道是没听懂还是不敢轻举妄动,所有人都没有反应,言亦溪一时有些无奈,她就知道这种游戏对于古代人来说,理解起来还是有点困难。

"皇后娘娘,游戏规则我听懂了,只是部分环节有些不明白,能否再讲一次?"周寻云拱了拱手,恭敬地问。

言亦溪是求之不得,连忙又重新讲解了一遍平民如何指认杀手,杀手如何"杀人",毕竟"天黑请闭眼"比"狼人杀"容易得多了。

终于,周寻云恍然大悟地点点头,其他大臣也互相交头接耳,总算弄明白了。

"微臣觉得可以一试。"言相率先出声,欣慰点头,感叹女儿长大了。

"臣妾也觉得娘娘的提议很不错。"琼郁紧接其后,微微一笑。

这游戏对于琼郁和言相来说,根本不值一提,无非是揣测对方心理活动的戏码,他们早已驾轻就熟,但言亦溪担心的是草包皇帝周宸川。

以周宸川的智商,能不能理解游戏规则还得两说。

"不错。"谁料,周宸川也颇有兴致地拍手,"这个好玩!"

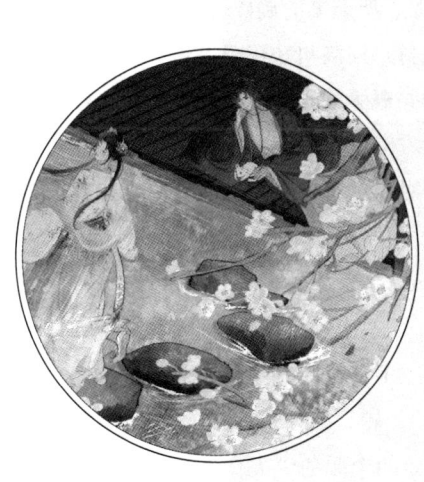

第十四章

没有事业的人和咸鱼
有什么区别?

　　既然陛下都这样说了,那众朝臣不管有没有理解游戏规则,都只能硬着头皮附和道:"陛下说的是,听起来的确好玩极了。"
　　言亦溪一听这话,连忙开始主持。周宸川和周寻云第一次听见这种方式,也饶有兴趣地参与其中。温太妃和薛太后年纪大了,自觉地退到一旁充当裁判。
　　众人低头闭眼,由薛太后选好对应的杀手和平民后,正式开始游戏。
　　选定的杀手是琼郁和殷王周寻云。

　　第一轮游戏,一位大臣"去世"了,这位大臣还没来得及弄清楚游戏规则,就稀里糊涂地被迫下线,轮到所有人发言。
　　这位大臣还有些纳闷,他不过是闭个眼的工夫,怎么睁开眼,人都没了!

　　"朕先声明,朕不是'杀手'。"周宸川打了个哈欠。
　　其他众臣连忙附和:"陛下说的是,陛下怎么可能是'杀手'呢!"
　　周寻云也正色道:"本王也不是'杀手',本王平生最痛恨的便是奸邪小人。"

诸位大臣又连忙出声："殷王说的是,殷王怎么可能是'杀手'呢!"

轮到琼郁发言,她扑哧一笑,以袖掩嘴:"臣妾还没弄清游戏的规则,也不知道如何骗人。"

琼昭仪贤惠文雅,众臣早有耳闻,又点头称是:"娘娘一定是好人。"

最后,该言亦溪发言,她义正词严道:"各位,本宫不是'杀手'!你们一定不要被其他人的话给蒙蔽了双眼啊!"

"皇后娘娘今日有点奇怪……"

"是啊,怎么看起来像是心虚,恼羞成怒了……"

"按照皇后娘娘的脾气和性格,白大人就是被娘娘杀的吧……"

周宸川摸着下巴缓缓道:"皇后你这个神态,有点像之前抢了别人鹦鹉,贼喊捉贼的样子。"

言亦溪一愣。

一码事归一码事!别走错片场了行吗!

于是下一轮,言亦溪不负众望地被投票"处决",由小太监宣读:"善良的皇后娘娘被处决,游戏继续。"

众人这才反应过来,原来皇后娘娘是好人。言亦溪悲痛欲绝发表临终感言:"各位大人!你们一定要想清楚,别被人牵着鼻子跑啊!"

诸位老臣纷纷如醍醐灌顶,恍然大悟,不由自主地望向周宸川。

后者挑了挑眉,心里涌上一阵微妙的预感:"你们这么看着朕做什么?"

轮到所有人埋头闭眼,第二轮"杀人"开启,琼郁和周寻云对视一眼，不约而同地指向了刚刚质疑周宸川的大臣，两人相视而笑。

等到众人抬头，发现不知什么时候起，柳大人也没了，顿时像是抓到了周宸川的把柄，纷纷指向周宸川。

被投票处决的周宸川被安排到了一旁，正遇见早早被淘汰出局的言亦溪。

"陛下还真是火眼金睛！"

"皇后颠倒黑白的本事又长进了。"

这头两人明讥暗讽，火药味十足，其他人却沉迷游戏，无人顾及这两人的举动，周寻云往日最不愿的事便是参加宫廷中的宴席，今日却颇有兴致，等到游戏结束，殿中气氛逐渐变得和谐融洽起来，众人说说笑笑，平日里的隔阂似乎消减不少。

夜幕深沉，周寻云跪在下座，给温太妃行礼请安。

"母妃这些日子还好吧？"

"好？"温太妃嗤笑一声，眉眼凛然一横，呵斥道，"你也是狠心，这么多天连封信也不捎回来，让你母妃在这深宫中受太后和陛下的气！"

周寻云一惊，连忙问："什么，皇兄苛待您了？"

"倒也不是苛待。"温太妃颇为不满道，"只是你母妃这身份，到底只是个太妃，宫中的皇后妃嫔通通不把我放在眼里。你这皇兄也不懂事，竟然也不会帮着说几句话。唉，我这一把年纪了，却还是被薛太后踩在脚下。"

周寻云皱了皱眉。

翌日，殷王进宫去向周宸川请安时，心中颇为不满。他本是个习武之人，脾性直率坦荡。自己这位皇兄小时候虽对他处处关照有加，但后来却逐渐变得不学无术，整日逃课玩乐，他看在眼里急在心中，多次劝诫却被对方当作耳旁风。

"臣参见陛下——"

周宸川正在同元海等人玩着从言亦溪那儿没收来的飞行棋，见状有些漫不经心地点点头："来了？"

"嗯。"

这兄弟俩见了面，生疏得不得了，连句话也不多说。周寻云一直在注意二人玩的棋类游戏，觉得很新鲜，便在一旁看了好半天后，才终于想起还有正事儿。

"还请陛下不要过多为难母妃。"还是周寻云先开了口，他微微皱眉，对于周宸川实在是有些恨铁不成钢。

"为难太妃？"周宸川有些好笑，他把棋子扔到盒子里，饶有兴趣地问，"我为难温太妃做什么？"

"因为……"周寻云咬了咬牙，有些窘迫地开口，"因为母妃是前朝……"

"朝中也有不少前朝旧臣，你看朕为难他们了吗？"

周寻云张了张嘴，突然有些哑口无言。

"既然没啥事就回去吧，别耽误我玩飞行棋了。"周宸川有些不耐烦地挥挥手，让他快些离开。

等出了乾福宫，周寻云心中一直在回味刚刚周宸川说的那番话。

是啊，母妃虽然是前朝公主，可早已失势，自己又是大顺的殷王，皇兄与她并无交集，怎么会为难她？难道是母妃多心了？

他长叹一口气，顿时觉得这种事比他带兵打仗还要艰难。

这时，一位嬷嬷紧跟在元海身边，叫住了周寻云。

"殷王殿下,请留步。"

他转身回头,对方将一枚玉佩交于他的手中:"这是太后让老奴转交给殷王的,说是太上皇遗留的旧物,可保殷王平安无虞。"

周寻云连忙接下,回礼道谢,心中的重石突然轻了些。帮完忙的元海,想告退离开,被周寻云叫住:"元海公公,刚刚皇兄玩的是什么?"

元海笑着回答:"是飞行棋,皇后娘娘发明的。"

皇后娘娘?

周寻云对言亦溪还算有些印象,记忆中听说过她的斑斑劣迹,可昨日一见,却觉得对方古灵精怪,不由得对传闻产生了质疑。

琼郁低垂着头,快步朝着宫门走去,她的小宫女珍珠拉了拉她的衣袖,低声问:"娘娘,皇后娘娘交代您的事,您交给奴婢去做就行了,万一途中出了岔子,连累到您可怎么办。"

"不过是帮娘娘把话本送出宫外罢了。"琼郁摇摇头,"我不放心,这种要紧事还是我来吧。"

言亦溪这些日子在长门宫待得着实无聊,美容班停办便罢了,连算命事业也给她查封了,没有事业的人和咸鱼有什么区别。言亦溪痛定思痛,开始执笔干起了老本行——写小说。

还好大顺民风开放,百姓也可议论国事,街头巷尾的茶馆中全是说书先生,最喜欢的题材便是闺阁小姐和穷书生的爱情。言亦溪另辟蹊径,决定写皇权富贵。

然而写到一半又犯了难,她想印刷成话本,可又出不了长门宫,只能让人代送,于是琼郁便自告奋勇接下了这个活儿。

两人伪装成送菜的农女,随着马车驶到了宫门口,琼郁怀中揣着那沓纸和珍珠一道下了车,垂着眼眸不敢面对官兵。

"走吧。"

守门的士兵看了眼,便放二人通行。琼郁快步进了车中,珍珠晚了半步,手腕上的银镯叮当响。

那士兵皱了皱眉:"等等。"

琼郁和珍珠的心顿时漏跳了一拍,眼看着对方渐渐走近,琼郁已经在脑海里演示了上百遍接下来会发生的事情。

"怎么了?"

身后突然传来一道清亮的男声。

那士兵一愣,转过身,在看见来人的模样后连忙行礼:"参见殷王——"

殷王?

琼郁心里再次一惊,她是见过殷王的,就在前日的宴席上,殷王对自己应该也有印象,这……万一被发现可怎么办?

"拦着这马车做什么?"

"属下觉得有些可疑。"士兵恭恭敬敬道,"正想盘问清楚。"

"可疑?"周寻云掀开帘子看了一眼,正撞见一双清透的眸子,不由得一愣,随即放下车帘,"没什么可疑的,放行吧,本王也要出宫门了。"

士兵还想多说几句又碍于周寻云的威严,只能悻悻作罢。

等出了宫门,周寻云才拦下马车,朗声道:"娘娘出来吧。"

琼郁纤纤素手掀开门帘,朝他微微一笑:"多谢殷王好意。"

"娘娘出宫是为何事?"周寻云有些费解。

本来这件事琼郁是该隐瞒的,可看见周寻云的那一刻,她却感到莫名地信任对方,毫不忌讳道:"是帮皇后娘娘把话本送出宫去印刷。"

"皇后娘娘?话本?"周寻云突然想起他离开乾福宫后,有奴才告诉他,皇帝与皇后一向不和,太后正头疼呢。

他不喜欢陛下,却对皇后娘娘有好感。

这种好感无关男女之情,只是一种敬佩和好奇。

皇兄不喜欢皇后,他偏要帮皇后,能让皇兄吃瘪,他心中也会好过些。

"帮皇后娘娘这件事,琼昭仪方便吗?"周寻云笑着说,"若是不方便,本王可以帮这个忙。"

琼郁正愁这件事办不好,她出宫已经是千辛万难,更别说还被关在冷宫里的皇后娘娘,有了殷王相助,如同雪中送炭。

一听这话,她心跳又加快了几分,连忙盈盈福身行礼谢过,虽穿着粗布麻衣,白皙的脖颈和乌黑的秀发却是掩饰不住的娇丽。

"多谢殷王。"

却没看见对方眼里一瞬而过的失神。

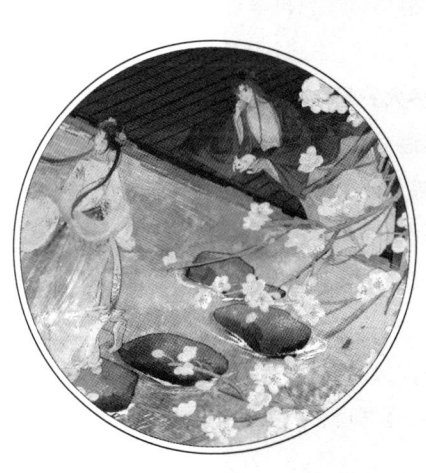

第十五章

霸道总裁爱上我

"娘娘!娘娘!"

言亦溪昨晚熬夜思考剧情,大清早的还想再睡个回笼觉,就被茗兰从被窝里给拽了出来。

"娘娘!您的话本,京城里好多人看呢!"

茗兰从怀里掏出一沓书,激动道:"京城大街小巷都传开了,新的一章上市就被疯抢一空。"她抖了抖纸页递到言亦溪面前,"听琼昭仪说,是殷王殿下帮了忙,才得以送出宫去。"

殷王不愧是殷王,送佛送到西,哪像周宸川,直接把她的摊子给一锅端了。

言亦溪饶有兴趣地一一翻阅着,虽然古代的印刷质量比不上现代的,但字迹也算是清晰,个别几页竟然还有插图,让她开了眼。

"听说如今京城的酒肆茶楼,说书人讲的话本都是娘娘写的这篇呢。"

院落外传来一道笑声,琼郁姗姗而至。言亦溪连忙笑嘻嘻地拉着她道谢:"我还没谢谢你呢!帮我这么大的忙,不然我在长门宫可无聊死了。"

"这有什么,不过是举手之劳罢了。"琼郁摇了摇头,脑海里却浮现出周寻云的面孔来,不由得双颊绯红,"还得多谢殷王殿下帮忙。"

"一样的!一样的!"言亦溪压根儿没发现对方神态的异样,只是一个劲儿地让茗兰从屋里找些好东西送去锦宁宫。

琼郁只觉脸红得要命,忙不迭岔开话题给言亦溪讲述话本的受欢迎程度。

"我听我宫中的小丫鬟说,京城有许多姑娘在打听'言公子'的身份。"琼郁伸出手指头在言亦溪面前比了比,"一位苏家二小姐开了这个数要找到'言公子'!"

言公子自然就是言亦溪的笔名,可她也没想到这本类似于《霸道总裁爱上我》的话本,竟然如此受热捧。看来亘古至今,帅气多金又深情的男人一直都是流行的角色。

言亦溪有些羞赧地摸了摸鼻子:"他们能喜欢我写的小说……话本!我就觉得已经很惊讶了,况且我写的不过是根据宫里的情况改了改罢了。"

——不过是把自己那本《绝色宠妃》给重新写了一遍而已。

琼郁一听这话,有些好笑道:"娘娘又在说笑了,咱们陛下哪儿比得上娘娘您笔下的那位啊。"

她如今已经和言亦溪亲近多了,也少有顾忌其他。

言亦溪一听这话,长叹一口气道:"你也受苦啦,不知道为什么最近陛下的心思似乎不在后宫了。"

听茗兰提起,说陛下最近老是窝在御书房里假模假样地批阅奏折,连东西六宫也不去了,言亦溪心中竟然有了那么一丝庆幸,又对琼郁多了一丝同情。

"陛下从没来过我这儿。"琼郁松了一口气,脸上的笑意也多了起来,"这也算是好事一桩。"

见言亦溪有些不解,她拉了拉言亦溪的袖子,附在对方耳边轻声说了几句话。

"什么?"

言亦溪闻言愣住了。

如琼郁和言亦溪所想,周宸川的确是在御书房假模假样地看书,他翻来覆去也只看了一页,索性扔在一旁,盘算起这些日子的事儿来。

如今温太妃安插在他周围的眼线,都被他找了法子给去除了,虽说多亏言亦溪开办的这些不正经的课堂,可总不能每次都用言亦溪当作靶子,前些日子这些妃嫔总爱在他面前转悠,他以美男计倒是套出了不少话。最近怎么回事?言亦溪的长门宫都被自己查封了,怎么还是没人来讨好自己?

他一挥手,一道黑影落到他身前,罗十八拱手道:"陛下,根据前些日子搜来的名单,最近属下正在暗中监视他们的一举一动。"

"好。"周宸川有些不耐烦地挠挠头,"他们也还算狡猾,竟然全都用暗号来对话,咱们除了知道名单,其他一无所知。"

罗十八有些尴尬地低下头,周宸川虽然没有明着讽刺他,但他心中也十分过意不去。这些日子别说没找到个合适的契机,就连这名单竟然还是找皇后娘娘算命得来的。

"算了算了。"周宸川挥了挥手,"朕去元秀宫逛逛。"

元海一听这话,连忙招呼着,一行人浩浩荡荡地便往元秀宫走去。

周宸川继位到现在,还未有过子嗣,后宫中也不乏有心生疑惑的妃嫔,却都被元海给糊弄了过去。可元海也知道这事儿是纸包不住火,加上皇后如此受欢迎,总不能撺掇后宫妃嫔全都把陛下给孤立了吧!

他越想越焦灼,没注意门柱,撞了个头晕目眩。

"怎么了?"周宸川别过头去,睨了他一眼,"别想些有的没的。"

元海唯唯诺诺连忙称是。

周宸川又轻笑一声道:"宫中这些妃嫔,看似是为了进宫服侍我,然而一个个却有狼子野心,不是为了皇后之位,便是为了完成任务,若说真心的,怕是也找不到几个。"

元海忙不迭道:"陛下多虑了,宋修仪、徐婕妤、琼昭仪,各位娘娘可都是对陛下一往情深啊!"

周宸川摇摇头,笑了笑没说话。

要说这些人对他一往情深,还不如说言亦溪更为恰当。

自己的母后虽贵为皇后,娘家家道早已落败,薛氏性子又极为懒散软弱,不懂如何讨好父皇,总是被温太妃暗中挑拨和父皇的关系。好在太子是大哥,天大的事也有大哥顶着,他没心没肺地过着童年。不料太子意外离世,而这时刚好五弟出生,为了不背上太子的名号所带来的桎梏,他开始游手好闲、不学无术,希望这种殊荣不会落在自己头上,万万没想到父皇还是妥协了,立长不立贤。他已经竭尽所能避开这一切,却还是被推上了东宫的位置。

温太妃视他为眼中钉,朝中重臣想要看他笑话,父皇不懂他的求救之意,他一个人在泥潭中挣扎……

元秀宫内,徐婕妤百无聊赖地研磨着桃花粉,准备照着皇后娘娘的方子尝试做一做面膜,一旁的玉美人正在摆弄皇后娘娘发明的新的牌类游戏。

"皇后娘娘说的这个斗地主到底是什么玩法呀?徐婕妤你听懂了吗?"

徐婕妤摇了摇头,偷偷笑道:"等会儿咱们再偷偷去长门宫就行了。"

然而这时,宫门外传来太监尖厉刺耳的声音:"皇上驾到——"

徐婕妤和玉美人对视一眼,看见对方眼里的不情愿,只能叹口气理了理衣服前去迎接。

"参见陛下——"

周宸川来元秀宫,只是为了看看玉美人在做什么。毕竟在宫里,唯一露出了马脚的便是辛才人和玉美人,要想看看玉美人还和谁有交道,只能不动声色地引蛇出洞。

然而今日这二人似乎有些闷闷不乐,周宸川暗中捏了捏自己的脸,心有疑惑,是自己的样貌已经不吸引人了吗?

"陛下可有好些日子没来了。"徐婕妤微微一笑,从宫女手中接过茶递给他,"我和玉妹妹还在猜测陛下是不是批阅奏折累了呢。"

"倒也不是累,就是被皇后气的。"周宸川无奈摇摇头,暗中观察这二人的反应。

出乎意料的,竟然是玉美人开口道:"娘娘这些日子在长门宫受了委屈,怕是心里有些埋怨吧。"

周宸川有些不解。

徐婕妤也附和:"臣妾觉得,娘娘性子单纯,说出来的话没有恶意,陛下不要多心了。"

这和平时说的怎么不一样了呢?

周宸川又皱眉道:"她在宫里弄那什么美容班,难道不是不务正业?"

玉美人急忙辩解:"娘娘那是为了我们着想,想让我们在陛下面前能更加光鲜耀眼,也是臣妾等人请娘娘指点一二的。"

周宸川有些摸不清这些人的想法了,他狐疑道:"那她在宫里开那什么算命的……"

"这也是娘娘害怕我们在深宫寂寞,想出来同臣妾们聊天解闷的法子。"

周宸川沉吟片刻,左右看了看,低声道:"你们是不是被皇后抓住了什么把柄?只能说她好话?是的话,就点点头。"

玉美人和徐婕妤摇摇头:"我们是真心的。"

这真是奇怪,周宸川出了元秀宫还摸不着头脑。按理说玉美人想坐上皇后之位,得费尽心思陷害言亦溪才是,怎么现在言亦溪像是一块香饽饽,每个人都想讨好她了?

大顺天子心里觉得很委屈,但是又不知道这种不适感来自何处。

"陛下,奴才觉得不对劲。"一直陪在周宸川身边的元海见证了全过程,凑到他面前低声道,"您不觉得这几日宫里的日子太平淡了吗?"

周宸川睨了元海一眼:"是啊,因为言亦溪被赶去了长门宫,不出来捣乱,可不就安静了。"

"奴才说的不是这个意思。"元海循循善诱给他分析道,"咱们其他宫的娘娘们都在尽心尽力维护皇后娘娘,那是因为皇后娘娘已经失势,他们觉得皇后娘娘已经掀不起风浪,所以才好言相待。"

周宸川没说话,只是从鼻腔里"嗯"了声,当作回应。

如今没了妃嫔们争风吃醋的画面,也没了她们故作浮夸的演技,日子的确是有些无趣。

见陛下没说话，元海又继续道："陛下啊，这后宫不能一日没了主心骨，得有一个主持大局的人才是。如今太后与太妃年事已高，已经无暇顾及此事。"

他说得极为委婉，是想让周宸川从现下的妃嫔中，晋封几位成四妃，好压制皇后。

这话也说进了周宸川的心里，这些日子他想了想，这事儿的确是有些不妥，每日无聊到他竟有些不习惯了。

"朕知道了。"

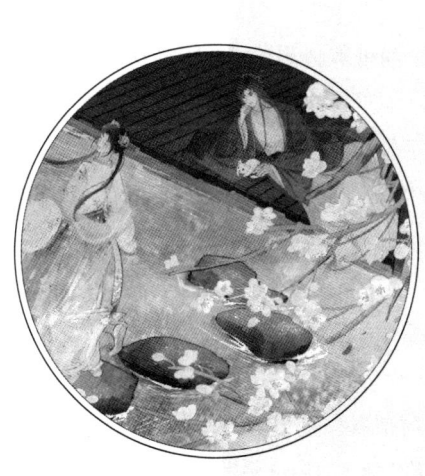

第十六章

凤位易主,指日可待

下了朝,言相急匆匆而来。

又来找陛下了?

宫人们看着言相进了御书房,纷纷低声猜测:"言相来找陛下是不是因为皇后娘娘的事儿啊?"

"我觉得是,现下皇后娘娘去了长门宫,言相岂能不知道?言家大小姐去了冷宫,那不是拂了丞相的面子!"

"是啊,唉……咱们陛下当时娶言皇后也是迫于无奈,可真是辛苦陛下了。"

"这有什么好辛苦的,咱们皇后娘娘多漂亮,后宫中能比皇后娘娘好看的,也找不出几个了。"

殿外的宫人们窃窃私语,不多时便看见言相面色铁青地冲了出来,随即便听见书房里传来茶杯猛掷在地上,摔得噼里啪啦的响声。宫人们心下大惊,元海连忙进去劝慰:"陛下息怒——"

元海只道是言相和周宸川为言亦溪的事儿吵了起来,便迅速站到周宸川的身边开始喋喋不休道:"其实这件事也不能怪陛下,是皇后娘娘自己要去长门宫反思赎罪,娘娘自从入宫到现在捅出不少娄子,都是陛下替她善后,言相就是因为纵容娘娘……"

元海话还没说完,便被周宸川打断,他冷冷吩咐道:"备轿,朕要去长门宫。"

陛下要去长门宫这件事让元海颇为后怕,还以为要去找言亦溪麻烦,虽然他不喜欢皇后,可也于心不忍,还想再劝几句,周宸川已经大步往龙辇走去。

长门宫内,没人前来通风报信,自然不知道皇上的队伍气势汹汹已经到了宫门外的小路上。

言亦溪此时正在教授人如何正确打出斗地主的一副王炸牌。

自从飞行棋和算命摊子被查封后,生活一下子失去乐趣。言亦溪是真的小心谨慎,生怕再一次被抓住了小辫子。

但无聊的时光怎么打发?

她在扑克牌和麻将之间选择了前者,毕竟要找一堆磨成方块的小玉石,不是什么容易事。直到她把这一沓牌给收拾妥当,叫来琼郁和茗兰讲解规则时,不料来了一位不速之客。

言亦溪做梦都没想到来的人会是殷王周寻云。

"殷王?"言亦溪狐疑地从内屋出来,见到周寻云的时候还有些好笑,"不知今日殷王前来,是为何事?"

"也没旁的事,只是觉得娘娘很有趣,想来拜访,顺便再问问娘娘还有没有新的游戏。"周寻云坦坦荡荡地行了个礼,丝毫没意识到自己闯入后宫这事儿有多不妥。

言亦溪也自然没想到,周寻云是因为自己有趣才来拜访她。

她不禁在心里问自己,当初写小说的时候是怎么把这兄弟俩塑造成这种性格的。

往日里伶牙俐齿的琼郁,此时却站在言亦溪身边一言不发。言亦溪没办法，只能硬着头皮请他在院中落座，又让茗兰斟满茶奉上。

周寻云是来过长门宫的，只是那时候年岁小，只记得这座冷宫杂草丛生的荒芜之景，现下他左右张望，入目竟是假山水池，秋千吊椅，颇有些惊讶："长门宫倒与我想象中的不一样了。"

"这都是娘娘设计的，这秋千还有假山，全是娘娘一手布置的。"琼郁终于回过神来，红着耳朵替言亦溪解释，想了想又道，"娘娘之前还发明了一种棋类游戏——飞行棋，不知殷王是否知道。"

"倒是在皇兄那儿见过！"殷王兴致勃勃地点点头，赞叹道，"那娘娘真是太厉害了，之前是听人传言，还险些误会娘娘。"

琼郁立马深以为然："是的，之前本宫也受人蛊惑，把娘娘视为洪水猛兽，没想到事实并非如此。"

这两人一唱一和，倒弄得言亦溪有些不好意思了。她有些不自在地挠挠头，这两人是收了谁的钱特意来吹捧她的吗？

"对了娘娘，前些日子你让我送话本……"琼郁使了个眼色。

言亦溪恍然大悟，对了，对了！当日送话本差点被皇宫门口的守卫拦下，还是周寻云帮的忙。

既然帮了忙，那大家就是朋友，言亦溪也不藏着掖着，让茗兰把好东西拿来。

"今日本来是邀琼昭仪来玩游戏，既然殷王来了，那便是赶了巧。"

周寻云一听这话，眼前一亮。

他之前在国宴上已经见识过言亦溪脑子里稀奇古怪的点子，也见证过皇兄玩飞行棋废寝忘食的模样，一听又有了新花样，不由得兴致顿起。

"娘娘请讲！"

言亦溪便从扑克牌的花色讲到了规则，例如"大小王是什么意思""炸弹又是什么意思"，她极力放缓语速，留出时间让这二人思考。可琼郁与周寻云是什么人，琼郁从小聪明过人，只听了一遍便懂了规则，周寻云在军营历练，什么稀奇古怪的行酒令没见过，两人听完都是跃跃欲试的模样。

周寻云如今对言亦溪的印象是大为改观，对方举止谈吐都不像大家闺秀，反而机灵古怪，对这位皇嫂他是心服口服，比起其他妃嫔来说，除了琼昭仪外，言亦溪与他最投缘。

"王炸——"言亦溪把最后两张牌打完，晃了晃空空如也的双手，笑嘻嘻道，"我打完了！"

琼郁和周寻云一脸苦相，把手中还剩下的大把牌扔在桌上。

"再来再来！"

周寻云抱拳行礼："皇嫂厉害，臣弟甘拜下风。"

与此同时，周宸川已经乘坐龙辇到了长门宫外。元海见周宸川面无表情，他心里咯噔一声，小心翼翼开口："陛下息怒，其实……娘娘也没什么大的过错，无非是喜欢惹点小麻烦。但是，但是！这……这是天性，既然改不过来，那陛下也不必与她置气……"

他话音刚落，周宸川已经迈步进了长门宫。

其实周宸川是不想来长门宫的，言相来是来过，说是说过，他左耳朵进右耳朵出也没放在心上，只是经言相这么一提醒，也觉得自己好像有些时日没去看看皇后了。

也不知道她在长门宫没了那些乱七八糟的东西后，会不会觉得日子太过乏味。

要不……还是给底下的人说一声，把那些东西还给她算了。但其实只要她稍微服软，来自己御书房里送点小吃糕点，让自己宽心，这不就全解决了吗！

周宸川有些无奈，想不明白啊，宫里其他妃嫔都上赶着讨好他，怎么到言亦溪这儿成自己倒贴来找她了？

没去在意长门宫其他宫人们惊愕的目光，周宸川做了个手势示意不用通传了，便兀自往里走去。

跨进院门，便瞧见桂花树下的石凳上坐了几人，正各自捧着一沓不知道是什么的玩意儿，谈笑风生。

"四个二！"言亦溪潇洒地把手中的纸张扔到桌上，得意大笑，"我又赢啦！"

站在院门口的周宸川沉默不言，太阳穴却突突跳着。

好哇，他还在担心言亦溪一个人在宫中会不会无聊，结果对方早就快活地把他给抛在了脑后，根本不在意呢！

琼郁无奈地摇摇头，余光瞥见院落口站着一个人，吓得猛然一惊，连忙起身行礼。

"见过陛下——"

周寻云一听这话，也顺着琼郁的目光看去，在看见这道明黄色的身影时也有些后怕，不由得站在一旁拱手道："见过陛下——"

只有言亦溪还没反应过来，被琼郁背在身后的手给拎着衣服提了起来，她才急急忙忙地赔着笑道："陛下怎么来了，都不让通传一声。"

"通传什么，好给你留足时间收拾妥当？"周宸川似笑非笑地看着她，眼神示意道，"在玩什么？"

"斗……斗地主……"言亦溪心虚地嘿嘿一笑,怕周宸川误会又忙不迭辩解,"陛下,只是因为我们这局少一人,才把殷王给拉过来的!"

周宸川无语。

你不说我都快忘了,还有这个人呢!

他皱眉看向一旁的周寻云,薄唇紧抿,看上去颇为不满。

一向与周宸川互不对付的周寻云也意识到自己的行为不妥,不由得清了清嗓子:"臣……自会领罚,陛下放心。"

周宸川又将目光移回来,落到言亦溪身上。他双手抱臂,好整以暇地看着她,问:"怎么不玩了?朕来了,一起啊。"

"这个……只能三个人玩。"言亦溪苦着脸心虚道。

周宸川被堵得哑口无言,太阳穴突突跳动。

"噢,这么说来还真是打扰了啊。"周宸川说得咬牙切齿,恨恨道,"那你们现在玩吧,朕不扫兴了。"

言亦溪把他的妃嫔抢走就罢了,现在连一向与他互不对付的皇弟都对言亦溪言笑晏晏了,到底还有没有人把他放在眼里啊!

哪能呢!你哪儿算打扰呢!言亦溪一听这话,吓掉了半条命,哆哆嗦嗦地上前拉了拉他的衣袖,可怜巴巴道:"不玩了不玩了,以后都不玩了。"

"不是很好玩吗?"周宸川别过头来看她。不知为何,言亦溪竟觉得他双眸里还有一丝埋怨和委屈。

"连来给朕请安都忘了。"

言亦溪一时语塞,这……这好像跟斗地主没关系吧?不是一直没去请过安吗?

她只能小鸡啄米般点头:"不好玩不好玩,一点也不好玩。"

周宸川深明大义地拍拍她的头,像是安抚小孩儿一样。

"既然如此,那长门宫也不必待了,回凤鸾宫吧。"

言亦溪点头的动作顿时呆住,不可置信地抬头,声音都颤抖了:"什……什么?"

回凤鸾宫?

我千辛万苦跑来冷宫躲灾,结果你一句话就让我回去?

言亦溪只觉得眼前一片漆黑,快要看不见胜利的曙光了。死亡的倒计时再一次临近,而握着镰刀的死神有着周宸川的面孔。

琼郁还以为她高兴傻了,心中松了一口气,笑意盈盈上前轻轻拉了拉她的衣角,低声道:"娘娘莫不是高兴坏了,快谢主隆恩呀!"

言亦溪不得不把委屈的眼泪咽回肚子里,嗫嚅片刻,哭丧着脸福身:"谢陛下……"

周宸川说到做到,等言亦溪再一次回到已经有些陌生的凤鸾宫时,宫外吵吵闹闹的脚步声渐渐逼近,她一回头便看见几大个雕花红木箱子整整齐齐地摆在院中。

"这……这是什么?"言亦溪惊讶得差点咬到舌头了,"谁送的啊?这太贵重了,拿回去拿回去!"

茗兰笑嘻嘻地从殿外进来,凑到她身边,言语里是掩饰不住的喜悦:"娘娘,这是陛下赏赐的。奴婢对过单子,可有好多宝贝,您喜欢的琉璃盏又送了两柄!"

言亦溪整个人都呆滞了。

俗话说得好,无事献殷勤,非奸即盗。

可她又没有什么钱,周宸川不会是觊觎她的美色吧?

"娘娘,您怎么了?"茗兰见言亦溪恍恍惚惚的模样,还以为她想旁的走了神,左右张望一番悄悄道,"老爷进宫见过陛下,想来是训斥了一番陛下,陛下才把娘娘接回凤鸾宫的。"

噢……言亦溪恍然大悟,原来是她爹给她出头来了。

看来周宸川送这么几大箱东西也不是出于自己本心,完全是被逼无奈啊。

可是爹啊,您……您出头倒是跟我说一声嘛!白费我的好计划了!

凤鸾宫中一片欢喜融洽之景,东西六宫的妃嫔也第一时间知道言亦溪重回凤鸾宫的消息,只是与这条消息一并传来的,还有皇帝与言相闹得不欢而散。

几乎是同时,各宫的妃嫔都收到了不同人递来的字条:

"丞相与天子已心生隔阂,凤位易主,指日可待。"

第十七章

———·———

琼昭仪受了惊,
挑些朕的赏赐送去

"玉美人,这招数管用吗?咱们好些日子没去惹娘娘不快,明日若惹怒了她,怕是没好果子吃了。"

玉美人的宫中,几位和她关系甚好,或者换句话来说,结党营私的后宫妃嫔们正聚集在一起,表面喝茶闲聊,实则暗地里讨论着要如何对付言亦溪。

她们这群人本就只是因为利益关系而聚集在一起的,各自都有势力扶持,温太妃对她们的行为睁一只眼闭一只眼,太后受了温太妃的教唆也不爱管皇后的事。言亦溪便只能孤军奋战,随时都会被扳倒。

太妃对丞相一向忌惮,她们身后的大人们早已同她们耳提面命,说一定要让丞相与皇上之间的嫌隙闹大,而唯一能成为众人靶子的,便是这位言皇后了。

玉美人心头一时有些不是滋味,她拿起梳妆台上言亦溪送给她的胭脂,淡淡道:"你们不用担心,这次咱们也不过是给皇后添堵而已,她才重获圣宠,也不需要我们下太狠的手段。"

其余几个人彼此看了看,都看出了对方眼中的迟疑之色。

翌日，由玉美人做东，请各宫妃嫔来她的宫中赏花作诗，场面热闹非凡。

诸位妃嫔都梳妆打扮一番，头戴珠钗银簪，身披霓裳绸缎，表面上和和气气地互相打闹说笑，一双眼却紧张地盯着院落外，生怕言亦溪今日不来赴宴。

气氛随着时间的流逝而逐渐胶着起来，就连以往清脆悦耳的莺鸟鸣叫声，此时也只觉得聒噪得不行。

元秀宫不远处的小道上，众星捧月般迎来两道倩丽的身影。

言亦溪目视前方，然而大脑却在飞速运转。

她琢磨了一晚上，死活想不明白这草包皇帝到底想干什么。身为作者，她用自己的脑袋发誓，原文中周宸川爱的人绝对是琼郁，言皇后不过是个炮灰背景板，就算去了冷宫也无碍，可她万万没想到这位皇帝突然变了性子。

你说说你……你对我这么好做什么呢？

说出来诸位可能不相信，作为作者，言亦溪也蒙了。

这周宸川是不是拿错剧本了啊？

"娘娘，我同您说的话,您一定要放在心上啊。"琼郁说完一番话，见言亦溪心事重重，显然没听进去，又有些着急，不由得拉了拉她的衣袖，这才让她回过神来。

"什……什么？"

"我就知道您没听进去，自从您被陛下从冷宫中接出来，其他各宫的后妃便坐不住了。"琼郁低声给她分析，"原本以为您已经没了威胁，才对您放松警惕，与您姐妹相称，可现在您从长门宫出来，她们定是想了千百种法子来对付您，您要小心。"

言亦溪连忙点点头，宫斗的危害她早有耳闻，但她从小耳根子就软,受不得别人在她面前低声下气地求她,便一股脑儿全答应了。

"没事没事!兵来将挡,水来土掩。"言亦溪有些歉意,双手合十道,"只是麻烦你啦,还要来陪我赴这场鸿门宴。"

随着一连串的通报声传来,玉美人心里暗道不好。

皇后娘娘来就算了,怎么琼昭仪也一起来了?

她自是知道琼郁素来与皇后娘娘关系不错,只怕这位今日是来搅局的。她面上不显,还是像无事发生一样地让言亦溪和琼郁入座,再招呼宫女们把准备好的精致茶点和茶具一一摆上来。

"娘娘是京城人士,想来没吃过臣妾家乡的特产吧,这茶香虽比不过宫中的贡茶,味道却还是不错的。"

言亦溪还没来得及说话,便听琼郁笑着说道:"那怎么能麻烦玉美人呢,茗兰,去帮玉美人打打下手吧。"

听闻这句话,言亦溪心中便长舒一口气。

好在有琼郁帮忙,这局稳了,自己就安安静静地当个"躺赢的菜鸡"吧,看王者大佬琼郁如何以一敌百。

茗兰行了一礼,上前站到了玉美人身边,随时听候玉美人的吩咐。

玉美人只当她没看到,低头专心点茶,只是在点茶的时候,故意漏掉了去浮末和过滤,等茶烧得出现了沸纹,趁着茗兰不注意,便直接倒进了茶杯里面。

这茶杯是特制的,握着并不觉得烫手,可是入嘴之后的茶水却还是原来的温度,滚水入口的景象可想而知。

茗兰候在一旁安安静静看着玉美人沏茶,确保一切流程都如常后,便笑着接过玉美人手中的茶杯,还伸手试了试杯壁的温度:"刚刚好呢,娘娘可以饮用了。"

琼郁直觉这件事情不对劲,也同时伸出手去拿茶杯:"玉美人的这杯茶点得极好,我看着也想喝,倒不如给我尝一尝?"

然而这时,一道熟悉的声音响了起来。

"有好茶喝,怎么不叫朕一起来?"

这声音……

言亦溪条件反射地回头瞪大双眼,果真看见一道明黄色的身影站在自己身后,正似笑非笑地看着自己。

是周宸川。

周宸川心里还有些不乐意,以前怎么没听玉美人说过自己还会点茶?他快把这位玉美人小时候被子的颜色给挖出来了,也没有查到她学过点茶,怎么面对言亦溪就会了呢?

要巴结、要拉拢、要打探消息,也得从他身上入手,他才是皇帝啊。

周宸川瞥了眼桌子,点头道:"看起来是不错,朕尝尝味道如何。"

"这个……"

玉美人根本来不及阻止,只能眼睁睁地看着周宸川接过茶杯。

她总不能对陛下说这个茶杯是特制的,里面的水极烫,她是为了坑皇后娘娘才故意为之,更何况还有言亦溪在一旁拍手叫好,极力扮演着一个热情的吹捧者。

眼看着周宸川的嘴离茶杯越来越近,玉美人紧张兮兮地闭上了眼睛。

闯大祸了……

于是,在一堆人心知肚明,另一堆人毫不知情的情况下,本该被烫的人从言亦溪变成了意外闯入的大顺天子周宸川。

元海吓得大喊传太医，玉美人战战兢兢地下跪哭着求恕罪，本该是一场和和美美的赏花宴，陡然间因为这个插曲而闹得人心惶惶。

言亦溪有些手足无措地看着这一系列事情发生，在看见周宸川被烫得发红发亮的嘴唇后，想笑又不敢笑，只能憋在心里低下头，双肩抽搐着跟琼郁一起回宫。

"啊哈哈哈哈！琼郁你看见了吗！陛下的嘴啊——"言亦溪在空中手舞足蹈地比画，笑得肚子疼，"像是两片香肠呢！"

琼郁老老实实地坐在言亦溪面前，任由她比画，可嘴里的话却不像外表那样平静："她哪里是想烫陛下，她想烫的是娘娘您啊。接下来大顺的外邦进贡，几场宴会不断，皇后是必须在场的，如果您因为口舌不清丢了颜面，那便是陛下和丞相脸上无光。"

言亦溪听完此话，低下头揪着衣裙上的玉佩把玩，好半天没有开口说话。

气氛一下子安静了下来，只有腰间丝绦玉石碰撞的清脆声响在屋中环绕。

"她们为什么要这样对我呢？我也没有害她们的心思啊。"

"这就是后宫，处处如履薄冰，处处小心谨慎。"琼郁叹了口气，握住她的手，"她们都想讨好陛下，因为陛下才是她们的靠山。"

言亦溪怔住，在她的认知里，她觉得本书最厉害的应该是女主角琼郁才是，从来就没把周宸川纳入考虑范围之中。

不知为何，眼前又浮现出当时周宸川带着自己一跃而起，站在楼阁高台，俯瞰皇宫阑珊灯光的场面，少年朝她微微一笑，端的是人如碧树，蛟龙之姿。

这边言亦溪陷入矛盾之中，那边周宸川躺在床上，被迫喝着苦涩的药汤，简直生不如死。

"元海。"

元海一听这话，连忙躬身前来，恭恭敬敬问道："陛下有何吩咐？"

周宸川装作高深地看着帐顶："皇后那边，可有遣人来问过朕？"

元海顿住了，摸摸鼻子岔开话题："陛下您还是好好休息，太医说了，这几日最好少言，以免牵动了伤口。"

"别说其他的，就说来问过朕的伤势没有？"

"没有，陛下。"

眼看着周宸川脸色铁青，元海又连忙补充道："娘娘似乎昨日身体不适，说是受了风寒在凤鸾宫休养呢。"

虽然元海对这位言皇后一向敬而远之，但自从陛下把言皇后从长门宫接出来后，他便隐约猜到了或许在陛下心中，言皇后还是有一席之地的，往日搬弄皇后是非的话，便不敢再说出口。

周宸川翻了个身，转身看向了床里面，闷闷地下了指令：

"玉美人技艺不精，什么时候练好了点茶再从元秀宫放出来。"

一想到言亦溪当时诧异又掩饰不住的笑意，周宸川内心那股子无名火又蹿了上来，连说出的话都带上了几分咬牙切齿："皇后既然身体抱恙，那便传朕的旨意，让太医院给皇后熬足一个月的汤药。"

元海领命就准备离开，又被周宸川给叫住了。

"琼昭仪同皇后关系很好？"

元海想了想，有些摸不准周宸川的心意，只能点点头，老老实实道："的确私交甚好。"

周宸川对琼郁有印象，记忆中是个沉默寡言的女子，但为人处世十分通透，言亦溪跟她成为朋友，说不定日后对方还能帮衬言亦溪一番。

就今日一事来看，琼郁似乎还想替言亦溪接下那杯茶。

倒还算得上对言亦溪有几分真心。

"琼昭仪受了惊，挑些朕的赏赐送去。"

元海躬身退到屋外，分别到各处传达皇上的命令，到太医院的时候，还特别加重了"一个月的汤药"几个字，引得各位太医面面相觑，愕然不已。

等从库房出来，元海趾高气扬地走在最前方，他身后跟着的几个小太监趁机上前巴结道："公公可真是眼光独到，这一看陛下就对琼昭仪不一样。"

"这是自然。"

元海满意地点点头，只让那帮小太监好好学着点，原本还以为陛下对皇后回心转意，如此看来，在陛下心中，琼昭仪才是分量最重的人。

皇帝休养龙体，皇后凤体欠安，玉美人被禁足，种种事情一起发生，给妃嫔们传递了一个信号——皇帝现在有空，可以开始集中攻略了。

此后几天，周宸川终于能看到宫里这位妃子送来补汤药膳，那位婕妤送来文玩字画，上午是某个美人亲手做的点心，下午是某个修仪绣的佛经，充分体现了一个正常的后宫中应该有的争宠风貌。

周宸川郁闷的心情这才稍微缓解了。

——看来她们还是记得我这个皇帝。

他自我安慰了半天，然而看那群妃子送来的礼物时却早没有最开始的兴奋，反而一股烦躁涌上心头。

　　他这是怎么了？

　　周宸川撑着头，愣怔了。

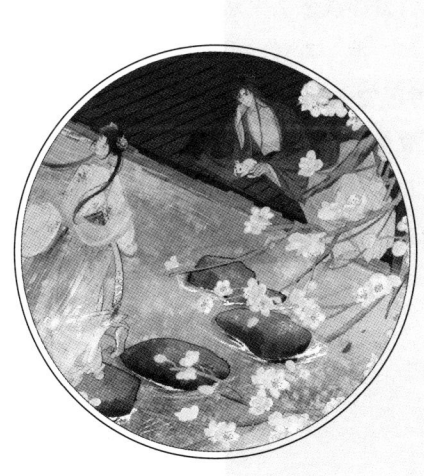

第十八章

王爷就是太善良,
撒谎都找不到个好借口

"什么？皇后娘娘病了？"

周寻云在自己的王府里干着急，言亦溪怎么突然就病了呢！这后宫妇人一多便成为云谲波诡的战场，他一直对宫中的这些貌美如花的妃嫔十分抵触，这几日皇宫中并不安宁。

先不说自己那草包皇兄无缘无故烫了嘴，他只当这是皇兄太过憨傻，暂且不提，倒是听母妃说这几日皇后从冷宫出来，惹了其他妃嫔不满，母妃只说那是皇后自作自受，可他却并不以为然。

皇后与自己一样，都是至真至纯至善之人。

还教自己打"斗地主"和下"飞行棋"，这么好玩的人，他还是第一次遇见。在周寻云心中，整个后宫中也就只有言亦溪能担得上凤位。

后宫女子向来不是好惹的主，自己那草包皇兄沉迷美色，想靠他来保护言亦溪的安危，那简直是白日做梦。

周寻云思前想后，把先皇赏给他的手下叫了过来——寻冰跟随自己也有十多年了，算得上是忠心耿耿的侍从，让他去保护言亦溪，他才能放心。

"你还记得上回咱们帮谁把那话本送出宫吧……"周寻云左右张望一番，低声问道。

所谓隔墙有耳，也不敢直呼皇后的闺名，毕竟言亦溪是他的皇嫂，若是被陛下知晓，免不了又要罚自己背诵经书。

寻冰点点头，他平生不爱说话，就算说话也是几个字几个字往外蹦。

见自己手下点头回应，周寻云松了一口气。

"你这几日暗中好好保护她，若是发现有谁想加害于她，先替她挡下，再拿着我的腰牌去找陛下做主。"

虽然周寻云对自己的草包皇兄很是不屑一顾，但没办法，这大顺宫里，只有周宸川权力最大。更何况，自己帮忙保护他媳妇，难不成周宸川还要给自己脸色看？

寻冰有些愕然地抬头，眼中疑惑的意味很明显。

周寻云皱眉呵斥道："你胡思乱想什么？她是我的皇嫂，我是在帮皇兄整顿后宫，你别想些有的没的。"

寻冰沉默片刻，点了点头，闪身隐入茫茫夜色之中。

自己帮言亦溪送话本出宫的时候，寻冰也在场，周寻云便把这件事情托付给他。

寻冰站在红瓦高墙下，深深地叹了口气——他没想到王爷竟然对那个假扮成小宫女的妃子动了心。

还说什么整顿后宫……

要是整顿后宫也是皇后娘娘干的活儿，轮得到自家王爷指手画脚吗……

王爷就是太善良，撒谎都找不到个好借口。

"阁下跟了我这么多日,下来喝口热茶吧。"琼郁低着头在屋中绣花,话却是对着房梁上说的。

"人都被我差出去了,本宫屋内无人,有事便说。"

寻冰心头一惊,沉吟片刻,还是闪身落地,在她面前恭敬地单膝跪地行礼。

"属下参见琼昭仪。"

"你是哪宫的人,跟着本宫做什么?"琼郁慢条斯理地绣着花,银针在烛灯下闪闪发光,见来人沉默不语,便猛地把针线一掷,电光石火间已经摸出枕头下的佩剑,挽了个剑花直直刺向寻冰。

寻冰连忙躲开,骇然不已。

"说!"琼郁冷冷地问。

"是……是王爷派属下来的。"寻冰见状,也不好隐瞒,只能老老实实回答。

他竟没发现这位琼昭仪是个会武功的。

还不如直截了当说个清楚,帮王爷搭个人情。

"是……殷王?"琼郁有些愣住了,握着剑的右手不由得垂落下来。

其实就算寻冰不说,整个大顺,能自由进入皇宫的王爷也就殷王一人。

"正是。"寻冰老实地把周寻云的话复述了一遍,向琼郁拱手道,"娘娘不必多虑,王爷再三叮嘱我要时刻注意您的安危,保护您也是我的职责。"

琼郁心里再三咀嚼着那句"王爷再三叮嘱我",就像是白天言亦溪硬塞到她嘴里的那块糖一样,每嚼一口,甜味就从舌头甜到心里。

"我知道了,谢谢你。"

也谢谢周寻云。

不管外界对天子和皇后有什么猜疑,周宸川本人都是不知情的。实际上,他现在总觉得自己处于一种异常奇怪的状态,明明后妃们争先给他送爱心小物是好事,这代表他的后宫终于步入正轨,但他总觉得缺了点什么。

元海看着陛下每天对着桌子发呆,心里着急得不行,可陛下又不肯对他说清楚到底是因为什么事儿忧愁。

没办法,从陛下嘴里得不到想要的答案,只有撸起袖子自己干。

可从哪里开始着手呢?

之前上赶着奉承他的那群小太监,七嘴八舌地开始给他出主意:"公公,小的觉得莫不是这几日陛下太过思念琼昭仪了?"

"不然为什么之前陛下独独对琼昭仪网开一面?连皇后娘娘都受到了责罚,可琼昭仪却得到了赏赐啊。"

"小的也是这样觉得,这些日子各宫娘娘们想破脑袋争宠送礼,天天打扮得花枝招展在陛下面前转悠,但是陛下是什么反应?一直盯着窗外发呆,肯定是因为琼昭仪还没送礼来看望陛下,陛下心里不舒服了。"

各个小太监你一言我一语,句句都说到了元海的心坎上。原来之前陛下不去看望琼昭仪,是在赌气呢!元海赶忙进了大殿,凑到周宸川身边。

"陛下,您可有些日子没去看琼昭仪了。"

周宸川回头狐疑地看了元海一眼:"你突然说这个做什么?收了琼昭仪的钱了?"

元海心里委屈只能解释道:"这小的哪敢啊,只是陛下您这些日子各个宫里面都去过了，皇后娘娘又……咳，您若不去琼昭仪宫里，未免有失偏颇。而且奴才听说哪，琼昭仪在宫内一直惦念着陛下，身子不佳，就盼着您去看她一眼。"

周宸川怎么也无法把脑海里那个冷淡清高的琼郁，与元海嘴里惦念成疾的琼昭仪联系起来，直觉告诉他这其中一定有缘由。

奈何元海一直苦口婆心地劝他，把琼郁夸得天花乱坠，仿佛他上一秒看了琼郁，下一秒就能功德圆满坐地飞升一样。

周宸川实在架不住元海的唠叨，只能敷衍着点点头，反正这些日子言亦溪一直躲着自己，要想了解言亦溪的近况，估计只能从琼郁下手。

他看着元海欢天喜地跨出殿门的背影，叹了口气，转头继续盯着那堆礼物，思考着自己心烦意乱的真实原因。

到底是为什么呢？

元海欢天喜地，可琼郁却如丧考妣。

自从接到元海传来的旨意，她急得就差在宫里面挖个洞把自己埋起来了。

本来进宫就不是出自她的心意，更何况言皇后待她如知己、如闺密，她对皇帝也并无感情。

当然，琼郁心里也清楚，她不想接驾周宸川的真实原因，实在是觉得这位"草包皇帝"碌碌无为，昏庸不自知。

说昏君可能有些过分，然而看看一父所出的弟弟——殷王周寻云，高下立判，琼郁在心中对周宸川深深叹了口气。

说白了，如果周宸川并非太后所出的嫡子，他又怎么可能当上大顺的皇帝？

为了避免引祸上身，也为了隐藏自己内心真实的情感，琼郁决定能少见陛下就少见，把自己对殷王的那份心思埋在心底。

　　然而元海的话却让她颇为吃惊，连她自己都没想到，她老老实实地在宫里面待着，那位陛下竟然都能想起自己，还要特地过来与她共进晚膳。

　　"娘娘可好好准备吧，奴才回去复命了。"元海只把琼郁的惊愕当作惊喜，暗地里偷偷一笑，行了个礼离开了。

　　"怎么办？怎么办？"

　　元海一走，琼郁便急得像个无头苍蝇似的在屋子里转了一圈又一圈，一旁的小宫女看得头都晕了，忙求饶道："娘娘，您别转了，有什么烦心事和我们说一说，也好让我们同您分担。您再转下去，要是头晕了没胃口，陛下来了可怎么办？"

　　没胃口？

　　琼郁忽然眼前一亮，她忙"哎哟"一声，原地慢慢倒下，一边倒一边喊痛，整张脸都扭曲了。这可把刚才搭话的宫女吓了一跳，忙招呼其他人上前搀扶起琼郁，又赶着叫人去请太医。

　　等上了床榻，趁着众人不注意，琼郁连忙从枕头下摸出一枚药丸塞进嘴里，含混不清道："我的身体我自己心里清楚，估计是中午吃了生冷的，让沈太医给我开几服药就行。你只记得去和元公公告罪一声，说我福运浅薄，怕是不能同陛下共进晚膳，还望陛下海涵。"

　　琼昭仪中午吃坏了肚子，突然疼痛难忍卧床不起的消息，由宫女告诉给了元海，又从元海这里传遍全皇宫。

　　不出一炷香的工夫，就连言亦溪都知道了琼郁生病的消息。

茗兰老老实实地把自己从元海那里得到的消息都告诉给了言亦溪，还惋惜道："琼昭仪本来是要同陛下共进晚膳的，这可是好机会，可是偏偏生了病，把这到手的机会给白白让了出去。"

言亦溪听完也是焦灼不已。

身为原书作者，她对琼郁和周宸川的感情线是再熟悉不过，琼郁一进宫就死心塌地地喜欢上了周宸川，尽管文没写完，但是主角的感情线是不会变的。

能让琼郁推掉见周宸川的病，绝对不是小病，只怕是什么急症了。

"不行，我得去看看。"

那边，周宸川听到琼郁突生疾病的消息也颇为吃惊，暗地里却松了一口气。

"生病了？那朕改日再去。"

"陛下！"元海苦口婆心地开始劝解他，"既然琼昭仪生了病，那正好去看望她。琼昭仪这些日子帮衬着皇后娘娘管理后宫，没有功劳也有苦劳。您难道想让宫里都传您无情无义的闲话吗？"

拗不过元海的碎碎念叨，周宸川无力地坐上了龙辇。殊不知另一道华丽的凤辇也从凤鸾宫出发，一位火急火燎，一位慢慢悠悠，却颇为神奇地同时到达了琼郁的锦宁宫门口。

两队人马相遇，一时气氛有些凝固，言亦溪连忙颤颤巍巍地跪地行礼："参见陛下——"

周宸川下了步辇，看着在他面前行礼问安的言亦溪，总觉得对方气色红润，比上次见到的时候还胖了几分。

哪像是生了病的模样，他冷哼一声开口道："原来皇后也在此啊，看来这几日的汤药功效不错。"

一提到药，言亦溪气不打一处来，恭敬且诚恳道："是啊，看来陛下这几日吃的药也不少，这么快就恢复了。"

周宸川一时语塞，又找不到反驳她的话，只能恨恨地瞪了她一眼。

两人气冲冲地几乎是同时冲进了锦宁宫，这阵仗差点把琼郁给吓了一大跳。

"参见陛下——参见娘娘——"琼郁正躺在床上装病，一见到两人进屋，便想下床迎接，被言亦溪给按了回去。

"你还在生病呢，这些虚礼就免了吧。"言亦溪笑着招来拎着食盒的茗兰上前。她接过食盒慢慢地打开，"我给你做了些点心，你今晚还没吃饭吧？"

周宸川站在她后面，双手抱臂瞥了一眼，故作惊讶地说道："原来竟是皇后的手笔，我还以为是这宫里哪个厨房的学徒做的呢。"

言亦溪翻了个白眼。

她低头看了一眼，点心的确是有些奇形怪状，色泽也不太美观，但是，这是她亲手做的桃花酥！

"皇后，你这点心的模样着实有些奇怪，这……没什么问题吧？"周宸川凑到她面前，慢条斯理地问。

言亦溪怒极，梗着脖子争辩："当然没问题了！陛下要不要试试？"

她这话纯粹是气话，却没想到周宸川直接从她手里把盒子抢了过来，二话不说就拿起一块放进嘴里，半晌才叹了口气。

"味道的确不好。"

"那就还给我！"言亦溪又气又急，忙伸手去够点心盒子，"这是我特地给琼昭仪做的，还给我。"

这话如果不说，周宸川还不一定会吃这些点心。但言亦溪既然说了，周宸川心里的醋味又开始爆发了——怎么旁人绞尽脑汁想要讨好我，到你这儿吃块点心还不乐意了？

他三下五除二把点心都塞进了嘴里，不一会儿工夫就吃了个干干净净，然后把空盒子还给了言亦溪。

"虽然皇后做的点心品相不佳，但朕对皇后的这番做法很是感动，既然皇后这么喜欢做点心，明日朕给你派一个御膳房的总管，你跟着他好好学吧。"

言亦溪目瞪口呆地看着这吃了她的点心的狗男人，还大言不惭地贬低她的点心的品相，还平白无故给她加了一堂课。

她心里宛如有一万头羊驼在撞墙，气不打一处来差点就要动手，被琼郁眼疾手快制止住。

这锦宁宫发生的事儿，如同琼郁得病的消息一般，不多时便传遍了整个后宫。

皇帝和皇后在锦宁宫因为一盒点心起了冲突，闹得不欢而散。这到底是皇后娘娘人性的泯灭？还是皇帝陛下道德的沦丧？

一时间全宫的后妃进入紧急状态，大家只知道一件事情——皇帝皇后之间不和已经摆到了明面上。

简直是山雨欲来风满楼。

既然陛下与娘娘有了隔阂，各位妃嫔身后大人物的命令更是催得紧，此番情况导致的结果便是——言亦溪一而再，再而三地在自己的身边，发现一些奇奇怪怪的东西。

上次在鞋里发现了银针，这次是在晚膳时端来一盘有毒的蘑菇，得亏茗兰发现得早，不然她捂了这么多天的小命，恐怕要交待出去了。

而言亦溪对待这些宫斗的反应，也从一开始像看猴戏似的好奇，逐渐变得重视起来。

　　虽然之前开美妆课的时候，大家相处得和谐融洽，但不知道为何从她回到凤鸾宫后，一切便变得不一样起来。

　　是福不是祸，是祸躲不过。

　　言亦溪思前想后，在心里长叹一口气——终于轮到她出手了。

第十九章

——•——

这些天的真心,终究是错付了

翌日清早,晨昏礼照常进行。

东西六宫的妃嫔也早早地候在凤鸾宫前,只等茗兰将她们迎进去。

"你们有没有觉得,今日的凤鸾宫好生奇怪?"

"就是……怎么里面还有歌声?"

等茗兰打开宫门,妃嫔们鱼贯而入,众人却惊愕地发现皇后娘娘一脸病容地坐在上首,神情忧伤,抬头四十五度角看着屋顶的房梁,而从屏风后正传来一道二胡拉奏的凄惨之音。

曲调哀伤凄凉,如泣如诉,闻者伤心听者落泪,配合言亦溪惨淡的妆容,这殿里的气氛仿佛随时都要进行一场生离死别一样。

众人面面相觑,一个胆子稍大些的妃子小心翼翼地问:"娘娘,您这是?"

言亦溪故作哀愁地以手扶额,在凄惨的二胡声中,无力地挥了挥手,让茗兰把她之前做的化妆品端了上来,挨个点名幽幽道:"玉美人,你素日最爱梅花香气的胭脂,我前几天做了不少,今天都送给你吧。

"班昭媛,我记得你之前和我抱怨过脸色不好,老是蜡黄无气色。

我这段时间精心研究，终于找到一味药材可以祛黄气，这是我特地调配出来的香膏。

"许婕妤，你不是常常抱怨自己的眉形不好看，自己的眉石颜色又不衬你的肤色吗？我这还有些眉粉，你用用看。

"宋修仪……"

被念到名字的妃嫔们挨个上前从茗兰手里接过赏赐，又不禁面面相觑，手足无措地站在下面，谁也不知道皇后娘娘这葫芦里卖的什么药。

而言亦溪把东西都送完之后，终于进入了正题。

"既然大家进了宫，那便都是姐妹，彼此之间得相互照应，可谁知道原来有些人的心硬得像石头。"

言亦溪故作悲伤地用手绢擦了擦眼角的泪珠。

"也罢，本宫之前想着为了各位妹妹的容貌和心事，才开了美容课堂，又给大家卜卦，没想到啊……算了，今天把东西都分一分，你们该拿走的拿走，我啊——"她揉揉眉心，学着电视剧里哀怨的宫妇长叹一口气，"这些天的真心，终究是错付了。"

一旁的茗兰也跟着搭腔，擦拭着并不存在的眼泪："娘娘您别难过，只是把东西给了白眼狼而已。咱们认清楚就行了，别难过，以凤体为重啊。"

主仆二人一唱一和地把这些妃子们说得一愣一愣的，有些心理承受力不行的直接满脸通红，低下头不敢对上言亦溪的眼睛。

玉美人如坐针毡，她实在对言皇后心中有愧，如今看到言皇后这般难过，急得不行，没忍住便连忙开口道："娘娘，我们都知道您对我们很好！只是有些时候……我……我等姐妹根本做不了主。"

言亦溪还在那儿哭得天昏地暗，听到了玉美人这句话，直接一骨碌坐了起来，颇有些疑惑地打量着玉美人。

这……怎么听都觉得玉美人的话意有所指。

她摸着下巴陷入沉思，难不成这些妃子都不是为了争宠？

言亦溪故意抽噎道："玉妹妹不用说这话安慰我，你们心仪陛下，本宫也看在眼里，只是本宫从未想过要独占陛下，诸位妹妹却把我当恶人。"

玉美人一张脸涨得通红，忙不迭摇头解释道："娘娘多虑了！我们也从未因为陛下恩宠的事对娘娘有所不满……您是个好人，我们都知道的。"

不是因为皇帝，也不是因为争宠，那就是另有目的？

言亦溪忽然觉得自己好像打通了任督二脉，转眼间便找到了事情的真相。

她顾不得脸上的八字眉和白粉妆面还没有擦，连忙给琼郁使了个眼色，后者心思玲珑，顿时领会。

琼郁神色一凛，冷冷道："娘娘多说无益，谁知道她们是不是又在博您同情，这后宫中想以姐妹相称果真是件难事，娘娘也不必在无关紧要的人身上浪费时间，直接将证据交由慎刑司处置吧。"

其余妃嫔一听这话，吓得脸色惨白，身如筛糠："娘娘……"

言亦溪故作为难地看了她们一眼："可是她们说这一切都是受人指使，没准儿她们说的是真的呢？"

两人一个唱红脸一个唱白脸，其他妃嫔不敢多嘴，只能眼巴巴地看着言亦溪，盼望她回心转意。

"罢了，既然娘娘如此心善，臣妾也当她们说的是实话，各位姐妹私下与皇后娘娘独处时，咱们便还是之前的老样子。只是若之后还有外人在场，便不必像现下这般亲近，做做样子应付便是，诸位看如何？"

琼郁这话是顺着玉美人的意思说，就差明示妃嫔们背后有人指使。

但是在场之人无一人反驳，大家彼此心照不宣，纷纷垂眸点头，甚至还有人出声附和，诚恳表示自己的确不愿意和言亦溪为敌。

既然话已经说开了，言亦溪也不再装模作样。

她接过茗兰递来的锦帕，擦去脸上的妆粉，一挥手，让那个拉二胡的乐师赶快退下。

"拉得我头疼，人家拉的是《二泉映月》，你拉的是锯子。"

解决了心头一件大事儿，言亦溪对众位妃嫔又宽容不少。好不容易凑了一屋子人，不玩飞行棋实在是浪费，她一招手，叫茗兰把自己重新制作的棋盘拿来。

简直是笑话，周宸川难道以为拿走了她的飞行棋，她就没其他玩乐的东西了？

"趁着今日本宫心情好，给大家免费化妆！"

这句话一出，整个凤鸾宫里的妃嫔都沸腾了，被周宸川勒令停课之后，诸位妃嫔每日的乐趣都少了许多，盼星星盼月亮才盼着言亦溪重出江湖。

凤鸾宫里一片祥和之景，远在乾福宫的周宸川却眉头紧锁——清早给皇后请安的妃嫔们一直滞留在凤鸾宫内，不知道发生了什么事情。

他心里暗道一声不好，之前确实是在言亦溪手里吃了哑巴亏，才故意给她赏赐什么绫罗绸缎、珠宝玉石，想借其他妃嫔争宠的心思来好好消磨一番言亦溪的气焰。

结果如今目的似乎是达到了，只是这效果是不是与他预料的相差太大了？

  周宸川自是知道这些妃嫔背后都有靠山，且进宫目的不纯，以防万一，他连忙摆驾凤鸾宫。

  东西六宫的妃嫔们不知道陛下心中正急得如热锅上的蚂蚁，正三三两两聚在一起，围着小桌下着飞行棋，桌旁摆着点心作为赏头。言亦溪坐在一旁，正在捣鼓新送来的化妆刷，给琼郁她们示范用法："这不能直接用手抹上去，得用刷子这样蘸粉。"

  "娘娘！上回您送臣妾那块口脂的颜色真好看，家妹前些日子进宫，缠着我送她一块呢。"

  "这有什么难的，茗兰，从我的妆奁取几块口脂过来。"

  "琼姐姐，我们玩飞行棋还差一人，来吗？"

  正当众人玩得不亦乐乎时，一位小宫女急匆匆地从屋外进来。

  "娘娘，陛下往凤鸾宫来了。"

  大家彼此对视一眼，心照不宣地连忙开始收拾东西。

  于是，当周宸川急匆匆地赶到凤鸾宫的时候，果真见到了他想象中的场景。

  玉美人阴阳怪气地调侃宋修仪，后者不甘示弱回呛回去。梅美人愤恨地指责辛才人在皇后面前搬弄是非，后者挑着下巴冷哼道："飞行棋偷步数，你才不要脸！"

  宋婕妤泪眼蒙眬，在言亦溪面前哭成泪人："娘娘！您有什么火冲我来就是，为什么要连累我宫里的人。"

  "你还嫁祸娘娘！"刘昭媛推搡着她，气得柳眉倒竖，拂袖间一个花瓶落在了周宸川的脚下。

  望着凤鸾宫里的混乱之景，周宸川咽了咽唾沫，头有点疼。

  虽说灭言亦溪的气焰是好的，只是这……这是不是有点太过了？

"你看看你,都干了什么事情。"周宸川坐在言亦溪对面,看着一脸老实像个小鹌鹑的言亦溪,气得猛拍桌子。

"你是一国之母,执掌凤印的中宫皇后,你居然让妃嫔在凤鸾宫打架斗殴?这事儿若是传出去,你知道会有什么后果吗?"

言亦溪知道这件事情是自己理亏,要怪就怪自己没有好好教导妃嫔如何演戏,导致动作浮夸。

毕竟不能把真实情况告诉周宸川,她讨好地送上了一盘点心,诚恳且谄媚道:"今天这件事情只是一时意外而已,之后保证不会再犯了。"

——只要以后你不来。

周宸川心中怒意本就不大,只是想让言亦溪做小伏低给他赔罪而已。现在点心到手,香甜的味道在嘴里散开,再配上言亦溪殷勤讨好的模样,那股火气便也烟消云散了。

只是表面上还得维持着帝王的尊严。

"嗯,只要这儿不传出去,倒也没事。"

说到这里,言亦溪立马松了一口气,笑嘻嘻道:"陛下放心,她们肯定不会说出去的。我保证今天的事情只有你和我知道。"

她这话说得奇怪,周宸川有点困惑地看了她一眼,对方笑得眉眼弯弯,梨窝里像是盛满了美酒佳酿,他不自然地别过头去,耳郭却发红。

为了掩饰自己的慌乱,他连忙提起了正事:"过几日便是新年了,宫里得举办朝贡宴,你在后宫多操劳一些,这次宴席之后,就能休息一会儿了。"

还没等言亦溪应下,周宸川便逃也似的离开了凤鸾宫。

日子一天天地过着，距离朝贡宴的日子也越来越近。

周宸川让言亦溪用心准备的朝贡宴其实并不是重头戏。这场宴会表面上是给外邦进贡面圣的机会，但重点是在准备的步骤。

一场宴会需要的食材必定不少，天南海北，海里陆上的食物都需要摆上桌子。皇宫里面一时也没有这么多食材，宫外采购变成了每日必不可少的事儿。这样一来，人员来来往往，东西送进与送出之间，隐患也在这其中涌动着。

在这种时候，一方面要防止宫外有心之人打探信息，另外一方面要防止有人混进皇宫行刺，他特地叮嘱暗卫要仔细探查进出皇宫的人和物。

然而面对朝中那些所谓的肱股之臣，周宸川便不能如此。在这帮老狐狸面前，他一向的策略是——装傻。

"哦，班大人说得不错，就依班大人说的做吧，还有其他事儿吗？没有的话先退朝了。"

周宸川百无聊赖地听完朝中大臣的上奏，把要事都记在了心里面，只是表面上不能显露出来，极其辛苦地伪装成昏君应付了事。

大殿中的朝臣早就对周宸川的态度见怪不怪，自己要上奏的事情说得七七八八之后，就马上下朝，大家再去找六部尚书和言丞相单独解决。

早朝这不到一个时辰的工夫，却让周宸川累到连话都不想说，回到乾福宫后，他直接一头扑在了床上，长叹一口气。

辽西今年没有下雪，来年必定干旱，得及时拨款下去救灾。而西南边境山贼横行，当地村落闭塞，得派人专门引导教化，不然蜀中盆地时不时便会受此骚乱。至于来年的科举一事，只能寻求丞相出面。

周宸川吹了声口哨,屋子里忽然多出了一个身穿玄色劲装的暗卫。

罗十八行了一礼,把在宫里近几日探查的情况和这段时间出现的暗潮一一禀报,特地点明了温太妃的行动。

"这几日云南王处有派人去和太妃密谈,具体内容不得而知。"

周宸川点点头,闭上眼睛暂且养一养精神。

"太妃那里你继续盯着,不要松懈,她这段时间过于安静,事出反常必有妖,朕怀疑一定是有什么事情是她和云南王在暗中谋划。"

罗十八低头称是。

周宸川顿了顿,继续道:"最近京城有什么趣事吗?"

罗十八一脸茫然:"这……"

周宸川嫌弃地看了他一眼,打了个哈欠道:"比如说最近流行的闲谈?你上次说的那个李大人家里新纳的小妾和正妻闹到什么地步了?王大人知道自己的儿子去当山匪了吗?"

他一天到晚在宫里和这群老狐狸周旋,只觉人生都失去了活力。

暗卫这才明白过来,连忙道:"的确是有一个,最近几日京城里突然出现了一部十分火爆的话本,虽不知道作者是谁,却十分受百姓热捧,在城内广为流传。"

周宸川一下子来了兴趣,伸手接过了暗卫递上来的话本。

"这……这什么名字?《霸道国君纯情妃》?"

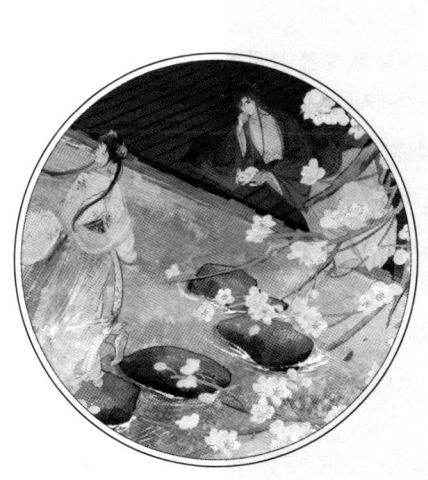

第二十章

霸道国君纯情妃

  这话本的外皮倒是极好，暗红色打底的上好纸张，印着流云暗纹，只是贴在一旁的名字却是《霸道国君纯情妃》。

  周宸川顿时倒吸一口凉气，他狐疑地拿着书问道："你确定这书十分受欢迎？"

  不应当吧，这种令人费解的书名和书，到底是怎么火起来的？

  罗十八点头老实道："的确是今年才火起来的话本子。最早是出现在坊间，而后慢慢传开来，这几日连达官贵族的后院里都开始传阅这本书了。"

  周宸川半信半疑地看了暗卫一眼，暗自做了好半天的思想建设，最后还是屏息打开了手中的话本，想以此稍微缓解一下他操劳过度的大脑。

  这书的内容果然没让周宸川失望。

  简直完美再现了一遍标题，故事俗套且不切实际，几乎不用猜就知道是诓骗闺门少女的故事。

  他咬紧牙关，努力迫使自己看完了全文，最后合上书本的刹那，长舒了一口气。

  然而看完之后，周宸川总觉得哪里不太对劲，又强压下内心的不适,把这本极其令人无语的书从头看了一遍。

正如书名所写的那样,男主是某朝某代的一位皇帝,风流倜傥、潇洒富有还冷面霸道,动不动就把妃子推到墙上压低了声音说"你在玩火"。

周宸川摸摸下巴,他虽然没有这样奇怪的癖好,却毫无心理负担地把自己代入其中。

帅气潇洒又英明神武,正是本人!

而书里的女主则是一位天真烂漫的苏家庶女。因为嫡姊在选秀前几日偷偷与一位富家公子私订终身,苏小姐便稀里糊涂地替姐姐进了宫,在秀女最后一轮选秀的时候,一个不小心摔倒在了地上,被皇帝发现,亲自把苏小姐给扶了起来,并配上了自己的标志性台词:"呵,你这是在吸引我的注意吗?"

且不提这些乱七八糟的台词,让周宸川感觉到古怪的点是,这书里面的选秀情景和负责选秀的嬷嬷,是与一年前现实中的一模一样。

特别是其中几位秀女得了水痘,吓得人仰马翻的一幕,简直是当时场景的重现。

周宸川心中存疑,接着往下看。

之后的情节自然是苏小姐成功进宫,被册封为苏美人,等待着一步步从低位爬上皇后宝座。

而在这一路晋升的过程中,必然有许多拦路虎,比如说后宫里城府极深的太后,比如说娇纵任性、看谁都不顺眼的皇后,再比如说明艳大方出手阴狠的冷面妃子。

他发现自己每次看到一位出场角色,都能在现实生活中找到对应的人。

那一手遮天的太后,放到他身边不就是温太妃。特别是温太妃假意示好薛太后,却暗中给皇后使绊子的事儿,不久前才发生过。

说到皇后,书里娇纵任性的皇后也和言亦溪相差无几,完全可以说是言亦溪本人。

至于冷面妃子便是琼郁,她在宫中是清高孤傲的代表,书里说她与皇后互称姐妹,现实中的确如此。

楚楚动人、行走时如弱柳扶风的妃子是玉美人,她会点茶的才艺除了她自己,就只有当时在场的人知道,这言公子是怎么把这些事儿给写进话本的?

周宸川越看越觉得这本书隐藏了太多东西,甚至于他都拿不定主意——到底是被人写着玩的,还是故意放出来吸引人注意的?

他翻来覆去地把这本书看了三遍,只能肯定一点,那就是这本书的作者,对大顺皇室极为熟悉,甚至很可能就是皇宫贵戚的一员。

思至此,周宸川有些坐立不安了,他连忙吩咐罗十八道:"你拿着这本书,去查一下幕后主使是谁,朕要知道这本书的作者究竟是什么身份。"

又过了几日,等到周宸川扮演完一天的草包皇帝后,罗十八恭敬地站在周宸川面前,吞吞吐吐道:"陛下,上次您让查的事儿,查妥了……"

"是谁?"周宸川扔了奏折,大步走上前来,好奇问道。

罗十八支支吾吾说不出个所以然,只能献上一摞纸张让周宸川过目。

周宸川随意拿起瞥了一眼,有些愣住了。

"言亦溪？"

他真没想到这本书的作者，居然是他的皇后——言亦溪。

罗十八一见周宸川的反应，心中便长叹一口气，开始一五一十地解释起来。

当日接到命令之后，他便立马出了宫，差了几个人手去打听了京城中哪些书局和这本书有关。

起初当然没有任何消息传来，这书仿佛是凭空出现在京城一般。但是罗十八并没有放弃，而是让人继续四处寻找最早接触这本书的书商。

一两次可能没什么效果，但是早晚会有人上钩。

而后果真有人提供消息，罗十八便连忙带人前往城东一家书局汇聚的大街上，找到了那位书商。

老板一看就不是个普通人，举手投足是掩饰不住的贵气，根本不像是一介书商。

罗十八不敢打草惊蛇，而是继续偷偷跟在这位老板身后，直到对方进了殷王府，不多时，等他从府里面出来的时候，身边却多了一个小丫头。

他定睛一看，竟是皇后身边的人。

"所以属下怀疑，这本书的背后或许也与皇后娘娘脱不了干系。"

周宸川一边翻阅罗十八查到的消息，一边听着对方继续分析道："属下问过周边的人，跟着书商出门的小丫头已经来过殷王府多次。而且属下推算过日子，她每次离开后，不出几日，书商便又发了新的书。"

周宸川心里一沉，他倒是没想到这本书竟然是言亦溪写的，最重要的是，这本《霸道国君纯情妃》里有很多事情都是极度私密的。

比如书里面提到太后娘娘和她儿子不睦已久，便是因为儿子身上流着当初杀她族人，逼宫谋逆的丈夫的血。这便是现实中太妃和殷王母子关系的真实写照。还有一些甚至连他都不知道的事情，问过宫中老奴才得知的真相，竟然都被言亦溪写进了小说里。

周宸川看着书，沉思起来。

过不了几日云南王便要进宫参加朝贡宴，这些日子他在自己的封地蠢蠢欲动、极尽挑衅。而言亦溪闹出的事情，与太妃和云南王到底有无关系……

他思虑再三，还是决定亲自一问。

"你明日带着朕的令牌去一趟丞相府，询问关于皇后娘娘的生活细节。另外，再去查查皇后儿时除了进宫，还在其他什么时候见过太妃等人。"

罗十八领命退下，偌大的殿内又恢复了寂静，只剩下那本奇怪的书陪着自己，周宸川翻开书，心里思绪万千。

"娘娘，过几日便是朝贡宴，陛下问您什么时候有空，想邀您一起试菜。"

言亦溪挑了挑眉，狐疑道："这试菜的事儿，不是归御膳房管吗？怎么还让我去看菜品？"

她心中困惑，然而看在茗兰等人眼里，便是陛下想借此事与皇后缓和关系，相信用不了多久两人便是举案齐眉，情比金坚。

茗兰郑重地握住言亦溪的手："皇后娘娘，陛下这是向您示好来了，可千万别再耍脾气了！帝后和睦，实乃大顺之福。"

言亦溪：你是不是被周宸川花钱给收买了啊？

等花了九牛二虎之力终于把茗兰给打发走，言亦溪继续回到榻上构思她的小说内容。

前几章分别写到了女主入宫受到皇上赏识成了妃嫔，和各路人马过了招。那接下来是继续斗大Boss太后娘娘，还是和以她为原型的皇后过招呢？

言亦溪靠在引枕上，手里面的毛笔有一搭没一搭地蘸着墨汁，心里无比怀念她曾经拥有的电脑和存稿。

谁知命运无常，还没有填完坑就把她扔到了书里面的世界。

不过说到书，言亦溪又有些迷茫。虽然她知晓整本书的故事走向，可也因为她的到来，这本书的情节发生了巨大的变化——女主都变小白花和她成为牵手好姐妹了。

当然变化最大的还是周宸川。

别说像换了个剧本，简直就像换了个人。

每次言亦溪看到周宸川的时候，都十分诧异这究竟是不是她创造出来的角色。

"皇上驾到——"

正当言亦溪还在纠结原书情节的时候，周宸川已经到了。元海带领的仪仗队分批次抵达了凤鸾宫门前，言亦溪闻言连忙把纸张笔墨都收拾起来，理了理衣襟前去迎接周宸川。

皇帝和皇后要试菜，试的还是过几天朝贡宴上的大菜，御膳房自然准备得极其充分，所有人都玩命干活，御膳房总管有些紧张地在一旁搓手，生怕出了什么差错。

"刘大人……"

菜品准备到一半，元海偷偷摸摸地找上了御膳房总管，神神秘秘地把他拉到了一边，低声嘱咐道："待会儿上酒的时候，换成荷花液。"

刘总管颇为诧异。

荷花液这种酒是勾兑出来的，上好的金华酒兑上反复蒸煮过的烧酒，再经过一遍遍的筛选而成。丝毫不辣喉，反而香甜可口、回味悠长。唯有一点不好，这酒容易上头，还没反应过来醉意呢，人就已经晕晕乎乎了。

所以平时宫里面不太会备这种烈性酒，生怕一个不小心让诸位妃子出了差错，最后受苦的还是御膳房。

可是既然元海公公这么嘱咐了，御膳房主管不敢怠慢，差人拿出一坛荷花液给他，再三叮嘱让陛下少喝些，小心这酒劲儿。

言亦溪兴致勃勃地坐在周宸川身边，等待宫女布菜。她只用微微点头，菜品便算过关可留下。

"等一下——"言亦溪见宫女正准备把蒸虾饺端到周宸川面前，连忙叫住，"陛下不喜欢这个，给本宫吧。"

她还记得写文的时候，自己正好对虾饺过敏，才愤愤写下这个设定，殊不知却引来周宸川诧异的一瞥。

她怎么还记得我的喜好……

言亦溪是这个喜欢，那个也满意，若不是有周宸川在，说不定这一大桌子菜都能被她留下来。

"喝点酒吧。"周宸川把酒递到她面前，轻声道，"别噎着了。"

言亦溪还没来得及揣摩周宸川今天怎么对她这么好，一抬头，殿里的宫女们都不见了踪影。

"怎么没人了？"她心中困惑，双颊绯红。

"都去忙了,你再喝点吧。"周宸川笑眯眯地又给她斟满一杯。

元海等人在殿外扒着门偷看,心中却落泪,明明他想的不是这一出,是想让陛下去锦宁宫啊!

言亦溪不知道周宸川葫芦里卖的什么药,还兴致勃勃地吃菜喝酒。说来也怪,这酒是真的好喝,一点都不辣口,有点像是现实中的柠檬水,冰甜冰甜的。

"再帮我倒一杯!"

等她稍微感觉到不太对劲的时候,已经醉得不行了。

周宸川见言亦溪眼神呆滞、满脸通红,不由得心中好笑,把玩着手中的酒杯,直接问了她话本的事情。

"言亦溪,你告诉我,你究竟想做什么?你爱算命也就罢了,但是你小时候进宫次数寥寥,也没有和老宫女、嬷嬷相处过,到底是怎么知道这么多后宫秘闻的?"

言亦溪此时醉得不省人事,意识仿佛躺在一团棉花上一样,恍恍惚惚又极舒服,完全忘记自己是穿越过来,听完对方的问话,打着哈欠伸了个懒腰,笑嘻嘻地回答:"那当然啦,因为我是这个世界的神啊,我是神仙下凡来拯救你们的。"

——她创造了这个世界,也是大顺至高无上的神。

周宸川手上动作一顿,摇了摇头叹口气继续道:"如果你现在告诉我实情,我还能救你一命。"

言亦溪如今整个人晕乎乎的,全靠直觉在硬撑着。她能听清周宸川的话,可是要理解这句话的意思还真是难为了她。

"哎呀,我们宸川啊——"她猛地一个熊抱栽进周宸川的怀中。

周宸川莫名其妙地抱住了扑过来的言亦溪,只见对方胆大妄为地掐住了他的脸，满口酒气地对着他嘿嘿笑。

"你居然不信我，你怎么能不信我呢？我连你六岁尿床之后哇哇大哭嫁祸给周寻云的事情都知道，你还在这里怀疑我。"

"你说什么？"

周宸川整个人僵住了，倒不是因为对方猛然靠自己这般近，而是这种私密的事儿除了他便只有周寻云知道，但他知道周寻云是不会对外人说这事儿的。

言亦溪借着酒劲继续道："你小时候，太傅被太妃买通了，故意刁难你，明明你书背下来了，却硬要被他说成背诵得磕磕绊绊，不懂其中深意，要打你板子。你之前还认认真真地学习，打那之后，就再也不费功夫在这方面了。你瞧，我说得对不对？"

周宸川低头看着言亦溪，眼眸深沉："你到底是谁？你来这里有什么目的？"

"我？我都和你说了，我是神仙啊，我………"

言亦溪的话说到一半，荷花液的后劲就让她直接倒在周宸川的怀里昏睡过去。

言亦溪面容娇嫩，睡着时安安静静，睫毛的阴影洒在眼下，宛如一只敛翅的蝶。她伏在他怀中，她身上特有的、久违的香气再一次席卷他的周身，他心里突然便充满了欢喜和愉悦。

周宸川抱着言亦溪沉默地呆了良久，接着，长叹一口气，小心翼翼地将她打横抱起，往室内走去。

——言亦溪不会是那样的人，他知道的。

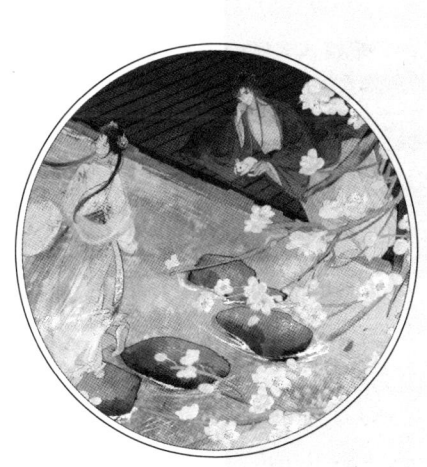

第二十一章

模范夫妇

第二日起床的时候,言亦溪头痛欲裂,只能勉强撑着身子唤道:"茗兰……茗兰……"

"娘娘醒啦?"茗兰捂着嘴笑,"娘娘该多睡一会儿的,昨晚多累呀。"

"昨晚?"言亦溪撑着头想了想,是挺累的,好像讲了一晚上的课一样,只觉得头晕目眩。

茗兰小心翼翼地看着言亦溪的脸色,问道:"娘娘,陛下今日一大早便上朝去了,您还好吧……"

言亦溪有些没反应过来:"他上朝去了跟我有什么关系,他在乾福宫,我在凤鸾宫,谁也见不到啊。"

茗兰吓到连忙看了下四周,急声道:"娘娘是不是又糊涂啦,昨日陛下是在凤鸾宫歇息的!这一年来陛下还是头一次没回乾福宫呢。"

什么?什么!

言亦溪一个鲤鱼打挺坐起身来,周宸川昨晚居然在凤鸾宫过夜的?怎么都没人跟她说呢!可是她明明记得她似乎是上了一晚上的课啊!

她再次低头看了眼四周,毫无异样,只是不远处的美人榻却一片凌乱,还放着乱糟糟的被子和枕头。

周宸川……该不会是在榻上睡了一夜吧?

言亦溪思前想后,觉得自己还是有必要去御书房一趟,当面赔罪。

"陛下不舒服吗?"元海候在一旁关切地问,"昨日在娘娘宫里没休息好吗?"

"岂止是没休息好啊——"周宸川撑着头打了个大哈欠,无可奈何地揉了揉眼睛。

昨夜言亦溪拉着他讲了一晚上胡话,他头都大了,还好她不胜酒力晕了过去,自己只好抱着锦被去美人榻上凑合了一晚。

"去给朕倒杯茶来。"

经过一个早朝的钩心斗角,周宸川此时已经疲劳不堪,他揉着眉心靠在龙椅上,心里还在想着昨天晚上发生的事。

如果言亦溪真的具有能够看透一切的能力,或者如她所说,这是老天显灵,借助言亦溪之口指点大顺。那么对待她便不能再像之前一样,必须妥善保护她的安危。

周宸川从来不会轻敌。

既然他已经见识过言亦溪的能力,察觉到异样,或许太妃那边也对此有所耳闻,只怕现在正在研究言亦溪的过往。

他必须要保护好言亦溪,绝不能让她被太妃盯上,也绝不会再给温太妃任何可乘之机。

正当周宸川还在思考如何保护言亦溪的时候,那边言亦溪已经拎着食盒低垂着头乖顺地来到了御书房。

"你来做什么?"周宸川有些诧异道,不过并不是反感,而是意外。

意外的是，他正好想的便是让言亦溪陪在自己身边，这样无论什么时候，无论在哪儿，对方都能在自己眼皮子底下，免去危险。

"我来……我来给你送点吃的。"言亦溪摸摸鼻子，丝毫不承认自己是来赔礼道歉的，"你别想多了！我真是顺路而已！"

两个各怀心思的人碰到一起，一时竟不知道该说些什么，气氛顿时有点尴尬。

"那好吧，平日里也没怎么见你看书，今日朕正好有空，监督你好好学习。"

言亦溪捧着脸的动作顿时呆滞，她没听错吧？周宸川居然要监督她读书？

两个草包还准备分个高低了？

周宸川咳嗽了一声，随手抽出了一本写山水游记的书册递给她，只让她好好看书，安安静静坐在自己一旁就行。至于他，要忙着处理公务，暂时无暇顾及。

言亦溪这还是第一次来御书房，自是看什么都新鲜，特别是那一排书柜，更是让她吃惊不已。

没想到啊，草包周宸川还背着自己偷偷用功读书呢？

于是二人一个办公，一个看书，外人眼中，当真是模范夫妇。

言亦溪看着看着就困了，虽然书写得有趣，却是文言文，要想读懂意思，便得花上大半个时辰。

她放下游记，刚想看看周宸川那边情况怎么样了，结果便发现对方已经一手撑着头，一手握着奏折，打起瞌睡来。

言亦溪迫不及待地凑了过去开始打量周宸川的睡姿，又啧啧叹息这满桌子的书籍。

"倒是没看出来你这个人居然有这份心气,虽然被骂草包,却一直这么努力啊。"

连周宸川都开始努力了,你有什么理由偷懒!

"黄河决堤,山东大旱,南方……云南盗贼……"

周宸川的突然开口吓了言亦溪一跳,她起初还不太明白周宸川到底在说什么,但是往桌子上摊开的奏折一看,就明白得七七八八了。

这些奏折记录的都是各种紧急突发事端,不是某处河流淹没了村落,便是某地方知县贪污腐败不作为。仅仅一天的时间,这些奏折便已经堆成山,可想而知周宸川平时的生活都是个什么样儿。

言亦溪的心一下子就软了。

毕竟说到底,周宸川也是她创造出来的人物,还是她设定的草包人设。明明这个周宸川这么努力,却因为自己随手添加的设定而如此操劳。

她顿时心生怜爱,虽然平日里喜欢和周宸川拌嘴吵闹,但对方也是至今为止,自己第一个动心的人。

言亦溪左右看了看,小心翼翼地拿起桌子旁边的一条毯子给周宸川披在身上,自己托腮坐在一边看着周宸川入睡,喃喃自语道:"明明是打定主意不喜欢你的呀,这下可怎么办才好呢?"

然而这些行为,可把元海急坏了。

他在大殿外看着言皇后托腮坐在陛下身边看着陛下睡觉,虽然这画面挺唯美的吧,但是他差点被心梗得说不出来话。

皇后娘娘这么娇蛮任性的女子,如何能和陛下共同治理大顺?要说配得上"母仪天下"这四个字的,当然是像琼昭仪这样的女子,才能与他家皇帝比肩。

元海扒着门框可怜巴巴地看了半天，最后一咬牙，叫来一个小太监，低声耳语几句，让他赶紧去通知琼昭仪。

等到小太监急匆匆地离开了，元海继续垂泪看着御书房中的景象，想了想这两天发生的事情，心里一片沧桑：陛下啊陛下，你怎么就看上了皇后娘娘这样的人呢？

锦宁宫的琼郁则一脸蒙地接待了举止匆忙的小太监。

对方紧张兮兮地让琼郁把周围人都叫了下去，才对她低声道："昭仪娘娘，元海公公让我告诉您，这两日陛下和皇后娘娘走得十分近，昨日甚至还一起饮酒，把皇后娘娘给灌醉了。公公这几日看着陛下行为异常，心中着急，但是又不敢多问，所以想让您过去看一下。"

琼郁本来乍一听，只觉得这是件好事情，但是听到后面，也跟着着急起来。

当然，她肯定是摸不透元海那九曲十八弯的心思，只是隐约觉得陛下的异常应当与朝贡宴有关。

莫非是陛下和丞相闹翻了？还是丞相那里出了什么事情，被陛下知道了，陛下想从皇后娘娘那里打探消息？

琼郁先赏了这小太监一把金瓜子，让他替她向元海公公问好，自己在宫内思虑良久，还是觉得此事应当让殷王知道。

"寻冰。"

琼郁找机会通知殷王隐藏在宫内的暗卫。

"陛下这几日行为异常，可能有事情发生。本宫担心陛下知道一些有关朝贡宴和丞相的事情，正在暗中调查。陛下今天又反常地与皇后共进午餐，本宫怎么想都觉得不对劲，你去与殷王说一声。"

寻冰领命离开，转瞬间便在琼郁的宫内消失了。

琼郁看着寻冰消失的背影,心中一片失落。

她虽然对殷王有所眷恋,却深知碍于身份到底还是不敢将这份爱意宣之于口。更何况殷王似乎也对皇后娘娘有所好感,于情于理,作为两人的好友,琼郁早已决定不能插手这份情感。

她默默地回到了床边,把这片苦涩咀嚼吞下,深吸一口气,又恢复到往日不悲不喜的模样。

殷王府内,周寻云听到寻冰回复的消息后还是吃了一惊。

自己这个皇兄他最清楚不过,没什么坏心思,但是也没有什么能力,一直战战兢兢当着皇帝。

如今宫内有温太妃,宫外有诸多藩王和权臣,皇兄这样的行为,几乎已经告诉其他人——他有事情瞒着大家。

是有什么情报需要从皇后娘娘的嘴里得到吗?

还是丞相一党这些日子有了小动作,陛下需要以皇后娘娘当突破口,下手处理丞相一党?

周寻云武将出身,虽然努力盘算,把这段时间发生的所有事情收集到了一起,却还是猜不透周宸川意欲何为。

无奈之下,他只得叫来管家备车,直接进宫请求见皇兄一面。

而在玉清宫内,言亦溪和周宸川的事情也同样引起了温太妃的注意。

"你是说,皇帝和皇后这几日颇为亲密?似乎意图重修于好?"

太妃斜靠在榻上,手里拨弄着佛珠,听着手底下的人汇报着这些天的情况,皱着眉头。

"皇上这是想要示好丞相?还是想对哀家下手?"

那人从怀里掏出一本书,对太妃低声道:"娘娘,奴婢以为应当与这本书有关系。这本书是皇后所写,其中一些事情非本人而不能知,但是皇后娘娘一一写进书中。奴婢猜测,皇后娘娘可能曾经遇到过仙人,身怀仙术。"

太妃嗤笑了一声,很是不屑:"什么仙术,不过都是骗人的把戏。"

她虽然不相信,但还是随手拿过了书,快速地翻看着。

随着书里情节的一步步深入,太妃脸上的表情也变得异常严肃,甚至可以用难看来形容。

"这样,哀家吩咐你去………"

周宸川一觉醒来,惊觉自己居然在言亦溪面前睡着了。

他猛地起身,倒把言亦溪吓了一跳:"你怎么了?做噩梦了吗?梦里被推翻皇位了?"

周宸川哑口无言,心中无奈:自己的小皇后一天到晚心里都在想些什么乱七八糟的。

他不着痕迹地离开言亦溪半步,摇了摇头:"没有的事,就是突然想起来还有这一桌子的奏折要批,心里面惦记着,便睡不踏实。"

突然感觉对方的疏远,言亦溪不知为何,心中有些失落。

她叹了一口气,起身去把从周宸川身上掉落的毯子叠好,又去给他倒了一杯茶醒神。

"你也不要太焦虑,得劳逸结合。该休息的时候休息,该睡觉的时候睡觉,不然事情办完,你的身体也会出现问题。"

傍晚的阳光落在书房里,仿佛一张静谧又深幽的画卷。时光宛如在此时停驻,抬眸看向窗外,是温柔的岁月和未来。

周宸川握着言亦溪递来的茶杯,低笑着应了一句:

"嗯。"

等晚膳时间到，周宸川忙于国事，本来不想去吃，然而在言亦溪的百般劝说下，迫不得已答应下来。

既然是皇后娘娘和陛下一同进膳，御膳房拿出了浑身的本领想在圣上面前露上一手，天上飞的海里游的，只要是御膳房里面有的，都给端了上来。

言亦溪看到晚膳的时候都愣住了，握着筷子的手微微颤抖："你平时都吃得这么豪华吗？"

她自从来到大顺，只在凤鸾宫享受了几天好日子，便去了长门宫吃简朴小菜。这次重新回凤鸾宫，害怕被其他妃嫔记恨在心，吃食用度通通精简，整日吃的只有四菜一汤。

看着言亦溪古怪的眼神，周宸川就像参毛的猫一样连忙辩解："哪有！我平时从不铺张浪费，今日谁知道御膳房抽了哪门子风给上了这么多菜。元海——"

元海不说话，元海心里苦。

本来自己中意的一对璧人被强行拆开，已经够受打击，如今想要卖个好还被正主给骂了。

他只好赔着笑解释道："您和皇后娘娘一同吃饭，就应当上这么多菜，而这也已经是再三精简过的菜品。陛下您看看，热菜大菜才不过十五盘。"

"才不过十五盘………"

言亦溪震惊地重复了一遍元海公公的话，她之前只知道皇宫里的奢靡，但是如今亲身体验到，才真正明白为什么现代人对封建帝制恨得牙痒痒。

作为一个傍晚才去菜市场买打折菜的人，言亦溪如今也对周宸川产生了微妙的心思。

当然，她还是惜命的，加上想想之前周宸川努力工作批奏折批到昏睡过去的样子，她决定先把这件事情抛在脑后，活着就好。

"算啦，来吃吧。"

她熟练地招呼着周宸川，又挥手让伺候布菜的宫女退下。

"吃饭当然还是要自己用筷子夹着才好吃，别人夹的菜怎么吃都觉得怪怪的。"

周宸川哼了一声，跟着坐下，低声反驳一句"歪理"，便也跟着动起了筷子。

就在这时，殿外一个小太监急匆匆地进来通报道："陛下万福，殷王殿下求见。"

周宸川皱了皱眉："这个时候殷王来干什么？"

言亦溪困惑地看着周宸川，猜测道："莫不是有什么突发事情？还是先让殷王进来吧。"

周宸川沉默了。

他和周寻云儿时感情十分要好，宫里皇子中只有他俩年岁差不了多少，本来以为兄弟二人会一直这样和睦地走下去，然而太妃、帝位、藩王等诸多人事夹杂在一起，令两个人越走越远。

到现在彼此都长大成人，虽然能维持表面上的客气，可是小时候的亲近却无论如何也找不回来了。

周宸川心里复杂，面上却如常地招呼道："让他进来吧，刚好今日御膳房做多了菜品，再添一副碗筷。"

周寻云本来以为会看到皇帝和皇后两人分别坐在餐桌两头，愤恨地瞪着对方，明讥暗讽的景象。他才想着连忙过来打圆场，把言亦溪给解救出来。

谁知却看见皇后和皇帝亲亲密密地坐在一起吃饭，倒显得他有些多余。

他在心中暗骂自己一头热,多大年纪了还像个冲动的愣头青。他便向周宸川行了一礼道:"也无其他大事,只是边境这两日有消息说有逆贼出没,想来找陛下商量一下对策。"

周宸川表情和缓了些:"那就等吃完饭再说吧。你我兄弟二人也许久没坐在一起吃上一顿饭了。"

周寻云本想拒绝,然而肚子的确饿得要命,一听见琼郁传来的消息,便连忙扔下殷王府的事儿匆匆赶来了。他又向着言亦溪行了一礼,找了个位置坐下。

言亦溪对这个小弟很是照顾,她性子活泼,笑着对周寻云道:"今天这顿饭可以说是家宴了,你不要拘束,想吃什么就吃什么,你皇兄不会管你的。"

周宸川惊讶地看了一眼言亦溪,对方这话显得与自己颇为亲昵,不由得心情转好,也跟着点头道:"皇后说得有理,你不必紧张,尽管放开吃。"

周寻云见这两人都这么说了,也放松许多,心想算了,就当来蹭一顿晚饭了。

周寻云是习武之人,不喜拘泥形式,言亦溪这番话正合他胃口。他便接过碗筷,笑道:"多谢陛下娘娘的厚爱,我看这桌子上的菜都是我爱吃的,可见我和陛下实在心有灵犀。"

周宸川一听这话,心里五味杂陈。

看来与太妃交手,还是不应该波及周寻云。

周寻云见言亦溪不时地偷看一旁的周宸川,碗里的饭还没怎么动过,心中困惑:难道皇嫂因为皇兄在身边,有些放不开?

他连忙把自己面前的一盘药膳递到言亦溪面前:"对了,听说娘娘素日里最喜欢吃鸭肉?这道山药鸭羹是御膳房的拿手好菜,娘娘可以多吃一点。"

言亦溪本就因为周宸川在身边有些拘谨,一听这话眼睛亮了。

"是吗?我之前倒是吃过御膳房做的糟鸭,但是没想到他们还会做这个。"

周寻云哈哈一笑:"保证好吃!我从小在宫里面就吃这道菜,每次嘴馋了必定会点上尝尝,娘娘你信我准没错!"

这边两人兴致勃勃地交流佳肴,全然把周宸川当作透明人,大顺天子有些疑惑,整个人四周冒问号。

不是!我旁边坐着的是我媳妇,你是我弟弟,怎么是你给我媳妇推荐美食,你为什么知道皇后喜欢吃什么?

看着双方自然互动,周宸川丝毫没有意识到自己脸色难看,只觉得一股莫名其妙的酸涩不断涌了上来,都要把他自己给淹没了。

"那山药鸭羹是不错,可是朕觉得这道五香拌鸡丝更好吃。"

周宸川直接用勺子舀了一大勺添进言亦溪的碗里。

"还有这个,肯定比山药鸭羹要好!"

言亦溪忙不迭把嘴里的鸭肉吞进肚子里,还没来得及道谢,只听周宸川开始滔滔不绝讲解起来。

"这个竹节卷的小馒头也是御膳房的拿手好菜,你一定要尝尝!"

"该喝汤了吧?来,尝尝这道白玉鲫鱼汤!"

言亦溪不一会儿就看到自己碗里的菜堆积成小山,连忙阻止道:"多谢陛下好意,等我吃完再夹新的菜吧,不然就浪费了!"

周宸川夹菜的手顿在了半空,这才突然反应过来自己的失态,尴尬地用咳嗽掩饰道:"咳………马上要举行朝贡宴了,朕希望皇后能多品尝新菜，好给朝贡宴提供建议。"

言亦溪完全没察觉到周宸川在撒谎，反而是善解人意地朝他笑嘻嘻道："你放心吧，朝贡宴的事儿，包在我身上啦！"

一旁的周寻云突然觉得自己有些不自在，好像挡了别人的道一样。而同样不舒服的还有坐在言亦溪身旁的周宸川。

他完全没有想到，在自己不是演戏，不是故意，不是设计套取情报的情况下，居然会对言亦溪做出如此举动。

难不成………

他有些疑惑地摸了摸脸皮——被叫傻子叫多了，自己真的傻了？

第二十二章

你好惨啊,宫里的妃子们
都不是真心喜欢你的

  这顿晚膳吃得尴尬不已,周寻云虽然直肠子但也隐约察觉到了一丝不对劲,觉得自己在养心殿似乎有些多余,而周宸川也因为自己幼稚的举动暗生闷气。

  在场的人只有言亦溪吃得颇为满意,打着饱嗝溜达回了凤鸾宫。

  "我是不是糊涂了?"周宸川坐在椅子上,揪着头发陷入沉思,"我刚刚是被人下蛊了吧?言亦溪既然精通卜卦之术,那今晚我的反常失态不会是她搞的鬼吧?"

  他思前想后,最终得出一个结论——自己被言亦溪给下药了,才不得不做出如此异常的举动!

  这不行!万万不行!

  周宸川撑着头长叹一口气,装了十多年的傻子,怎么到头来真成傻子了!

  乾福宫里因为皇帝久久不睡而一直亮着灯,宫女太监们也打着哈欠在外面伺候着。

  后宫妃嫔们却丝毫不知道此时周宸川的郁闷,随着夜幕深沉,灯火烛光逐渐暗淡,直至皇宫陷入了一片寂静的黑暗之中。

唯独在某一处已经破败的偏殿里，虽没有亮灯，但裙摆窸窣声和低语声却显示着她们的存在。

夜色浓郁，这几人彼此之间却颇为默契，谁也没有掌灯，只是摸着黑快速交换着手里的物件。

其中一个人把自己手里的簪子交换到了另外一个人的手中，等待对方快速溜出了偏殿，四周一片寂静无人的时候，才放心大胆地整理裙摆，只当深夜闲庭漫步，从门柱后走了出来。

谁知道她还没走两步，忽然围上来一群黑衣人，为首之人黑巾蒙面，打了个手势当作示意。

其他几人便押着一个被布堵上嘴的女子从殿外走了进来，把刚从这位女子手上缴获的金簪交给为首之人，低声道："仅此一个，传递的消息在这里。"

对方把金簪一掰两半，露出了里面的小字条。借着月光，他轻声念出了字条上的文字："正月十五朝贡宴，城门卫轮守，确宫女十名，城西门可入。"

"娘娘，您若是传递消息，其实不用亲自前来的。"

黑衣首领轻笑一声，往后退了一步，还未等这位女子反应过来，周围的人便一拥而上把她捆了个结结实实。

不过一炷香的时间，这一行人便悄无声息地消失在了黑夜里。

翌日，言亦溪正对着镜子让茗兰给自己梳洗打扮，就看到元海一脸严肃地从凤鸾宫外进来，急匆匆地下达皇帝的口谕，让皇后立马前往天牢。

天牢？

言亦溪心里咯噔一下。

不会吧，昨天才一起吃了晚饭，今天就把她关进天牢？难道是因为她吃太多被抓起来了？她努力想了想自己之前干的事情，似乎也没有什么出格的地方，最多算算命做做化妆品，哦对了……还写了以周宸川为原型的小说。

完蛋了，她这是泄露天机，被逮了个正着。

她随手拿起桌上一支嵌宝石莲花金簪，递给元海，试探道："元海公公，不知道皇上的意思是？有没有什么提示？"

元海的眼睛使劲瞅了瞅宝石金簪，强行压抑住自己伸手去拿的冲动，闭上眼睛咬牙道："娘娘去了便知到底是什么情况了。"

"这……"言亦溪咽了咽口水，有些可怜兮兮道，"本宫不能收拾几件衣服吗？"

天牢啊！又不是普通客栈酒楼，总不能没换洗衣服吧！

元海皱眉道："不可，陛下说了，事不宜迟，请娘娘即刻动身。"

罢了，可能这就是回到现实世界的最后一条路吧。

言亦溪心里长叹一口气，只能努力说服自己没准儿这是支线剧情，通关了就能回到现实世界了。她快速换下身上烦琐的宫装，单单穿了一条简便的裙子，身披斗篷，便由元海带领着出了凤鸾宫，走上了一条小路。

这小路倒是极偏僻，言亦溪之前从来没有来过。她越走心里越惴惴不安，而到了目的地，她才惊讶地发现，这里面居然是一个牢狱，只不过被隐藏在了建筑中。

总不能真的因为自己写傻白甜小说就被抓了吧？

言亦溪一边自我怀疑，一边心里又把周宸川骂了个狗血淋头，可怎么问元海公公他也不回答，只是一心低着头带路。

她跟着元海进入天牢。不过出人意料的是天牢并不是她想象的那样遍地鲜血淋漓，而是干净整洁，如果有窗户透光就更好了。

元海把言亦溪带进了一间封闭的牢房门口，躬身做了个请的手势让她进去。

言亦溪心中困惑，迈步踏入，却发现里面全是老熟人。

榻上坐着的是周宸川，一边站着的是皇宫侍卫首领刘寒，而地上跪着的，是不久之前在凤鸾宫里跟在她屁股后面对她崇拜不已的玉美人！

"你……这……这是什么情况？"言亦溪迟疑地问。

她扫视了一眼玉美人，发现对方身上并没有伤口，只是戴着镣铐，无法动弹，便道：

"皇上，您是要……"

周宸川向言亦溪招了招手，让她坐到他身边来，缓缓道："昨晚半夜，玉美人和一个不知道身份的人在偏殿鬼鬼祟祟，朕实在忧心有事情发生，便把玉美人请到了这里，和她聊聊。奈何玉美人一直不说实情，另外那人也已咬舌自尽，朕只好求助皇后，希望皇后能帮个小忙。"

原来不是把自己关进大牢。

言亦溪终于松了口气，放松警惕后便想也没想就开了口："陛下，和玉美人聊天的那个人是男是女？您不会是被戴了绿………"

话还没说完，言亦溪猛然回过神来，快速止住话头。

屋子里所有人都不敢置信地看着言亦溪，气氛瞬间凝固。刘寒没想到皇后如此反应，惊愕之余又有些好笑，可陛下就在自己身边，只能硬生生地憋回去。

周宸川被她这句话问得破了功，也不装高深了，他没好气地看了言亦溪一眼，咬牙切齿道："玉美人和宫外的乱臣贼子想谋逆，把朝贡宴和宫中侍卫分布的消息传递出去，被朕当场拿下。你怎么脑子里就只有这些乱七八糟的，难怪写的话本都是傻乎乎的！"

被周宸川拆穿话本一事，宛如被当众处刑。

言亦溪脸一阵红一阵白，又有点委屈，小声嘟囔："那你自己说的谈了半宿，我可不就只能想到某些事情，要怪只能怪你自己没说清楚！"

周宸川被她理不直气也壮的态度哽住了，深吸一口气，挥挥手："罢了，不纠结这个了。我记得玉美人和你关系不错？之前虽因点茶一事有了隔阂，但她后来还经常去凤鸾宫请你帮忙，研究什么胭脂水粉的事儿，你想想有什么好办法能让她开口。"

"这……"

言亦溪刚想说这是不是为难她——周宸川都找不到好办法，她能有什么办法让玉美人招供？

跪着的玉美人却抢了话头连忙开口说道："陛下，我和皇后娘娘关系从来没有好过。那次让您意外受伤的茶水，本来是我借邀请皇后娘娘点茶为由，设计想让娘娘受伤。我和娘娘一直不共戴天，从未有过和平相处的时候。"

她这一连串话夺口而出，看得出来全凭本心。

这让周宸川和刘寒吃了一惊，二人对视了一眼，觉得这一步实在是走对了，不知能否靠言亦溪让玉美人招供。

言亦溪看着这几个人的脸色，心乱如麻，忽然觉得事情的发展可能有点不对劲。

玉美人她记得，不仅仅是为她算命、制作化妆品，又或者一起玩过飞行棋。而且在言亦溪只来得及写了十几章的小说里，玉美人是全文中期的一个小 Boss，入宫陷害琼郁，很快会被琼郁打倒，琼郁便踩着玉美人上位，其间拉拢了不少势力。

但现在玉美人和她言亦溪一样，明明只是个炮灰设定，却并没有像剧情中描述的一般，和琼郁对立起来，反而与乱臣勾结在一起，这到底是怎么回事？

言亦溪看着玉美人，心绪复杂，也不知要怎么办才好了，只好借着之前写的人设，胡乱猜道："我看玉美人一向聪明伶俐，向来识时务，不像是个会死扛的。只怕是不是有什么把柄或者家人在对方手里，才不得不听命行事？"

刘寒上前一步道："玉美人家里的情况我已经查明。玉家世代都是青州人士，一脉单传。玉大人如今任八品县令，玉夫人是侍郎庶女出身，家中并无其他亲眷，连男丁都不曾有。至于云南王，那更是与之毫无关系。"

这话的意思便是玉美人绝对没有可能和云南王联系上，也没有把柄落在云南王手上的可能。

那么她宁死不肯交代的行为就可疑至极。

要么，玉美人是云南王的死士，忠心耿耿，绝无二话，所以不肯交代。要么，玉美人的家境情况全是假的，玉家只是个幌子罢了。

周宸川看了刘寒一眼，刘寒上前补充道："陛下，我所言非虚。玉美人的入宫记录都在内务府有备份，臣一一去查看过，并且和玉家进行对照，至少纸面上记载的信息与玉家的信息是对应的，玉家的确有一个女儿，应当不可能作假。"

如果这都能作假的话，那么只能说明一件事情——宫里有势力在帮云南王，而且这个势力还不弱，至少是可以随意插手到宫内秀女选秀，且修改内务府记录的程度。

这样的存在，除了太妃、太后和当今天子，在场的人想不到第四位出来。

周宸川和言亦溪脑海里瞬间都划过了这个念头，而刘寒又接着说道："玉家众人还在青州，若陛下需要，臣立刻带人把他们夫妇二人带回京城，到天牢中和玉美人进行对质，到时候是真是假就都清楚了。"

玉美人脱口喊道："不要！"

她看了言亦溪一眼，眼睛里面全是无助和可怜，看得言亦溪一阵心软。

言亦溪咬了咬下嘴唇，为难道："如果你不把真实情况说出来，本宫想要保你，也毫无办法。"

言亦溪虽然是原作者，但是给玉美人的设定是喜欢皇帝而同女主对着干。谁知道来到大顺之后，却发现和她所想的根本就不是一回事。

玉美人身份成谜、动机可疑，连她都不明所以。

言亦溪只觉得稀里糊涂地被卷入了一场大戏。

半晌，才听玉美人叹了口气低声道："同玉家没有关系，玉家对这件事情毫不知情，他们是无辜的。我……我根本不是玉家的女儿，我只是云南王王府里面一个管家的女儿。"

此言一出，在场所有人都被震惊到了，刘寒更是目瞪口呆地看着玉美人，不敢相信。

玉美人苦涩一笑："我之前不说是因为顾虑到我的家人，但是转念一想，这样的家人，我又有什么护着的必要呢？"

玉美人或者更严谨地说，她是一个没有名字的人。从小到大爹娘只管她叫大娃，不像有名有姓的弟弟，她从来没有一个正式的名字。

她出生的那个家庭并不富裕，虽然是云南王的管家，但管家也是分三六九等的，而玉美人的亲生父亲就是其中一个备受歧视的低级别管家，只不过是在大管家手底下做事的人而已，所以一年到头也捞不到什么油水。成年之后勉强找到了一家同样贫穷的家庭的女儿娶亲，然而生的第一胎是个女孩，小管家被当头泼了一盆冷水，从此之后就过着浑浑噩噩的日子。

爹娘都是这个态度，玉美人已经没有办法想起自己小时候挨打和被骂的次数，而在深夜时候梦到的童年时光，也总是带着辱骂和拳头的记忆。

不过还好，挨过难熬的童年，王府里面忽然说要挑选年轻女孩。父亲想起了自己，久违地给她买了身新衣服，把她送了进去。

玉美人当时就被选上了，选人的嬷嬷觉得她五官灵动。

"看着就是个聪明的。"

于是，她开始没日没夜地学习举止谈吐、琴棋书画。宫中举办选秀时，她以玉家女儿的身份来到了玉家，顺利获得了来年的选秀资格。

而在玉家的那一年半，是玉美人人生当中最幸福的时光。

她有一对正常的"父母"，一个正常的家庭，享受到了从来没有得到过的疼爱，玉大人虽然官位不大，却与玉夫人相敬如宾，和睦恩爱。

所以她不能让玉家受到伤害。

和远在云南的亲生父母比起来，玉家人对玉美人就仿佛是救命的稻草、冬日的暖阳。她之前是为了保护自己的亲生父母，但是刚才刘寒的一通话又让她回忆起了童年时光。

玉美人忽然就觉得自己人生中的光，好像突然就灭了。

"其实所有的内情我也并不清楚,但是我能告诉陛下,您的猜想大多都是对的。包括太妃娘娘和云南王的所有事。

"我知道您在想什么,而我也能保证,说的全是实话。"

玉美人低声说完这句话后,言亦溪明显感觉到周宸川的身体僵住了一会儿。

周宸川没有傻到去问玉美人"你怎么知道我在想什么"这种傻话,只是在快速思索之后,皱眉质问道:"昨天和你接头的人是谁?是太妃的人,还是云南王的人?"

玉美人抿了抿薄唇,老老实实答道:"是……是云南王,这人是云南王安插在宫内许久的一个探子,我和她半个月联系一次。再由她定期出宫采买时把消息送出去。"

周宸川阴沉着脸继续问道:"宫里面和你一样的还有几个人?"

"我不知具体有多少人,但我知晓的便是辛才人以及平时与我亲近、常来我宫内玩耍的妹妹,她们或多或少都有亲人或把柄落在云南王手中,我们都被教导要接近陛下,若能取代皇后娘娘的位置,那是再好不过。"

周宸川长叹一声:"何必……"又猛地把自己手中的茶杯摔到了地上,对玉美人道,"你既然如实告诉我,我也不会动你和玉家半根汗毛。只是,你之后要为我所用。"

玉美人疑惑地看向周宸川。

只听周宸川缓缓道:"你之后还老老实实地当你的玉美人,继续给云南王传递消息,昨晚的事情除了你我之外不会有其他人知道,你放心。只是你给云南王递的消息,之后会由刘寒传给你。"

言亦溪震惊地看了一眼周宸川。

没想到啊!被自己设定为草包的周宸川,居然也有如此聪明和霸气的一面。

等到出了天牢,周宸川见言亦溪一言不发,只以为她是第一次看见这种景象,被吓得说不出话来,连忙低声劝道:"你别为玉美人担心,朕说过她没事,那就一定不会取她性命。"

见言亦溪看着自己,眼中是说不清的复杂情绪,周宸川心里一沉,试探着开口问:"你怎么了?"

言亦溪长叹一口气,同情地拍了拍他的肩膀:"你好惨啊,宫里的妃子们都不是真心喜欢你的。"

周宸川一怔。

然而不知为何,言亦溪心里却快活极了,连走起路来都不再注意什么宫妃礼节,只是低着头掩嘴笑眯眯地跑远了。

她们都不喜欢你,只有我喜欢你。

这天牢里危机四伏,牵扯着朝堂和宫闱的大事,但是在后宫里面,却丝毫感受不到这种紧张的气氛。

又是一个见不到皇后娘娘和皇帝的日子,宫里面的美人、昭仪都各自在拼命找乐子,试图找事情消磨时光。

琼郁并不知道言亦溪去干什么了,只是被茗兰告知她是被皇帝叫走了,到现在也没有回来。见不到皇后的人,也没有确定的回宫时间,琼郁心情低落,郁闷地回了锦宁宫。

这日子少了言亦溪,实在是百无聊赖,珍珠见她兴致不高,便凑上前来出主意:"娘娘,今天天气这么好,咱们不如去御花园放纸鸢吧。"

琼郁疑惑地反问道:"哪里来的纸鸢?"

珍珠笑着道:"娘娘忘记了?之前陛下给您赏赐了不少东西,其中就有纸鸢,还是个画着美人的纸鸢呢,刚好和娘娘很配。"

琼郁心中一动，连忙让小宫女把纸鸢拿来端详，果然做得极其精致。用来做支撑的竹子被弯成了美人的样子却极轻韧，再加上宫内画师精致的工笔画，真的好似一位美人栩栩如生地站在地上。

她看着纸鸢，小时候和伙伴一起放纸鸢的经历便涌上了心头。如今宫里与她最要好的便是言亦溪，可是她们到底已经是有身份的宫妃了，再也不能随心所欲地玩乐。

今日皇上和娘娘不在，就趁着阳光灿烂，好好放纵一回。

只是琼郁没有让一众宫女们跟随，只带了贴身宫女珍珠去了御花园。

已是初冬，带着寒意的北风阵阵刮过，吹得琼郁的纸鸢很快便顺着风势冲上了云端。

琼郁的心情瞬间明朗起来，她轻笑着，拉扯着纸鸢线向身后跑去，只觉自己好像又回到了童年。

在宫里为了自保，她处处疏远冷淡，却被人视为清高孤傲。也只有在言亦溪面前，才能暂时放下戒备，发自肺腑地笑起来。

"这纸鸢是谁放的？做得倒是精巧。"

被太妃传唤入宫的周寻云来到御花园散步，老远便看到了挂在天边的美人纸鸢，不由得随口感叹。

跟着伺候他的小太监低声问道："殿下，要不咱们过去看看？想必是个宫女趁着今天天气好，来这里放纸鸢散心。"

反正现在太妃在佛堂念经，周寻云候在殿外也无事可干，便点点头，向着御花园内走去。

琼郁一心一意地专注于自己的纸鸢，谁知道乐极生悲，一个不小心，长长的棉线挂在了树上，美人纸鸢从干枯的枝丫中探出头，任由她如何拉扯，纸鸢岿然不动。

这下可如何是好。

琼郁颇有些着急，虽然皇帝的赏赐很重要，但更重要的是，她听说言亦溪也喜欢放纸鸢，还想着哪天天气好，也让言亦溪看看这个精致的美人纸鸢。

可如今却被挂在了树上，别说给其他人看，就连还能在这个树上待几天都是一个问题。如今已是初冬，不比春风和煦，这么个美人纸鸢可真是风吹吹就坏了。

"娘娘，奴婢去叫人来帮你取下来。"

"算了，等你叫来人都几时去了？"

琼郁左右看了看，见四下无人，便心一横，把裙裾系了一个结在身侧，一手攀着树干，脚下轻巧一蹬，居然就这么上了树。

她是习过武的，当时发觉宫里有寻冰的身影便简单露过一招剑法，爬树对她来说也并非难事。

只是纸鸢挂在树梢上，琼郁虽然一再小心，然而还是比不过突然吹来的一阵风。

这已是初冬，叶子都落得差不多了，只剩干枯的枝丫，她的身体免不了左摇右晃，眼看就要在树上站立不稳了，这时，一只麻雀擦着她的脖颈飞过。

琼郁忙着躲避麻雀，没有顾虑到脚下，一个不小心便直直地向着地面摔了下去。

真是丢脸！

她大脑陡然空白，却发现自己被一双胳膊接到了怀里。

琼郁惊慌抬眸，正对上一双暗藏笑意的眉眼。

"殷王？您怎么在这里？"

见到来人的模样后，琼郁慌张地推开对方的怀抱。

"趁着今天天气好放纸鸢，没想到却被树给挂住，我本想自己去取，谁知一时不稳摔了下去，多谢殷王及时搭救。"

周寻云连忙道："琼昭仪不必客气，你没事就好。那个美人纸鸢是你放的？"

琼郁点点头，笑着说道："那是陛下的赏赐，今天娘娘不在，我闲得无聊，便把这东西拿了出来，权当是消磨时光了。"

他俩之前还在长门宫里斗过地主，不过也只是因为有言亦溪忙着张罗罢了，私底下除了通过寻冰联系，二人其实并未见过几次。

今日或许是因为放纸鸢太过快活，平日里孤傲冷清的琼昭仪，竟然也露出了娇美的一面。周寻云心跳如擂鼓，随口道："那纸鸢上的美人画得再好看，也不如琼昭仪清丽、风采明媚。"

此话一出，倒是让两个人都愣住了。

琼郁有些讶异地看着周寻云，心中虽然激动，但碍于礼数只能福了福身回道："殷王谬赞了。"

她说完又觉得自己或许太过冷淡，连忙羞涩地补充道："是皇后娘娘教导臣妾有方，单论妆容，得感谢娘娘才是。"

周寻云认真地摇了摇头，他一个粗人，哪懂这么多。

"和妆容无关，琼昭仪略施粉黛也好，洗尽铅华也罢，都是宫中不可多得的美人。"意识到自己这话可能有些逾矩，周寻云又拱手行礼，"本王这话别无他意，还望娘娘勿往心里去。"

恰逢这时，一位小太监匆匆赶来，说是太妃娘娘已经念完佛经，正有事找他，让他速回。

周寻云便只好和琼郁告别，转身离开，然而去太妃宫的一路上，他的脑海里却全都是琼郁低头羞涩的一笑，以及之前在长门宫偷偷打量对方的容颜时,竟然连已经到了太妃宫前都不自知。

而琼郁也恍恍惚惚地回到了锦宁宫,坐在铜镜前发呆。半晌,她长叹一口气。

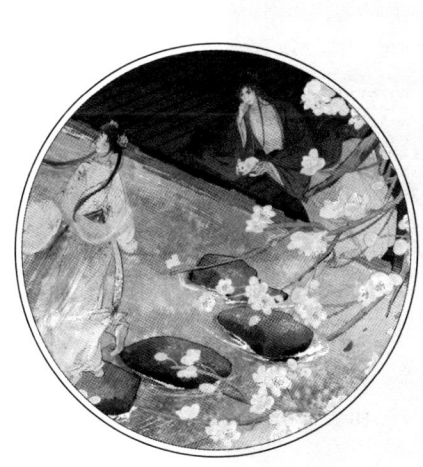

第二十三章

—·—

我差点以为自己
真是你媳妇了!

　　温太妃抬眼看向周寻云，不冷不热道："怎么，在外面待得久了，就这般没有礼数了？见到哀家也是这般恍恍惚惚的模样。"

　　周寻云愣了一下，对着太妃笑了笑，行了一礼："孩儿方才正在想军营一事，所以一时恍惚了些，还望母妃不要怪罪。"

　　温太妃换了个姿势靠在引枕上，倒是一副并不在意的样子，点了点头，随口道："这么多天没见到你，哀家也挺想念，不知你这段时间去干什么了？"

　　想念？

　　周寻云心里颇有些诧异。

　　"想"这个词和它所代表的情感，从来就没有出现在他和温太妃之间。对于这位母亲的记忆，周寻云印象最深的是歇斯底里的辱骂和不由分说的指责。

　　周寻云一直深深地怀疑自己到底是不是太妃亲生的孩子。比起温太妃，和自己并无血缘关系的薛太后才更像他的母亲。他不懂为什么其他后妃对待子女都是极其疼爱，但到了他这里，做好了是一顿挖苦，而如若做得比周宸川差了，那就更不要说有什么好下场。

　　直到他去了军营后，他心里才稍微好受些，可如今母妃竟然说想自己了？

周寻云心里起了一股不对劲的感觉，联想到之前和周宸川的对话，皱眉道："这段时间倒是没有什么事情发生。只是朝贡宴在即，宫中戒备须更严密，帮着皇兄操办罢了。"

"哦？"太妃似笑非笑地看着他，缓缓问道，"那哀家怎么听说，最近边疆好像又有事情发生了？"

果然来了。

周寻云低垂下眼眸，心中有些不情愿。母妃既然是后宫之人，为何旁敲侧击打探前方战事。他不动声色地对太妃道："的确有这种事情，之前被平复的边疆异族又有了不臣之心，多次犯上作乱，伤我朝边境百姓，皇兄有意让我再去边疆平定乱局。"

"何时出发？"

"许是下个月。"

温太妃点点头便把话题转移了。

两人寒暄完后，温太妃也着实没什么话聊，便挥挥手，让他回去。

等到周寻云转身离开玉清宫，片刻后，殿内的侧门外便莫名出现一个宫女。

这宫女相貌平平，扔到人群中便想不起第二眼。只见这宫女把一份信件递到了太妃手里，低头道："皇上和丞相在下了早朝之后发生了争吵。"

太妃边打开信件，边漫不经心地问："从头说，都吵了什么？为什么吵的？"

宫女道："具体原因奴婢并不知情，但是似乎和皇后娘娘脱不了干系。奴婢买通了一位侍卫，趁着其他人不注意，凑上去探听了几句。言相好像对陛下的决策十分恼怒，故而对着皇上大发雷霆。陛下虽然知道自己理亏，却不好意思低头，二人不欢而散。"

太妃嘴角边衔起一抹冷笑："这两个人总算是认清了彼此的面目，也省得哀家费功夫了。对了，哀家不是让你去调查皇后娘娘，结果如何？"

"情况奴婢都写在了信上。"宫女恭顺答道，"皇后娘娘之前在长门宫里给妃嫔算命，据说算得极其准确，凡是去算过的人都说娘娘是天神下凡。"

温太妃一目十行地看完了信上的文字，若有所思地道："倒是没想到丞相府出了这么一个女儿。如今看来，她的确有过人之处，哀家竟一时想会会她了。"

宫女迟疑问道："太妃，您这是想要？"

"你去帮哀家知会皇后一声，说哀家想要见她一面。"太妃没有回答宫女的话，反而没头没尾地来了这么一句。

不过一炷香的时间，正准备午休的言亦溪一脸吃惊地看着传话的宫女，疑惑不解地问："太妃娘娘要见我？"

温太妃见她做什么？平日里两人毫无交集，要见也应该是薛太后传唤她才是。

宫女满脸都是笑意："之前娘娘在宫里的事迹都传开了，温太妃早就对娘娘有所耳闻，一直想要见娘娘一面。谁知道之前身子不太硬朗，这几日才好些，可以提起些精神来了。"

言亦溪忙点头道："那麻烦帮本宫转告太妃一声，臣妾这就动身准备。"

这位太妃娘娘言亦溪一直是只闻其声不见其人，她写的时候也只是把对方当成一个可有可无的小喽啰，倒是听周宸川埋怨过无数次，知道对方不是善茬，仅此而已。

即便她有时去晨省，也是去永寿宫请安薛太后，至于温太妃，她还真是不太了解。

如今突然说要见面，言亦溪十分措手不及，不说别的，她一直觉得太妃交手的对象应该是周宸川，自己才疏于防备，从没想过应对之计，可现在周宸川不在身边，只能自己硬着头皮上了。

言亦溪这时都还没发现，自己已经无意中开始依靠周宸川，开始因为对方的存在而安心。

来传话的宫女笑眯眯地看着言亦溪换上烦琐的宫装，整理完仪容后，如众星捧月般往玉清宫走去。

"来，快让哀家看看。"

温太妃见到言亦溪进来，忙招手让她过去。

"果然如传言中说的一般明媚秀丽、温婉可人。皇上能娶到你，是咱们大顺的福气。"

言亦溪脸上赔笑，心中打鼓，这说的是她吗？怎么感觉说的是琼郁呢？

她摸不透太妃娘娘是什么心思，只能行礼道谢，转过头吩咐茗兰把礼物带上来。谁知，温太妃看也没看便让一旁的老嬷嬷给收了下去。

这着实有些奇怪，言亦溪不由得皱了皱眉，便听太妃仿佛什么事情都没有发生一样，笑眯眯地看着言亦溪道："快到新年，哀家下个月想去金国寺拜佛祈福，想着皇后也是信佛之人，不知皇后愿不愿意随我一起去。"

言亦溪还没来得及回话，宫门口便又传来一声通报，原来竟是皇帝来了。

她没来由地松了一口气。

只要周宸川在身边，就算眼前是一团浓雾，言亦溪心里也有了未知的勇气。

只见一道明黄色的身影快步进了殿内，太妃微微抬眸，淡淡道："皇上怎么突然来了？平时几个月都不登门，如今哀家一让皇后过来聊会儿天，就心疼地立马赶过来了？"

周宸川不着痕迹地挡在言亦溪身前，笑道："太妃多心了，朕和殷王一直待您亲近，本来就打算来看望您老人家，只是今日赶巧而已。"

太妃笑道："原来如此，是哀家多心了。对了，哀家正和皇后商量下个月去金国寺祈福。太后身子虚弱，不喜跋涉，你看我带上皇后如何？"

两人之间的明枪暗箭只要不是盲眼人都能看得出来，言亦溪此时恨不得将自己塞进地缝里面，就此消失在原地，便假装听不到刚才太妃说的话。

周宸川并不担心太妃会对言亦溪下手。毕竟言亦溪背后是丞相，除非太妃是想连丞相一起干掉，不然绝对不会以身涉险。

最有可能的应当是拉拢，或者把言亦溪当成人质。

众多想法在周宸川的心里面过了一遍，他若无其事地对太妃道："只怕溪儿愚笨，到时候若坏了娘娘的好事可怎么办？"

言亦溪猛地抬头，震惊地看向周宸川。你刚刚叫我什么？溪儿？大哥！你演戏能不能不要这么真情实感，我差点以为自己真是你媳妇了！

太妃摆手道："皇上说的是什么话，哀家看你就是一个极其伶俐的人，是吧皇后？你愿不愿意和哀家一起去金国寺啊？"

言亦溪和周宸川对了下眼神，然而太妃话都说到这分上了，言亦溪也不好明着回绝，便硬着头皮回答道："臣妾自然愿意跟随侍奉在太妃身边，等下个月臣妾再找两位妹妹陪同您一起前往，替太妃解解乏。"

话说到这里已经没有继续往下说的必要了，温太妃要拿捏的只是言亦溪一人，再来几个妃子也无所谓，便借势打了个哈欠，说自己聊了半天实在困了，时间留给皇帝皇后，她就不打扰了。

周宸川和言亦溪默契地同时起身行礼，慢慢退下。而说自己困乏的温太妃，却坐在榻上看着这两个人离开，眼神逐渐深邃起来。

候在一旁见证全过程的宫女凑上前，十分不解地问："太妃娘娘，为何要带皇后娘娘去金国寺？依奴婢看来，皇后娘娘愚钝不堪，实在不能重用。"

太妃轻笑了一下："我就喜欢她愚笨，你忘记之前那个话本了吗？"

宫女想了想，试探着问："是那本处处透露着后宫秘密的话本子吗？"

太妃头戴青玉抹额，衬得她精神矍铄，闻言冷笑一声："不管她是怎么知道这些故事的，只要她能为哀家所用，哀家便能让她成为真正的下凡神仙。更何况言亦溪身后还有丞相，以言相那爱女如命的性子，就算到时候她不能归顺于我，也能以她要挟言相。"

从玉清宫离开后，周宸川面色铁青，言亦溪不明所以，只能一路小跑地跟在他身后，低声道："哎，你慢些……"

只要不是在外人面前,言亦溪从不会称呼周宸川一声陛下,可奇怪的是,周宸川似乎也并没有不满。

"嗯。"周宸川这才停了脚步,转头看向言亦溪,眼神复杂。

此时冷风乍起,将他鬓边的碎发吹起,往日里玩世不恭的眉眼中竟多了一丝别样的情愫。

言亦溪知道周宸川生了一副好皮囊,对方容貌华贵、器宇轩昂,举手投足尽显矜贵之气。

这会儿突然被他直直地盯着,言亦溪心中狂跳,有些小心翼翼地问:"喂,你怎么了?"

面前的少女穿着烦琐华丽的宫装,是自己明媒正娶的皇后。可周宸川也知道,自从言亦溪嫁入东宫,他并未把对方放在心上,连对方的生辰喜好都说不上来。

他本不想因为儿女情长牵绊脚步,也从来没在后宫妃嫔身上花费过心思。所有的女人接近他,只是看上了后宫的荣华富贵,这冰冷的皇宫中,哪里会有真心可言。

有了心爱的人便有了软肋,便给了敌人可乘之机。

"没事。"周宸川破天荒地朝她伸出手,语气温和,"走吧。"

过不了多久便是朝贡宴。

作为皇后,言亦溪天天穿着华丽的宫装,头戴沉重的凤冠,以皇后该有的风范,陪着周宸川接待使臣,总算体会到了天子的辛苦之处。

还没有怎么好好休息,太妃娘娘那边已经派人通知,说明日便要动身前去金国寺祈福,让皇后做好准备。

言亦溪便不得不从床上爬起,开始提前安排好人手和服装。第二天起了个大早倒腾妆容发饰,然后顶着黑眼圈和琼郁一起站在马车旁等待温太妃。

这宫中只有琼郁与自己交好,本来言亦溪碍于危险不好意思捎上琼郁,可琼郁听说这事儿之后,坚决要与她一同前往,只说自己会些功夫,能照顾她的安危。而周宸川想了想,觉得琼郁的确比言亦溪要聪明不少,若是出了事,也有个照应。

比如此时,琼郁便能瞪大眼睛盯着玉清宫门,一看到动静便用胳膊肘戳醒正打瞌睡的言亦溪,避免一国皇后当众出丑。

一行人在太妃宫外站了不知多久,才总算把温太妃给盼到了,然后该上马车的上马车,该摆仪仗的摆仪仗,一群人浩浩荡荡地在禁军的保护下出了皇城门。

言亦溪这还是第一次出皇城,兴奋得不行,一直趴在窗边紧盯着外面的世界。不管是卖糖葫芦的小贩,还是卖各种护身符的道士,都让她感到很新鲜。然而看着看着,她突然觉得哪里不太对劲。

"那两个人……"

言亦溪一下子就注意到了队伍当中有两人与其他人格格不入,她定睛一看——她就说这两人看起来怎么这么眼熟,不就是上回朝贡宴上差点摔一跤的那两个异邦人吗。

"琼郁!你过来,我有话对你说。"

言亦溪心中一惊,思前想后,最终还是决定和琼郁商量一下。

情况十分危急,引得琼郁也抬头扫视了一圈侍卫。

"不对……不对劲……"琼郁的语气忽然变得极其严肃起来,喃喃自语着。

言亦溪心中狐疑,抬眸看她。

只听琼郁沉声道:"最早跟着咱们出城的那个护卫首领叫高平,

是一个老剑客,方脸,脖子上还有一道疤痕。"

然而现在的侍卫首领,即便极力压低了帽檐,但还是能看见他的脖颈光滑平整。

"护送咱们的这些护卫,都被换了个干净。"

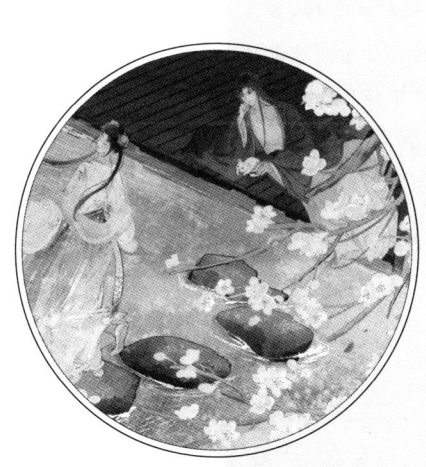

第二十四章

她的妄想该醒了

"等等,这是什么情况?"

言亦溪勉强让自己冷静下来,她环顾四周,一一把身边的人和刚出宫时进行对比,然后惊愕地发现,琼郁所言非虚。

"也就是说你我现在只怕被困在了这里。"

琼郁握住了言亦溪的手,安慰道:"别怕,你是皇后,还是言丞相的女儿,不会有事的。"

言亦溪点点头,不由得想起周宸川曾经和她说过的话,故作镇定地对琼郁道:"陛下并非大家所想的那般一无是处,既然咱们察觉到了危险,他也定是已经知晓。咱们便先静观其变,看看太妃的葫芦里到底卖的什么药。"

而就在这时,京城里面也是一片暗潮涌动。就在言亦溪出城的那一刻,诸位朝中大臣也在同一时刻接到了一个消息——殷王要带兵离京了。

周宸川登基不过几年,手中兵权还分散在藩王手中,能倚仗的一个是周寻云千锤百炼出来的铁骑精兵,还有一个就是京城的皇城禁军。

但是禁军人数有限，只有一万多人，如果真的和藩王真刀真枪地干起来，到时候定然打不过。如今殷王因为边疆战事匆匆离京，那么因为朝贡宴而留下来的虎视眈眈的藩王们，必定不会错失良机。

丞相阴沉着脸在书房中来回踱步，他身边的门客正在抓紧时间通报情形。

"殷王已经出城了，咱们的人跟着殷王，见他穿着铠甲一路策马出了北门。"

丞相点点头，接着问道："那云南王和太妃那里有什么动静？"

门客翻看着手中的信函道："云南王说是已经离开了京城往云南而去，但其实属下特地查过云南王的船只走向，发现只有寥寥几艘是真正顺着运河而下。只怕云南王根本就没有回云南，而是一直待在京都附近等待时机。"

而这也正是言相所担心的。

他沉吟片刻对门客道："你现在便把这个消息传给陛下，故意泄露给六部，让他们也知道云南王此时正在城外的消息。"

门客点点头，当即退下去召集手下把这个消息散布出去。

留在书房的言相敲了敲桌面，面前出现了一位黑色劲装的年轻人，若是细看便能认出这是周宸川的暗卫罗十八。

罗十八拱手对丞相行了个礼道："皇后娘娘已经到了金国寺，已经发现周围的侍卫被撤走一事，表现得还算是冷静，并没有哭闹。"

"哼。"言相脸色有些不太好看，瞪了罗十八一眼，"陛下现在做事也不同老臣商量了？别说什么太妃会不会对溪儿下手，你回宫复命，我要陛下仔细照顾好她，决不能有半点闪失！"

罗十八有些尴尬地点点头，心里默默流泪，这岳父和女婿的事，为什么要他在中间受气啊！

就在丞相和罗十八聊完之后不出半炷香的时间，京城里面有头有脸的人物便都知道了京城剧变。

吏部尚书咬牙一拳捶在书桌上，低声怒斥道："难道太妃现下就想要动手？这云南王未免太过猖狂，殷王此番离京怕是被调虎离山！皇帝到底在想什么，为什么如此纵容太妃！"

而这样的对话不只是发生在吏部尚书的家里，此刻，几乎整个京城都在诧异莫非今日便会天翻地覆了吗？

而此时，皇城外，和城内众多臣子家中凄风苦雨的气氛不一样的是，云南王的藏匿之处却是一片欢欣鼓舞。在这片隐蔽的山坳里，借着险峻的山崖乱石和杂草枯枝，一片看不到头的军营驻扎在这里，训练有素的士兵们轮流在门口守卫着，以防止不知道来路的人靠近这里。

而在军营的深处，早就应该到府的云南王，却正在帐篷里开怀大笑。他倒满了一碗酒，挥手示意坐下的将军们，豪气道："大家该喝喝，该吃吃。等过了今日，每个助我一臂之力的人皆有重赏！该封爵的封爵，该赏钱的赏钱，绝对不辜负兄弟们。"

将军们闻此也不由得笑了起来，纷纷举起手中的酒碗对着云南王行了一礼，然后一饮而尽。

一想到日后加官晋爵如探囊取物，众人脸上都是掩饰不住的欣喜。

云南王当然不会因为驻兵在此便认为自己可以大权在握，他以好酒好菜招待好将士们，而后转入到另外一个帐篷当中去，那里温太妃的大宫女正在等他。

宫女简单行了个礼，快速地把手中的地图交给了云南王，低声道："这是宫中的路线图，王爷确定殷王已经离京了？现在城内只剩下了几万禁军，太妃日思夜想终于盼到这日，还请王爷不要忘记同太妃的承诺。"

太妃一直和皇帝不睦，不过太妃也着实有毅力，本来云南王并不想攻打，可经不住太妃的劝说还是心动了。什么前朝不前朝，那都与他云南王无关，至于太妃还想让殷王登基，这可容不得一个老妇指点，他要的从来都是至高无上的皇权。

云南王点点头，笑着说道："麻烦姑姑回去和太妃说一声，本王虽一介莽夫，但是孰轻孰重还是拎得清。到时候本王必定按时攻城，请太妃放宽心。"

雨夜，暴雨倾盆而下，在房檐上砸出噼里啪啦的响声，太妃听宫女附在耳旁低语后，一抬头，脸上的表情微妙至极。

"皇后，听闻你很会算命？不如也给哀家算一下如何？"

自从到了寺庙，言亦溪和琼郁便本能地察觉了一丝异样，四周的侍卫总是有意无意地跟在她们身旁，像是监视二人一般，虽心下害怕，但两人都颇有默契地装作没有发现，依旧是有说有笑地围在太妃身旁。

言亦溪暗自皱起眉头，笑着回答道："臣妾的确是会看一些手相，只是才疏学浅，只会看些普通的。"

太妃娘娘微微颔首，吩咐道："你们下去吧，哀家让皇后单独陪会儿。"她这话说得很明显，便是下了逐客令。

琼郁一听这话，心中焦急，她没办法陪在言亦溪身边，到时候万一太妃想要对言亦溪不利，她如何同皇上和殷王解释。

言亦溪察觉到了琼郁的慌张，转过头来朝她眨眨眼睛，让她别担心。

等到屋中人都走得差不多了,言亦溪笑意盈盈上前问:"太妃是想算什么?"

她能猜出来是太妃在搞鬼,调换了侍卫又安排上了自己的人。可她不明白自己不过是无权无势的后宫女子,又能帮上她什么忙呢?

"算算你的命,再帮哀家算算大顺的命。"

太妃盯着她,笑了,那眼底却是掩饰不住的不屑和冷意。

言亦溪一愣,又听对方继续道:"你算过这么多次别人的命数,知道今日等待你的是什么吗?知道我把你单独留下来又是因为什么吗?"

太妃不愧是前朝公主,周身的气势压在言亦溪身上,让她快要喘不上气来。她深吸一口气,平复下内心的害怕。

的确,她知道每个人的一生,知道每个人的兴趣性格,却不知道自己的命运。自从她来到大顺,从费尽心思保全自己开始,这个故事的走向便早已不被她所控制。而她曾经所熟知的记忆,也早在无形中消弭。

"太妃不妨直说吧。"言亦溪垂眸,淡淡道,"陛下还在宫里等着臣妾呢。"

温太妃一听这话,冷哼一声,嗤笑道:"皇后,别再搬出皇帝的名号吓唬哀家了。现在这局面,皇后还想着装傻吗?如今这地方就只有哀家一人,你若投靠了哀家,到时候云南王一举成功,等老五坐上那位置,哀家只对外说皇后仙逝,封你为长公主,这总比你守着那草包一辈子强吧········"

至此鱼死网破,她也不再顾忌旁的,一心只想让言亦溪看清局面,好为自己所用。

这一番话说完屋中寂静无声,片刻才听言亦溪问道:"可我不过是后宫万千妃嫔中的一个,又懂得了什么?太妃莫不是想让臣妾拉拢爹爹?"

还用得着你拉拢?晚了。

太妃不耐烦地睨了她一眼,直接挑明问道:"你既然会卜卦之术,那你算一算后日的大顺会是何等下场。"

何等下场?言亦溪敏感地察觉到了一丝不对劲,她的心脏开始狂跳,手心是汗,只能低垂着头胆怯道:"臣妾今日出宫未曾带算筹等物,无法卜卦。"

"这你就不用操心,明日有人会送到你的屋里。"太妃沉声道,"别给我耍什么花样,即便卜卦的结果不能令哀家满意,你也要给哀家算好应对之策!"

她一挥手,便立马有两位老尼姑上前领着言亦溪往一旁的小院落走去,言亦溪垂眸快步前行,穿过门厅,进了屋才发现屋里还有一人。

竟是琼郁!

琼郁见言亦溪进来,连忙迎上前,瞪了二人一眼:"还不快给我们送些吃的来?是想饿死娘娘吗?"

那两位尼姑面无表情地退出门外,啪的一声,将屋门上了锁。

"太妃问你什么?"琼郁环顾四周,神色逐渐严肃,"我进来时便发现这屋子外面的院落都围了人,戒备森严,连只麻雀都飞不进来。"

言亦溪摇摇头:"她想让我替她卜卦。"

琼郁眉头一皱:"就这么简单?"

"太妃怕是醉翁之意不在酒。"言亦溪叹口气,"他们后日似乎有所行动,让我替她卜卦一是求个心安,二是以为我真是能预知未来的神仙菩萨,想让我替他们笼络百姓。"

两人沉默不语,半晌才听言亦溪道:"我现在虽然不能保证能逃出去,但咱们也不能坐以待毙,更何况……"她舔了舔干涩的嘴唇,语气却是笃定,"更何况陛下知道这件事,一定不会袖手旁观。"

"太妃这样做,怕是皇城已经沦陷,陛下他即便心有余也力不足。"琼郁虽不好打击她,但心里也着实无法认同。

"不会的。"言亦溪摇了摇头,"他肯定会来的。"

身处黑暗,是需要自己找光,她把这份希望寄托在周宸川身上,因为周宸川就是她的光。

这时,厢房门外传来脚步声。

两位尼姑走了进来,一胖一瘦,其中胖一些的手里提着食盒,不冷不淡地对言亦溪道:"皇后娘娘,琼昭仪,这是你们今天的饭菜,请用膳吧。"

言亦溪和琼郁点点头,正欲说话,突然琼郁暗中拽了拽言亦溪的衣摆。言亦溪心生疑惑,停住了接过食盒的动作,转头看她。

就在这时,瘦尼姑抬头诡异地对着两人笑了一下,还没等她们反应过来,便快准狠地一个手刀把胖尼姑砍晕在地。

言亦溪吓了一跳,颇有些惊讶地看着这个人,转眼便看到瘦尼姑把帽子一摘,露出了本来面目。

"寻冰,果然是你。"

琼郁看到这个人头套下面的脸,松了一口气,苦笑道:"我还以为看错人了呢。"

既然寻冰来了,是不是说明殷王没有去边疆,还在京城附近?琼郁心神稳了下来,有些自嘲——刚刚言亦溪对自己说陛下不会袖手旁观,自己还不相信,这会儿看见殷王的手下,又跟吃了定心丸一样。

言亦溪愣了愣,狐疑地问:"你们认识?"

寻冰快速地脱去尼姑的外袍、帽子和鞋子,低声道:"此事说来话长,娘娘只需知道我是殷王的手下即可。罗十八在外面接应我,咱们动作得快,现下是他们轮班调岗的时候。"

罗十八身形健壮,的确不好扮作女子,才让清瘦的寻冰前来。寻冰清了清嗓子,又低声道:"娘娘快些吃吧,我还等着出去呢。"

他音色虽沙哑低沉,却明显是女子的声音。言亦溪有些惊讶地抬头,心想果然都是深藏不露的高手。

她也顾不了这么多,连忙去解琼郁的发饰。

"他进来的时候只跟着一个尼姑进来,出去的时候也得是两人,才不会让人起疑。琼郁你跟着出去,告诉陛下我没事。"

琼郁惊愕地瞪大了眼睛,按住她的手,急声道:"您是皇后,要走也是您先走,我会一些简单的功夫,他们伤不到我。"

这都什么时候了,怎么还推三阻四的!

言亦溪气急,不管三七二十一挣脱开对方的手,胡乱地给琼郁套着外衫,又从墙上摸了一手灰涂在琼郁脸上。

"太妃需要我给她卜卦,若是发现我不见了,定会派人搜寻,从这儿回京城还有些路程,我能拖延一个时辰便是一个时辰,你就别争了!我是皇后,听我的!"

这后院中的事太妃并不知情,她也无暇顾及。

温太妃手捧密报，心中满是激动的喜悦。

"那个山坳之中的兵马，你估量了一下，大概有多少？"

宫女低头道："依奴婢之见，少说也有十万之众，皇城内禁军不过一万，横竖都比不上云南王的精兵，到时候必定会旗开得胜。"

太妃强行压抑住了声音里的兴奋，清了清嗓子，从怀里摸出一物。

"你去把这个玉佩送到丞相府上，告诉他若想保他女儿的性命，让他命令城门卫开城门。"

看着宫女急匆匆离开的背影，温太妃长舒一口气，靠在引枕上得意地笑出了声。

周家啊，看看这个时候还有谁能救你！

如今国仇家恨一起涌上了太妃的心头，她已经迫不及待地要看到皇城沦陷的模样。

总算，她这么多年的功夫没有白费。

但得意完后，一股迷茫又席卷上她的心头。

到现在，她已经分不清自己到底是为了前朝一直坚持到现在，还是只是单纯的不服输而已。

自己本来是前朝的公主，在她的记忆里，童年生活是无忧无虑且自由美好的，但是周家却改变了这一切。她认为太上皇是逆贼，然而其他人却认为他是英雄，太上皇将腐朽而昏庸的雍氏皇朝推翻，将黎民百姓从水深火热之中解救出来。

太上皇没要她的性命，还让她进了后宫，成了最尊贵的温贵妃。

她只能把愤恨和愁苦发泄在了周寻云身上，她不许周寻云和其他人玩，要他每日刻苦读书习字，一定要比太子更优秀才可以。

心疼周寻云吗？为什么不心疼？

那也是她的儿子，只是周寻云和先帝长得实在太像了。每每看见周寻云，特别是长大成人的殷王，她眼前都好似出现了那幕画面——年轻的太上皇身穿银甲，手持长剑带着一望无际的兵马破城而入。

他灭了雍朝，换这天下的黎民苍生一个清白人间。

幸得有前朝老臣还愿助自己一臂之力，总算是一步步艰难熬到现在。

她后悔吗？倒也不是。

周寻云和周宸川闹翻，周宸川与丞相决裂，周家只留下一个草包儿子，太上皇，你看看！你的周家，又比我温氏好到哪儿去呢？

她已经迫不及待地想要看到周宸川被云南王从龙椅上拽下来，伏在地上瑟瑟发抖的模样。

厢房里面，琼郁快速换好了衣服，故意用帽子遮住了头发，又被言亦溪用灰擦了擦脸，原本白皙清透的脸蛋顿时蜡黄暗沉。

"这是哑药，只能管十多个时辰。"

"你们快走吧。"

接过寻冰递来的瓷瓶，言亦溪把那个昏迷过去的尼姑背到了床上，用被子遮住，以防万一又不得不给她吃了一颗哑药，让她暂时失声。

寻冰收拾妥当便带着琼郁拿着食盒低头出了厢房。

院落外本来有护卫在，但听见另一方突然传来响动，想来是罗十八的声东击西，护卫们齐齐看了过去。寻冰便带着琼郁快步走出厢房，但想要出寺庙便要费更多的工夫。

金国寺分前殿后殿、后院和左右跨院，一层层院落嵌套着，每一层都有守卫和僧人在，如果想要逃出去，就要尽量避开太妃那群人。

"僧人们不用担心，他们也不知道实情，不会过问。"寻冰让琼郁跟紧自己。

"如果有人问起，我来回答就行。"

寻冰和琼郁从厢房出去，绕过了前殿，从偏路前往后院的后门——前院都是士兵把手，琼郁不敢赌他们会不会认出自己，倒不如直接从后门溜出去，省得节外生枝。

然而穿过了后殿之后，几位尼姑却迎面而来撞上了他们。

"送完饭了吧？别再跑来跑去，省得被他们训斥。"

寻冰清清嗓子，低声道："是。"

尼姑们便又叮嘱了几句，抬脚刚想走，其中一人抬头看了眼低着头的琼郁，随口道："今天静平倒是安静，往日里都是叽叽喳喳的，这几日怎么看起来瘦了这么多？"

寻冰挡在琼郁身前，波澜不惊地说："静平她上火，嗓子难受得说不出话来，加上这几日被这些当兵的使唤，怕得不行，自然吃得也少了。"

尼姑们点点头，叹了口气走了。

金国寺的后门是通往下山的路，两个人抓紧机会绕过守卫，只说自己是出寺采办，一路上有惊无险，还算顺利。

二人下山买了两匹马，朝着京城的方向疾驰而去。

"寻冰，是殷王让你来的吗？"

寻冰点点头，纵马疾驰道："王爷说担心你们，让我混进寺里，先把你们救出来。"

琼郁张了张嘴，把想说的话又给咽了下去。

既然罗十八在，那说明陛下也知道此事，或许他们只是为了救言亦溪出来，唉……早知道她当时应该果断点，把言亦溪给推出去，言亦溪毕竟是皇后，身份尊贵，现在她被扣留在了太妃手里，还不知道等待她的会是什么呢！

思至此，琼郁有些后悔地咬了咬下唇。

为了躲避太妃的探子，寻冰带着琼郁去了一条人少走的小路。山间野路偏僻得不行，一路上连个人影都瞧不见，却在走到一半时，二人都不约而同地听见了前方的阵阵呼号声。

这倒是把琼郁吓了一跳，二人凑过去一看，发现在这里的人居然是殷王。

寻冰看上去似乎并不惊讶，忙上前交代救人的过程。

琼郁被落在后面，看着前方男子的背影，她心里又着急又欣喜，殷王是喜欢言亦溪的吧，如今却只有她一人被救了出来，心中不免一顿懊恼。

她一拢缰绳跑到周寻云身边，急切地说："皇后娘娘说太妃的目标是她，就只让寻冰带我离开。可金国寺埋伏的全是太妃的眼线，娘娘身处危机之中，殿下请速速禀告皇上，增派救援。"

她说完这番话又有些后悔，殷王和陛下定是知道金国寺危险重重，才派寻冰和罗十八前来相救，自己这话不是火上浇油吗？殷王本就心急如焚，自己还是别添乱了。

谁知道周寻云却大步走到她面前，焦急地问："你身体怎么样？没有被伤到吧？母妃可有为难你？"

他上下打量一番琼郁，见她气色正常，除了一身尼姑的装扮，身上并无斑驳血迹，不由得低声叹了口气道："没事就好。"

琼郁一愣，有些没回过神来。

周寻云也意识到了自己的失礼，清了清嗓子又把话题引到旁的事上。三人进了大帐里面,才听殷王将这一切娓娓道来。

周寻云去边疆是假,可逆贼却是真,只是并非由他带队而是交由吴将军领兵北下。

"虽然太妃是我的生母,只是……"殷王沉吟片刻,吐露出来几个字,极为疲惫,"她的妄想该醒了。"

前朝灭亡并非偶然,即便父皇不出马也会有人揭竿而起。母妃始终存有一丝侥幸,也始终不能明白历史的巨轮不会因为任何人停驻,朝代更迭如同潮汐一般。

京城势力众多,藩王的势力和朝中臣子的势力交错在一起。周宸川是步步维艰、如履薄冰,可是他却撑了这么多年。

母妃从不知道真实的自己是什么模样,一如他从没看透这位皇兄的运筹帷幄。

就连言相逼着曾经的太子娶了其女为太子妃,太子虽心有不满却只能逆来顺受。

这诸多一切,也是假的。

第二十五章

还好,她没事

偌大的静室之中，红玉镂花香炉中飘出的青桂芳香萦绕于鼻息之间，精致古雅。

太妃慵懒地靠在引枕上，此刻却莫名觉得心悸，只好唤宫女煮了碗银耳莲子羹来，几勺服下，这份心悸却仍没有缓和。

莫非……是云南王那边出了什么岔子？

不，怎么可能！

太妃面色阴沉，因为紧张手握成拳，尖利的护甲陷进手心。云南王的密函上，一笔一墨她可都记得清清楚楚，她的复仇计划百密无一疏，又怎会出错？

她轻轻抬手，食指遮在眼前，想象着皇宫内腥风血雨的场景，总算叫这莫名的心悸缓和一二。

这一日，她已经等了太久、太久了……

从被掳来成为贵妃的那一天起，她就失去了作为公主的尊严与纯真，如今终于能叫大顺付出代价，纵然身后是千古骂名，她也绝不后悔！

然而就在这时，一则急报快马加鞭传入庙中。

宫女跌跌撞撞地冲进屋里，不顾被太妃责骂的风险，猛地跪倒在地，颤声说出了急报的内容。

"啪——"的一声，太妃手中的莲纹瓷碗砸了个粉碎，银耳羹洒得满地都是。

"怎么可能！"太妃嘴上说着不信，实际已经瞪大双眼，呼吸急促，"云南王被困……那十万精兵呢？说好的滴水不漏，又怎会……"

扮成尼姑模样的宫女满脸鼻涕和泪，痛呼道："云南王中计被俘！陛下已经派人成功围剿其手下残兵，如今全京城都已得知云南王谋反被擒的消息，称圣上英明，与殷王合力擒拿反贼，瓮中捉鳖……"

与殷王合力擒拿反贼？瓮中捉鳖？

太妃忽然一阵头晕目眩，脚步虚浮，险些跌倒在地。她斥退宫女，仍维持着自己高贵的姿态，一步步坐回榻上。

殷王、周寻云……

那个一直被自己掌掇而憎恨皇兄的周寻云，为何会临阵倒戈，莫非是被那该死的周宸川迷了心智？

明明她这么做是在为他谋前程，为何他却要背叛自己，背叛他的亲生母亲！

不过即便如此，为何那傻子皇帝周宸川会有本事困住率大军而来的云南王？即便换作她都很难有十足把握，还是说，周宸川根本不傻……

疑问汹涌而来，太妃一手撑着美人榻，只觉得天旋地转，原本飘于云端、轻快自在的心情这会儿已是跌入万丈谷底。

再反应过来时，太妃一身冷汗如瀑，竟是不知为何倒在地上，姿态颇为狼狈。

她从冰凉的地上撑身站起，步伐虚浮。精致漂亮的美人榻边昏暗无光，宫女更是早已不知所终，空留一室寂寥。

隔着一堵薄薄的墙，长廊那头隐约传来呼喊叫唤声，杂乱无章的脚步声充斥耳边，仿若地动之声。任场面一片混乱，太妃依旧维持着嘴角的弧度，她面色惨白，理了理自己微乱的衣摆，默默坐回了美人榻上。

她伸出手，打开那盒凤纹镂花的口脂盒，微颤的小指指尖蘸上一抹殷红，如往日一般，轻轻点于薄唇之上。

"来人——"太妃的声色依旧冷厉逼人，"把皇后和琼昭仪给本宫带上来！"

当言亦溪被押到太妃面前，而宫女支支吾吾，答不上琼郁的下落时，太妃彻底被激怒了。

"一群废物！好好一个大活人还能凭空蒸发了不成？找！还不快去找！"

那宫女听了心肝都在打战，急急忙忙跑出门外找人去了。

言亦溪看着这一切毫不意外，竟是忍不住漾起笑意。

"你笑什么？你笑哀家狼狈至极？还是笑皇上识破了哀家的计划？"

太妃脸色铁青，站起身，挂着恐怖的笑容，朝言亦溪一步步走来。

若是换作以前，太妃这副模样还能吓到言亦溪，但此时不同往日，单凭太妃这张气急败坏的脸，言亦溪便能猜到周宸川已首战告捷。

言亦溪对上她布满血丝的眸子，轻笑道："太妃为何如此惊讶？云南王谋反，犯下滔天大罪，如今的结局便是早已注定的罢了。"

太妃双目如炬，眼中的血丝狰狞非常，已是盛怒至极。

"这么说来，皇后早就知道了？你的卜卦早就预料到了？"

言亦溪浅浅一笑，权当默认。

虽然这并非她写过的剧情,也并非她卜卦得知,但周宸川早已不是吴下阿蒙,温太妃落此下场,已在预料之中。

"殷王的事,是你从中挑拨的?"太妃似是有些魔怔,眼中阴狠之色骤然划过,一下捏住了言亦溪的下颔,低声道,"皇后,倒是看不出来你本事这么大……好哇,你倒是伙同皇帝把哀家当傻子耍呢?"

身正不怕影子斜,言亦溪丝毫不惧怕,扬起头,目光笔直地对上太妃狰狞的面容:"确实是我提醒殷王,让他从你的骗局中逃离,毕竟,蛊惑他的人是你吧,温太妃。"

太妃不可置信地扬起眉,捏在言亦溪下颔上的手力道更大了。

"你说什么?!"

"难道不是吗?"

事已至此,言亦溪已经不打算再掩饰什么,温太妃同样也是她笔下的角色,对于那个存在于白纸黑字之间的人物,她知晓温太妃的一切,对温太妃并没有明确的喜恶。

可是此时此刻,这一切都不再是虚幻的文字,太妃所做的一切恶行,也都变为了真实存在的事实。

"温太妃,我知道你身上都发生过什么,灭族之仇让你对大顺一直怀有怨恨,我也十分理解。"言亦溪话语铿锵有力,竟是叫太后也被吓得后退了一步,"只不过,你还想做你的前朝公主,可周寻云如今已是大顺的殷王,他是活生生的人,是有喜怒哀乐的人,你不能将自己的思想强加于他的身上。

"周宸川从未将殷王视作对手,而是将他当作自己的亲弟弟,而你却一直从中挑拨,想让兄弟二人反目成仇!"

温太妃气得猛一扬手,一排瓷器当即落地,摔了个粉碎。

"我受的苦,我流的血,你又知道些什么?周寻云他是我的孩子!是我辛苦把他生下来!我做的一切都是为了他好!他凭什么听一个外人的话!"

墙壁上倒映着摇曳的火光,沉重的空气环绕着整间屋子,言亦溪静静凝望着太妃气急败坏、步伐虚浮的模样,不禁觉得有些悲哀。

过去,她创造这些角色时,完全没有考虑过他们的感受,只觉得反派的目的便是为了毁灭和欺压主角,而主角只需要狠狠教训他们便是。

真的来到他们身边时,言亦溪才第一次亲身感受到他们的喜怒哀乐,这一切绝非笔墨所描述的那般轻易简单。

他们都有自己的人生境遇,也都有自己独特的性格和过去。

想起那日周宸川嘴角噙笑,朝她伸出的手,她不自觉诧异了一瞬,那迟钝的感受忽然涌了上来。

她侧过头,望着双手陷入沉思。

"言皇后,不会以为这就结束了吧?"

冷冽至极的笑划破寂静,打断了言亦溪的思绪。诡异的灯光下,太妃隐于阴影之中的半边脸阴鸷非常,饱含怨气的双瞳叫她看上去竟恍若志怪传说中的厉鬼。

此情此景,叫言亦溪吓得退后一步,几乎大气也不敢出。

这……这是要干吗?

担心自己激怒了太妃,言亦溪这才察觉到危险,立刻放柔声音,试图平复太妃的心情:"温太妃,如今云南王的计划失败了,您若是继续坚持也没有意义,不如及时收手,说不定陛下还会给您一个面子,网开一面。"

"收手？"血色薄唇捻过这几个字眼，温太妃扯出一抹诡异的笑，"皇后真是爱说笑，既然知道及时收手，那一定也知道……'玉石俱焚'这四个字该怎么写吧？"

言亦溪瞳孔一缩，阻止的话语还没说出口，太妃已经抄起桌上放着的一柄修剪花草的剪子。

言亦溪尖叫着朝一旁躲，勉强躲过了太妃第一招，却招架不住太妃再次发疯一般刺来的势头。

"周宸川死不了，我就不信你还死不了！"

好疼！

肩膀被太妃死死掐着，言亦溪吃痛地拧起眉，却被太妃找准时机一把摁在墙上。她一睁眼，只见那锋利的剪子已经高高竖在头顶，刃口闪烁着刺眼白光，叫她瞬间慌了神。

糟了！

言亦溪紧闭双眼，伸手挡在自己苍白的脸颊前，身上的每一根神经都紧张地颤抖起来，准备迎接即将到来的剧痛。

她噙着泪，缩成一团，瑟瑟发抖，但预想中的疼痛却没有降临。

咦？

一阵清脆的响声骤然响起，太妃手里的剪子被周宸川手中的长剑挑开，飞到了冰凉的地上，逐渐归于静止。

看着周宸川不知从哪儿出现，站在自己面前，太妃颤抖的话语已经有些连不成句，几欲疯狂。

"你……"

周宸川瞥见言亦溪脸颊上的灰尘，又看着她因受惊而蜷成一团的样子，不禁皱了皱眉，心疼得想要立刻抱住她。

"温太妃你好大的胆子，竟敢谋害朕的皇后？"

周宸川冷笑一声，手执长剑直逼温太妃的面门。

"朕今日看在殷王的分上，饶你一命。"他打了个手势，一旁便有侍卫上前，将温太妃围住，当场擒拿。

"打入天牢。"

说完这几个字，周宸川看向怀中委屈地皱着一张小脸的言亦溪，叹口气将她拦腰抱起，大步往屋外走去，连一个眼神都吝于留给温太妃。

"你怎么来了呀？"言亦溪有些惊喜又有些后怕地勾住周宸川的脖子，"吓死我了，我还以为我这张脸要毁容了呢。"

"毁容了也是朕的皇后。"周宸川有些好笑，不由得将她抱紧了些，低声哄道，"可有受伤？本来是将你送出来，你倒好心，把琼昭仪推了出去。"

"太妃的目标是我，我还能拖延一阵，琼昭仪一个人留在这儿才危险呢。"言亦溪将头埋在他怀中，竟发现自己一点也不排斥对方身上的气息，仿佛两人早已亲密无间，她暗笑起来，眉眼弯弯。

已经有些精神失常的太妃看着两人的背影，心中顿时涌上一阵难言的寂寥和悲愤。

"怎么会这样……"

她轻轻吐出几个模糊的字眼，怔然的视线中，世界似乎都归于灰暗。

怎么可能，竟是如此轻易的就……

沾着汗水的湿发黏于额前，温太妃狼狈不堪地被侍卫拖向屋外，无光的眸子死死盯着周宸川的模糊背影，心脏被一股力强烈地拧起——

不甘心。

处心积虑这么多年，凭什么就落得这般境地！

她不甘心啊!

架着她的侍卫似乎都记着她的身份,并未下大力道,而她袖里还藏着一枚银针,只要能挣脱侍卫,她定然要刺瞎周宸川的眼,撕烂他的皮!

就算是死,她也要拖着周宸川一起下地狱!

憎恨如同剧毒,刺激着她的每一根神经,迅速兴奋起来,温太妃目眦欲裂,瘦长的指节摸到银针,生死决断之际,她正要发力,耳中却忽然闯进一个声音。

声音不大,却格外低沉,如晨钟般响亮,又夹着一丝温柔的慈爱。

"够了,婉儿。"

太妃双膝一软,倏地跪了下来,混浊的眼睛溢出泪来。

她朝着前方未知的白光伸出手,看见指尖有雪花飞过,一个身材高大的男人将纤细的女孩高高举起,面上绽放的是能够融化冰雪的笑容。

"足够了……"

多少年的思念,多少年的仇恨,都换不回他了。

是啊,足够了……

太妃的身子唰地倒了下来,在侍卫的惊呼下,她两眼一翻,彻底昏厥了过去,躲入了梦中那片只属于温婉儿的宁静之中。

潮湿的长廊间,静谧非常。

言亦溪终于从后怕中缓过来,此时才反应过来,自己还依偎在周宸川怀中,不禁面颊绯红。

"好了……你……你快放我下来!"

周宸川微微眯眼,丝毫没有要放她下来的意思。

"为何?"

言亦溪红着脸，结结巴巴地解释起来："众人都看在眼里，这样成何体统？而且你是一国之君，更不可做这种举动……"

言亦溪悄悄低下绯红的脸颊，声音越说越轻，落入周宸川耳中，软软甜甜的，更加没有说服力了。

"体统？"周宸川忍不住笑道，"真想不到，居然能从皇后口中听到这两个字……"

言亦溪彻底羞得不说话了，在周宸川怀里装死。

就算她现在嘴上这般逗能，方才太妃举着剪子要刺她时，她其实害怕得不行，还以为自己要死了。

她心底无比感谢两件事——

周宸川能来救她，以及……救她的人是周宸川。

言亦溪偷偷抬起头去看，却发现周宸川也正看着她，方才脸上褪去的温度噌地又升了回来。

"干吗……看我做什么？"

言亦溪不好意思地别过脸，故作凶巴巴的语气，却没有丝毫威慑力，心里早已软了大半。

周宸川一步步走得极稳，将她如视珍宝地抱在怀里，生怕惊扰到怀中人一分一毫的安稳。

"累了便先睡吧，我送你回去。"

纤指轻轻抚在周宸川的胸膛上，她放柔眉目，闭上眼，依偎在他怀中。

"好。"

兴许真是累极了，不过片刻，周宸川便察觉到她暖暖的吐息喷在自己臂弯间，暖意微漾，在自己怀中依偎睡去的人儿模样可爱得紧。

若是他来晚一步……

周宸川双眸微沉,如黑夜般幽邃的瞳孔中卷入一抹暗色,深不见底。他甚至不愿去想象她受到伤害的情景,即便是可能性也不行。

还好,她没事。

周宸川轻轻托抱起怀里的言亦溪,黄袍长衫,晚风拂面,独自走入夜色之中。

风雨欲尽,黎明将至。

冬末。

人间尚且有些暖意,少许春花已然早早结苞,却还是抵挡不过这带着刀尖的冷风,不敢将里头藏着的花朵露出来。

裹着件兔毛袄子的言亦溪踮起脚,摘下一朵梅花,轻轻将这绯红色的小花别在发髻。

"娘娘——娘娘——"

老远便听见茗兰的声音,言亦溪甚至还没来得及起身,背上便是一沉,又被添上一件衣服。

茗兰苦恼地蹙了蹙眉:"娘娘,您又出宫来了!今儿天气这般寒冷,万一叫陛下看见您在外头……又要怪罪了。"

言亦溪眼看自己肩上一层层袄子多得快要滑下去,一边扯,一边笑说:"我都穿多厚了,还不够呢?再穿,真的要被你们包成狗熊了。"

茗兰很是坚持,像个老母亲般为她紧了紧衣裳:"不行!不能掉以轻心,万一着凉了呢?"

冬景正美,梅花开得正俏,顾不得这些琐碎小事,言亦溪硬是拉着茗兰与她赏了片刻花。谈笑间,突然听见宫墙之外隐约传来吵闹杂乱的声响,两人不由得住了声。

茗兰十分机灵地扯了扯她的衣角:"娘娘,我们回宫去吧,外面冷,您要想看花,我们便折几枝回去。"

"不用了。"言亦溪摇了摇头，起身往凤鸾宫走去，她自己回宫休息便好，何必要再折梅花？

不过，宫外的事确实很叫人在意……

迈上凤鸾宫前的一级石阶，言亦溪短暂驻足，瞥了眼停在赤红宫墙上的乌鸦，若有所思地沉下眸去。

不用想也知道，这几天宫外定然乱得很。

不过这乱却不是坏事，毕竟温太妃被擒拿后，便是周宸川卸下伪装，清算前朝余孽的最好时机。这些祸害早已在朝堂上扎下了深厚的毒根，非一日可斩尽。

周宸川这些日子格外忙碌，虽是隔些天便来凤鸾宫一趟，可每回半壶茶都未喝完，便又匆忙离开，当真是神龙见首不见尾。

除了周宸川，言亦溪还对另一人印象颇深。

她回忆起当初云南王被困，自己被救出后，曾与周宸川他们一道向薛太后禀报这件大事的原委，却不料薛太后听罢，神色平淡，丝毫不显惊讶。

言亦溪还清楚地记得，薛太后当时卧在榻上，云淡风轻地摇了摇团扇。

"你们一行人来，除此以外……就没有什么别的话了吗？"说着还打了个哈欠，懒洋洋道，"哀家还要午睡，你们都退下吧。"

不光是言亦溪，在场所有人都是一愣。

就这？就这么淡定吗？

兴许是自己境界不深，言亦溪不能理解太后的平静，觉得格外神奇。

薛太后……

当真是位高深莫测的人。

言亦溪摇了摇头，正想坐下来，却不想茗兰突然听到门外一人说了什么话，立刻神色焦急地闯了进来。

"娘娘！不……不好了！快去乾福宫一趟！"

乾福宫？莫非是周宸川出什么事了吗？

言亦溪一下站起，来不及问明究竟发生了什么，便与茗兰一前一后，匆匆到了乾福宫前。

隔着厚厚的木门，言亦溪依稀听到里面的争吵声，不安的预感被应验，她推门而入。

乾福宫内仅有两人，动静却一点不小，以至于她快步跨过门槛都没有人注意到她。

"三哥！"殷王的声音透着些许沙哑，"母妃年事已高，此番犯下大罪虽然不应被原谅……但看在父皇的情面上，不能放母妃一条生路吗？"

周宸川依旧坐在那张金丝楠木椅上，神色平淡，连眉头都没皱一下，叫人看不出他的情绪。

大顺律法与前朝对比起来，已经足够公平公正，可温太妃犯的罪过非同小可。

但对于殷王来说，她怎么说也是自己的母亲，也为先皇诞下子嗣。

言亦溪在一旁听了半天，大概懂了这两人谈论的内容。她向周宸川福了福身，慢慢走到他身边，正要启唇说些什么，却被他抢先一步。

"朕知道该如何做，皇后不必忧心。"

言亦溪抿了抿唇，犹豫地看了局促不安的殷王一眼，退到一旁。

算了，这是他们兄弟俩的事，就让周宸川来处理吧。

周宸川看向殷王，半响才叹口气："温太妃虽犯下大罪，念其为大顺诞下皇子,免除死罪。从今往后,温氏前去皇陵思过,终身不得踏出一步,殷王认为如何?"

如此滔天大罪能免于一死,殷王怎会有异议,他长松一口气,抱拳作揖,当即向周宸川拜了一拜。

"谢陛下宽恕!"

周宸川释然一笑,道:"五弟,倒不必与我那般生疏。"

画面很是融洽,言亦溪却看得有些魂不守舍。

这般决绝、果断,就如一个真正的帝王一般。

不,周宸川本就是皇帝,言亦溪只不过因为是这本书的创作者,便擅自认为他与书中的那个草包皇帝无异。

察觉到她的视线,周宸川看过来,四目相触,她触电般地移开眼神,心跳暗自加速。

变了的,也许不只是周宸川……

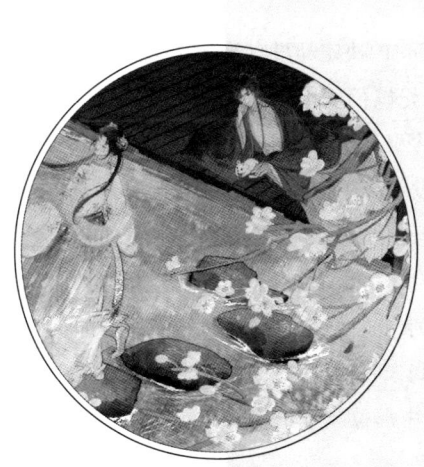

第二十六章

——·——

窈窈春日,他是她迟来的奇迹

太妃戴罪守陵的消息，众人还未来得及消化完，便又听到了新的消息。

即便遭遇部分臣子的阻拦，周宸川的决定却没有丝毫改变，很快，后宫妃嫔被尽数遣散。不过七日，妃嫔们便搬出宫，曾经随她们入宫而搬来的成箱的首饰、玉石，如今又原封不动地搬回家去。

虽是各回各家，妃嫔之中却并没什么人有怨言，尤其像玉美人、宋修仪、辛才人这样的，她们从前迫于太妃之威，身不由己，如今能得一条生路已是万分感激圣上仁慈了。

其他妃嫔已携婢女离开后宫，唯有一位妃嫔仍未有任何移居的动作，甚至是连出行的基本行李都尚未收拾。

这人不是别人，正是言亦溪书中那位风华绝代的原女主角——琼郁，琼昭仪。

言亦溪原本还想着琼郁若是出了宫，自己便要寂寞了，可现在琼郁硬是不肯出门，更加不肯出宫，却叫她有些担心起琼郁的状况来。

思来想去，言亦溪坐立不安。纵使茗兰告诉她不用担心，她终究还是在意得紧，快速收拾了一下，便亲自去锦宁宫看个究竟。

一路上，言亦溪不禁胡思乱想起来，她隐约猜出了琼郁对周寻云有不一样的情感，可大顺毕竟是封建礼法的社会，要怎么才能说服琼郁调整心情，或者说要怎么才能帮她完成心愿……

言亦溪越想越头晕，摇了摇头，再向前望去时，已然能见到锦宁宫的雕花楼阁。

远远看去，石阶上满地落叶残红，久不清扫，叫人看了不由得升起一种失落神伤的感觉。

一种不好的预感涌上心头，言亦溪倒吸一口凉气，提起裙摆，加快步伐走向宫殿，还未靠近，便已听到里面传来痛苦沙哑的抽泣声。

"琼郁！"

言亦溪一步两级台阶地冲进宫里，一眼便瞧见琼郁趴在书桌上，浑身瘦了一圈，白皙的脸颊、鼻尖都哭得通红，当真是哭成了一个泪人。

见言亦溪进来，琼郁身子一颤，急急忙忙地撑起身子。

"娘娘，我……"

"你怎么啦！"言亦溪瞧见她眼里红血丝密布，心疼得不行，"来来来，先躺回床上去！"

言亦溪给琼郁安顿好，又赶紧叫来茗兰，让膳房煮了些营养的米粥，喂了几勺后，琼郁苍白的脸上才终于浮现出血色。

"娘娘，我……"琼郁喉里梗了梗，嘴角轻扯露出一个惨淡的笑容，"我……我没事，或许是季节轮换，心绪不宁，让你看笑话了。"

言亦溪看在眼里，急在心里。

前些日子殷王因为太妃一事，请命回封地，大概再过小半个月便要走了。而殷王封地远在淮阳，车马又慢，她如今还是大顺的琼昭仪，京城里的千金小姐们又是那般精贵，出门都难，更别说出这么一趟远门，去见一个与她"毫无关系"的男人了。

如此看来，这回并非死别，而是生离了！

但言亦溪怎么可能任由琼郁这么颓废下去，她佯装一副什么都不知道的模样，两手叉腰，清朗出声："啊，那你便好好休息吧，不过再有一阵子殷王殿下就要回淮阳了，现在不去道别，恐怕就没有时间咯。"

琼郁一听"殷王"二字，心脏便又是一拧，踟蹰道："我……我……"

言亦溪没有继续说下去，而是将茗兰招呼过来，在她耳边小声说了些什么，茗兰便神秘兮兮地点了点头。不一会儿，琼郁屋里一下来了好几个小宫女，麻利地收拾起她屋里的东西，叫琼郁吓了一跳。

"娘娘，这……这是要做什么？"

琼郁还有些茫然，不明所以。

"琼昭仪真是不机灵，这还看不出来吗？"言亦溪瞧着琼郁这副难得茫然的样子，忍不住笑起来，"你过一阵子可是要去淮阳的，出这么一趟远门，可不是要收拾行李？别人来收拾我不放心，想了想，不如便由我手下的宫女替你收拾了吧。"

"淮阳……"琼郁迷糊地看着言亦溪和这些忙碌的宫女，呆愣了好一会儿，这才陡然明白了言亦溪的意思。

琼郁抑制不住激动，颤抖着捂住嘴，虽欣喜不已，然而眼眸里重又泛出水光："娘娘，可是我……我是宫里的……"

"周宸川那个坏家伙，把你们全部迎进宫里，却从没对你们好过。"言亦溪瘪瘪嘴，笑着安慰她，"你放心，这事儿周宸川定会安排妥当，要是不妥当，我就不准他回宫！让他睡书房！"

此时，周宸川正在拟着名册，禁不住地打了个大喷嚏，揉揉鼻子有些不满道："朕写到哪儿了？"

"该琼昭仪了。"元海恭恭敬敬地把册子递到他面前。

周宸川沉吟片刻，点点头："知道了。"

说到这后宫妃嫔，其实周宸川心里还是有些愧疚，自己从没宠幸她们，个个都是清白的姑娘，白白为他守着空房。当然，这些女子也从没喜欢过他，无非是想接近他套取情报罢了。

如此想来，周宸川心中的愧疚又消散了些，开始提笔在册子上龙飞凤舞地写着，心里想到言亦溪期盼的神色，不由得好笑。

"好了，琼郁的事，你去办吧。"

这事着实不容易，琼郁不像宫里其他妃嫔，怀着心思想要接近皇帝，遣散令便可以写得正大光明。她自打进宫便是无欲无求，只是若有人惹恼她，她必原封不动地还回去，可在后宫中也从没坏过事，要把她遣散回府，的确难办。

周宸川知道琼昭仪和殷王或许早已心生情愫，就算言亦溪不撺掇，他也会成人之美，但由于琼昭仪毕竟是宫中妃嫔，身份不可招摇，只能对外说是琼昭仪在换季时染了寒病，不幸离世。

半个月后，在那场声势浩荡、擒拿叛贼的事件中大显身手的殷王殿下回到封地淮阳一事立刻传遍了京城，京城不少小娘子都哭红了眼，然而不过三天，又传来殷王迎娶王妃，大办婚礼的消息，新娶的王妃像是凭空冒出来的人一般，传说她曾在擒拿逆贼一事中有所功绩，对大顺有恩，陛下特封她为瑞安郡主。郡主生了张清冷明丽的脸，丝毫不逊色当今皇后，且身份尊贵，久久未娶的殷王对她喜欢得紧。

这事儿传回大顺皇宫，言亦溪乐滋滋地将信函收好，心想着什么时候才能有机会去淮阳见见大婚后的琼郁。

她心情愉快,盘算得正起兴时,周宸川却突然上门,还提了一个颇为古怪的要求。

"回丞……回我家?"

言亦溪险些没反应过来,毕竟她真正的父母并不在这个世界,她与自己的这位父亲——言丞相并无什么感情。

万一见面了,被看出来奇怪可就糟了……

周宸川看上去倒是淡定极了,神情自若地坐在她身边,淡然抿了一口茶:"从前还未和你回过门,这回便当是新婚回门了。"

新婚回门?都结多久婚了还新婚呢!

心底虽这么想,但言亦溪对那位丞相大人也是有些好奇的,听说丞相与周宸川矛盾颇深,两人不和已久,她便不自觉想象出一位行事威严、一丝不苟的言丞相,兴趣爱好说不定就是在自己府里悄悄怒批周宸川……

嗯,这样的话倒是让她有点兴趣了!

言亦溪摸了摸下巴,故作玄虚地想了一会儿,点头道:"那好吧,本宫同意了。"

周宸川见她突然来了兴致,不禁扬眉:"皇后若是不愿回去,陪我在这宫里休息几天,倒也不是不可。"

言亦溪抿唇瞪了他一眼,双颊微热,真是想不通这家伙为何总是能面不改色地同她说这些话。

自打琼郁搬出后宫之后,言亦溪便一个人住在宫里,本以为往后的日子定是会无趣不少,没想到周宸川却像是住她这儿了似的,下朝后,他一批完奏折,便是在她这儿待上一整天,她连一个人静处的时间都没有。

说实话,言亦溪也并非真的不想他来,如今的周宸川总是会想法子讨她高兴逗她笑,尤其是因为少了那些惊心动魄的事情后,两个人相处得倒更加轻松起来。

她并非没有期待着什么,只不过两人的距离稍一拉近,自己大大咧咧的性子便卡壳了,飞一般地退后,重又与他拉开距离……

兴许这一次回门,能带来一些转机吧。

约定当日,二人微服出宫,乘上轿子,一齐去到京城言府。

丞相府倒是距皇宫很近,马车颠了没几下便到了。

这还是言亦溪第一次来丞相府,即便是书中也并未提及过几次的宅邸风格低调,并无多少奢侈的装饰,虽是第一次拜访,却令她有一股莫名的亲切感。

言丞相神色肃然,屈身作礼。

"微臣见过陛下,见过娘娘。"

"爸……呃不是,爹!你这是做什么!"言亦溪掀开马车帘子,忙让茗兰扶起对方。

他们此行有些仓促,准备得急,还未同言丞相提过来由,周宸川摆了摆手,解释道:"言相不必多礼,朕只是陪皇后回来省亲罢了。"

言丞相这才看向自己的女儿。

对方目光扫来之时,言亦溪顿时心里咯噔一声,紧张地看着这位不苟言笑的父亲,有些生疏地迈开步子,小步走上前。

"爹,我回来……"

"溪儿——"

言亦溪还没反应过来,言丞相便唰地变了脸色,飞奔着越过周宸川,两眼泪汪汪地冲了过来。

"溪儿！哎哟喂，你怎么瘦成这个样子了……"

言丞相心疼得直摇头，揽过她就往屋子里带，一边走还一边招呼下人烧几个好菜。

"之前是不是在冷宫待久了，怎么看起来没以前那么活泼了呢？哎呀，是不是陛下对你不好啊？是不是宫里的口味吃不惯呀？"

言亦溪："……"

她原本还担心自己说太多话会露馅，谁想言丞相根本不给她说话的机会，抓着她絮絮叨叨说个不停，一个人把所有话都讲完了。

怪不得言皇后从前是那副刁蛮又任性的脾气，被父亲这么宠在手心里，真是叫人不变成骄横跋扈的小嫡女都难啊。

言相上下打量自家这丫头，连连叹气："溪儿，你听我说，爹之前是没听说你会回来，这菜都没提前准备上，来来来，先去喝碗甜羹吧，是你最喜欢的，放两块冰梨糖进去。"

周宸川站在一旁，满头问号。

敢情自己来拜访便不烧好菜了？

当他这个皇帝是空气？

不过言丞相宠闺女也不是一天两天了。来到客室，遣散了伺候的丫鬟们，周宸川捧着茶杯坐在一边，饶有兴致地看着言丞相对他的皇后嘘寒问暖好一会儿，言亦溪终于是有些坐不住了。

"我……我去给陛下沏茶去！"

顶不住周宸川始终夹着笑意的眼神，言亦溪心虚地小跑了出去。

走出几步，待到自己平静下来后，言亦溪躲在门后长长舒了口气，同时应付他们真是对心脏不好……

她正想找些茶水来应付应付，却忽地听到身后的屋子里传来对话声，不禁好奇起来——父亲不是与周宸川关系很差吗？他们会聊些什么呢?

言亦溪警惕地在走廊里来回看了看,确定四下无人,便蹲在地上,将耳朵贴在门上,悄悄偷听起来,恰好便听见言丞相长长地叹了一口气。

"陛下,从前那些苦日子总算是结束了,你我也都轻松了啊。"说到这儿,言丞相不禁笑起来,"话说回来,你可要比我难做多了,成天还得在朝上装出那副痴人模样,换作我,准是要受不了的。"

周宸川淡笑回答:"丞相也自有丞相的苦,朕知道你也不容易,倘若这件事迟迟未能有个结果,恐怕……后人真要将我当作一个傻皇帝了。"

"陛下若真是那种人,我还敢把溪儿嫁过去吗?"言丞相闷哼一声,"我们虽是装作表面不和,溪儿却也在宫里受了影响,想想就觉得心疼……"

反贼落马,屋里的皇帝与老臣各有万千感慨,在外偷听的言亦溪也有万千惊讶。

原来周宸川和言丞相一直关系很好?

并没有不和!

那周宸川娶言亦溪,也是自愿的咯?

言亦溪惊讶地消化着连她这个作者都不知道的信息,不禁往前又走近了一点,谁料她撑在门上的手却一下将门推开一点,顿时引出吱呀一声响。

屋中之人瞬时传来惊呼:"谁?"

一直在屋外偷听的言亦溪顿时心虚起来,匆忙起身,脚底一滑,撞上了一旁的石柱——

"啊——"

下意识地惨叫过后,失去重心而跌倒的言亦溪只觉得天旋地转,头疼得要命,恍惚间大脑陡然一片空白,有幻听袭来又好似真的有人在说话。

疼死我了,言相为什么要在屋外修石柱啊……

这是言亦溪头痛欲裂时最后的想法。

"同学?"

"同学,您怎么样了?需不需要去休息一下?"

"这是在哪儿……"

言亦溪迷迷糊糊地撑起身子,仍是天旋地转地晕,好不容易睁眼一看,面前竟是一片漆黑,伸手不见五指。

"这……这儿是凤鸾宫?"

"呃……不是,是这样的,实在抱歉,场馆突然停电,目前正在紧急抢修,今天已经无法继续游戏项目了。"

一个男人的声音从她身侧传来:"您的朋友都已经出馆了,但刚刚停电时您好像正在睡觉,怎么叫都叫不醒。"

混乱的大脑一时无法反应过来,言亦溪愣了半晌,才迟迟地开口问:"什……什么游戏?"

"古风实景探案馆。"对方轻笑起来,这声音听起来竟有种别样熟悉的感觉。

待机已久的记忆重新运转,言亦溪有些不可置信地瞪大了眼睛。

"探案馆?"

我……我不在大顺了?

我回来了?

我回来了!

面对言亦溪迟钝的反应和疑问，身边的男声笑着继续回答："是的，这里是场馆内部，但今天已经无法继续游戏项目了，停电了，周围太黑，您不熟悉路，由我带您出去吧。"

言亦溪还未答应，她的手便被那人牵住了，男人的手掌比她大多了，少女纤细的小手紧紧包在对方掌中，感受到对方掌心的微热后，才终于反应过来自己现在的身份……她不再是言皇后，不过是个普通女孩罢了。

"哦……谢谢啊。"言亦溪垂眸道谢，黑暗的室内看不清她的神色。

二人一路无话，直到走出黑暗密闭的场馆，刺眼的光芒瞬间包裹了她的全身，她感受着抚在面上的温暖，不禁闭上眼，细细聆听着久违的——现代的世界。

叫喊声，车辆的鸣笛声，路人情侣的嬉笑打闹声……

我真的回来了！

遭遇了那么多的是是非非，没有什么比回到自己的世界更加美好了，言亦溪努力想要微笑，扬起的嘴角却是微微发颤，眼中漾起泪光。

她还有许多话，没有告诉周宸川。

双眸慢慢垂下，言亦溪怔然地望着眼前来来往往的人潮，却是又不自觉想起那场幻梦中的朱红宫墙，恍然间竟是明白了庄周梦蝶的感受。

"同学，你还好吗？"

"我没事……"

怔愣片刻，意识到那男声无比熟悉后，言亦溪倏地睁大眼，不可置信地看向身边穿着黑色衬衫的青年,她颤了颤唇,捂住胸口狂跳的心脏,发觉自己的手仍被握在那人的掌心里。

这张无比熟悉的面孔,愤怒、平淡、欣喜的模样,仍在她脑海里记忆犹新,仿佛一切都是上一秒发生的似的。

真的……会有这种事吗……

清风拂面,将她耳畔的碎发轻轻吹起,言亦溪不可置信地望着他,紧紧地回握住他的手,男人却并没有逃开。

"那个……"

言亦溪低下头,柔软的脸颊上泛起一层浅浅的绯红。

"请问,你……你叫什么名字……"

片刻的沉默过后,男人轻轻挑起了眉,松开了牵着她的手。

"不好意思,刚刚失礼了。"

肌肤不经意相触的地方,似是传过千言万语。

"周宸川。"他又有些懊恼地笑着说,"叫我周宸川就行,说来可能有些荒唐,但是我总觉得好像在哪儿见过你。"

男人低沉的声音回响在她耳边,言亦溪同时笑了起来,有些无奈地擦去眼角的泪水。

"实不相瞒,其实我也是。"

最后一瓣梅花凋落,最后一片积雪消融,春光穿越寰宇尽头,万千浮云,终于降临世间,温暖着他们相连的双手。

窈窈春日,他是她迟来的奇迹。

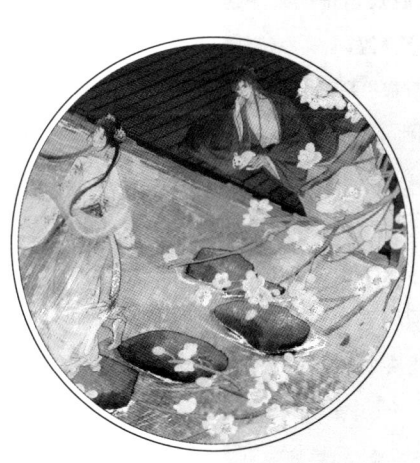

番外

他依旧会是他的对手

初春。

三月的暖风尚且夹着些许凉意,越过宫中的红墙黑瓦,飞檐翘角,吹荡起湖岸边的袅袅绿柳,美得十分静谧。

不远处的树梢头正卧着一只波斯猫,是后宫某位娘娘养的爱宠,上树容易下树难,挂在上头已经好些天了,饿得瘦了一大圈,急得这位娘娘毫无办法。

几个小太监被喊来帮忙,却没一个会爬树的,一伙人正发愁,一个身着锦缎华服的少年突然停在了众人身旁。

"这大白天的,干吗都围着一棵树看?"

听到孩童稚嫩的声音,众人低头看去,急忙向这位殿下恭敬作礼。

五皇子周寻云,字子昂,性格……冲动热血。

被周寻云招去的太监简单解释了事情原委,便见那五皇子不屑地一哼,三两步跑上前,跟个小猴似的倏地便上了树,吓坏了周围一众太监宫女。

"殿下!五皇子殿下!那儿危险啊——"

"快！快去叫温贵妃来——"

叽叽喳喳的吵闹声几乎要撼动树根，刚被救下的波斯猫又在怀里乱叫个不停，周寻云心烦极了，朝着树下使劲吼了一嗓子。

"大惊小怪的……都别吵了！烦死了！"

只可惜这一声吼非但没让一切安静下来，还叫场面更加混乱了。

宫女们见他蹲在树梢上，吓得头晕目眩。不知所措时，有人轻轻地"啊"了一声，低语道："温贵妃来了……"

"温贵妃"这三个字宛如一盆冷水，顿时将所有人都浇清醒了。

"子昂，下来。"

一声清冷的女声打破混乱，宫女们连忙为其让出一条路，不敢抬头。

温贵妃徐徐从后走了过来，嘴角微垂，身着一袭冰丝蓝缎海棠裙，冷然高傲。在春风的吹拂下，银凤钗的三根翘尾轻轻抖动，透出一股生人勿近的华贵气质。

宫女们悄无声息地退下了，丢猫的那位妃子也赶紧抱猫逃离，生怕多留一秒，就会被贵妃的怒意所误伤。

"子昂，又在胡闹什么？"温贵妃双眸微阖，眉间划过一丝不悦，不耐烦道，"你年纪也不小了，怎么总像个孩子似的？摔坏了可怎么办！"

平日里乖戾的少年侧头不语，任由温贵妃怎样发落他，他也不回嘴。

人人皆知温贵妃性格强势，诞下五皇子后更是为母则刚，作风强硬，对周寻云严加管教，处处要压薛皇后的儿子一头。

但周寻云生来傲气，与温贵妃那股固执的性子不相上下，同类相斥，母子关系也因此落得僵硬。

"走，回宫。"

周寻云不服输地轻哼了一声，四处张望着想要寻些乐子，身子却陡然一震——不远处，他最钟爱的一匹小马驹正被一个下仆狠狠拽住缰绳，使劲往宫外拖，小马驹发出嘶嘶悲鸣，声声凄楚。

周寻云气得目眦欲裂，下意识地便要冲上去阻拦，却被温贵妃一记眼刀瞪停。

"母妃，您这是在做什么！"

"做什么？这些时日你心思天天都在这马驹身上，何尝想过功课？"温贵妃云淡风轻地说，"再者，平日养那些畜生得费不少银子，拿它们换些银子也是理所当然的。"

周寻云远远瞧着自己那毛色发亮的小白驹被人粗暴拖走，几乎窒息。

"可那是父皇赏给我的马，怎么能……"

"你是在责备母妃吗？"温贵妃微微蹙眉，低声斥道，"母妃这么做，何尝不是为你着想？你父皇赏给你这马驹就是为了让你玩物丧志，如今周宸川势头正盛，我若不为你细细打算，你又怎能与之相争？"

十岁的周寻云虽年纪尚小，这些事天天耳濡目染，已经明白。

太子哥哥在自己出生那年病逝，东宫之位空了出来，如今便属三皇兄周宸川势头正盛，三皇兄是皇后娘娘的儿子，极有可能被立为太子。而温贵妃对其他皇子敌意颇深，想必也是因为希望自己成为太子吧。

母妃说，三皇兄要是当上了太子，自己和她就会过很惨很惨的生活。他必须努力，必须完成母妃的愿望，夺得太子之位！

可是……

周寻云远远望着挣扎的小马驹被鞭子抽得步履艰难，离自己越来越远，最终消失在宫外的朱红色大门之后。

他攥紧拳，手心被抠得满是红痕，深吸了一口气，正要转身时，却险些撞上一名锦衣侍官。

侍官忙低头认错，周寻云见他面熟，似乎是三皇兄的人。

温贵妃更是一眼瞧见，立刻快步上前，挡在了周寻云身前，冷声道："有什么事，同本宫说便够了。"

侍官的视线越过温贵妃，看向了周寻云。

"禀报娘娘，三殿下托下官向五殿下传口信，并嘱咐下官亲自告知于殿下。"

温贵妃狐疑地斜过眼："究竟是什么事？莫非连本宫也听不得吗？"

"这……"

话至此，锦衣侍官也无法推拒，想到口信的内容并无机密，便当着温贵妃的面对周寻云详细禀报。

"五殿下，三皇子托我给您捎个口信，这初春大好时节，三皇子打算办一场射猎比赛，听闻五殿下喜好骑射，于是想邀您一同前往……"

射猎？周寻云眼中终于放出光彩，刚要答应，便被一声咳嗽打断了。

只听温贵妃清了清嗓子，冷冷回绝道："多谢三殿下关心，不过子昂近些日子为风寒所扰，身体抱恙，恐不能与之前往——你便这么回复吧。"

锦衣侍官犹豫地看向周寻云，见少年一脸不满却又沉默不语的样子，便清楚这儿做主的是谁，只能悻悻离开。

"连下人都一副傲慢无礼的模样，真是不像样子。"温贵妃偏着头,柔柔纤指捻着一柄海棠团扇轻摇。

"子昂,你年纪小,不知三皇子有多纨绔,他邀请你,不过是为了拉拢你,让你跟着他一同堕落,万万不可着了他的道,更莫要跟他学坏,听明白了吗?"

"是,母妃……"周寻云乖顺点头。

母妃说得对,那阴险狡诈的周宸川与他皆是太子之位的有力竞争者,又怎会平白无故邀请他?一定是想趁机谋害他罢了!

周寻云愤恨地想着,依温贵妃的指示乖乖回到先生那儿读书去了,一卷卷圣贤书展开,密集的文字飞扬在眼前,却是不知不觉化为了一匹雪白骏马的模样,载着他飞驰在猎场之上……

"五殿下,我们刚刚讲到哪儿了?"

先生的话瞬间将他唤回,周寻云一个激灵清醒过来,四周顿时一片哄笑,先生知他根本没听课,无奈叹了口气,训了训周围的皇子们,重又讲起课来。

是夜,少年茫然地躺在床上,看向被戒尺打得通红的掌心,先生管得住他的眼,却管不住他肆意发散的心。

他克制不住地去幻想射猎比赛的场面,想象他骑在一匹白色的高头大马上,威风凛凛的模样。

如此浑浑噩噩的日子持续了十多天,先生直叹气,觉得他是犯了春天的懒病,叫他暂且休息一个月。

温贵妃见状,只是恨铁不成钢,也懒得再多管他,只因春日正好,圣上南下出游,携三名美妃随行出宫,她也是其中之一。

母妃一走,周寻云便没什么忌惮的了,他跷着腿坐在窗口,嘴里叼一根草芥,姿态毫无礼数,却也没有宫人敢有异议。

百无聊赖中,他极度渴望着一场意外能打破现在的平静,带他逃出这个柔软安静的巢穴,去往那片梦中的原野。

"哎——殿下……"

"在呢在呢……"

屋外传来纷纷攘攘的吵闹声,周寻云好奇地从屋顶跳下来,竟看见三皇兄带着几人与他的宫人们僵持不下。

一身黑色劲装的周宸川手持折扇,看上去威风凛凛,见到周寻云,顿时爽朗一笑。

"总算见到你了,五弟。"

是……是三皇兄!

周寻云压下心头的好奇,有些疏远地应道:"三皇兄,是有什么事吗?"

这还是他第一次单独与周宸川正面接触,不禁有些警惕。

温贵妃的话还深深印在周寻云脑海中——这是他最大的敌人,小小年纪便不学无术,巧舌如簧,这种人根本不配成为太子。

若不是周宸川,母妃便不会对他耳提面命逼着他学习功课。

若不是周宸川,自己也不会处处赶着讨好父皇……

每每思至此,他都不禁咬紧下唇,满心憎恨,可此刻眼前所见又让周寻云有些迷茫,至少……三皇兄看上去并非奸邪之人,他手持白扇,腰后别着一捆箭筒,英姿过人。

莫非,这也是伪装的?

"我之前托人向你捎了口信,你忘了吗?"周宸川注意到少年的提防,却始终保持笑意,"听说你病了,我们几人商量了一番,将比赛延期了,不知五弟今天身体如何?可否一同前去?"

周宸川身后的友人却有意见,小声嘀咕道:"殿下,我们几还不够尽兴吗？为何一定要来找他，他可是……"

一听这话，周寻云才刚刚亮起的眼眸又暗了下去。

周宸川当即抬手，阻止旁人继续说下去，又转过头来看着周寻云道："你我本是兄弟手足，我想邀请五弟一道游玩也无可厚非吧？再说，五弟年纪轻轻就已经能拉弓射箭，在京城中可是出了名的。若是就此错过比赛，岂不可惜？"

架不住对方的热情，少年有些动摇，碍于温贵妃还是有些害怕："可……母妃她……"

"温贵妃出宫去了，得好几日才回来，有什么好担心的？"周宸川扬手吩咐，"都愣着干吗？还不快帮殿下找匹好马来！"

好马？

周寻云震惊地看着一名侍官麻利地牵着一匹白马走来，同样的光洁毛发，与他那匹被卖掉的马驹长得十分相似，不禁心潮澎湃。

他的骑射还是父皇亲自教的，那时的日子洒脱快活，可惜母妃很快插手，断绝了他的一切关系，天天督促他跟着夫子读书……

随着周寻云越长越大，温贵妃每每瞧见他的脸，便会变得敏感而易怒，经常发狂般地抓着他或下人训斥。也是自那时起，温贵妃开始加倍严厉地管教周寻云，禁止他再与那些舞枪弄棒的将门子弟接触，逼他不断读书学习，一定要超越周宸川，比他更优秀才行。

周寻云陶醉地抚过马儿背上的柔软细毛，飞身而上，嘴角微扬，心间荡起一股难以抑制的喜悦。

"多谢皇兄。"

"还叫得那么生疏呢？"周宸川狐疑回头，他骑在另一匹黑马上，伸手揉了揉周寻云的头，笑着说，"我们年纪相差不过三岁，我叫你五弟，你叫我三哥就行了。"

周寻云愣了一下，缓缓点头："嗯……谢谢三哥。"

三哥……

他不自觉又喃喃了一遍。

周宸川身边皆是同龄的官员子弟,一路有说有笑,总算叫紧张又警惕的周寻云渐渐放松了性子。大家沿着小道悄悄出宫,过了大半晌,快马加鞭,终于在周宸川的带领下来到一片芳草萋萋的郊外。

春日,原野之上绿无边际,漫山遍野更是春色无边,远远看去,粉红的桃林在清风中摇曳得格外可爱,仿佛是要下起阵阵粉雨。而山下则是一片面积巨大的平原,上头似乎还驻扎着几支队伍。

周宸川远远指着那些士兵,同他解释:"王勉将军的队伍近日在这儿练兵,我们就在这附近的几座山头打猎便可,他们守在边上,恰好也能防着某些歹人于我们不利。"

周寻云一下惊道:"将军?!"

一旁,周宸川的伴读自豪地点头道:"王将军和三皇子殿下关系颇好,一直教授他身法武功。"

说着,就像是为了印证这句话的真实性一般,身披玄甲红袍的王勉将军骑着大马跑上前,与周宸川打了个招呼。

"殿下,这才几月份啊,怎么又急着要来?"王勉将军扯着嗓子喊,"你再多来几趟,这山上的野鹿都要被你们打没了!"

周宸川微笑回答:"要是真将野鹿打没了,就轮到这儿的老虎遭殃了!"

王勉顿时大笑:"你小子!好!那我这回就瞧瞧,看你今儿个能打到老虎还是鹿!"

二人畅快谈了好一阵,王勉痛快聊够了,这才瞥见他身边还有一个小少年。

"嗯?这位是……"

对方是朝中大将，周寻云一紧张，急急忙忙想要作答，却被周宸川一手搂上肩，将话头抢了过去。

周宸川揽着他，颇为自豪地介绍道："这是我五弟，在京中名气不小，不知将军可曾听说过？"

"原来是五皇子殿下，在下失敬了。"

王勉将军会心笑了笑，朝他作揖一拜，样子明显疏远不少。

几句无心的客套话过后，王勉将军就命人拿来几把长弓，供他们挑选。

这些武器都是上过战场的，摸上去比他用的那些昂贵的弓箭要粗糙不少，周寻云人小力气小，得费不少劲，周宸川便一点点指导着他拉弓的力道、技巧。

就像是……亲密的兄弟一般。

虽然他们本就是兄弟，但周寻云从未在心中承认过这一点。

不过三哥竟与那位声名显赫的王勉将军认识？这叫他更加不懂了，母妃与下人都说周宸川顽劣乖张，绣花枕头一草包，可王勉将军那般正直伟大之人，又为何会和他认识？

他心不在焉地跟在周宸川身后，不知不觉已跟随众人进了山林之中。周宸川与他们商定了比赛规则——日落之前回到山脚的桃花林中，谁打到的猎物最大，谁便是这次射猎比赛的赢家。

几人点头称是，纷纷驾马离去，待到周寻云反应过来时，身边已经只有兄长周宸川一人了。

这周围一片荒郊野岭，叫周寻云瞬间警惕起来，压下身子，紧紧盯着周宸川不放。

自己还是鲁莽了，得了匹小马驹就傻愣愣地跟过来，万一周宸川心怀鬼胎，是想趁机除掉他呢？

不仅如此，三哥身边带的都是自己的伴读和友人，一定也会为他做证，要是有个万一，只怕他会死得不明不白！

暗中责怪自己的莽撞，周寻云沉思着该如何对付他，不由得焦虑起来。

这时，头顶突然传来声音："五弟，你……"

周寻云吓得一个激灵，双瞳骤缩，迅速拉着缰绳向后退去，做出一副防御的模样。

"干吗呢？"周宸川见他像个受毛的兔子似的，不禁好笑，掉转马头走到他身前。

"走，咱们兄弟俩第一次出游，三哥带你去个好地方！"

周寻云见周宸川朝着一片隐秘狭窄的山路走去，顿时有些犹豫，但想了想，还是跟了过去。

没事，只要时刻提防，若是他真的出手，指不定还能反杀这个奸贼小人，让母妃放心！

半晌过后，他们终于来到一处峭壁跟前，任是周寻云不想，也得在这条道上时刻提起精神——山路极险，道宽仅供一人行走，身侧峭壁还时不时落下几粒石子，吓人得很。

他确信周宸川一定会在此出手，左手一直按在自己腰间藏着的佩剑上，时刻防备着周宸川的一举一动。

然而周宸川并无动作，两人相安无事，甚至还时不时"聊"上几句。其实就是周宸川问，而他应付式地答两声，用词拘谨而慎重。

察觉到他的冷淡，周宸川无奈道："五弟倒真是寡言，莫非你在宫中也是如此话少？难怪平时都不与我们联络。"

"嗯……"

依旧是一句心不在焉的回答。

周宸川眼一沉,忽而指向一个方向:"五弟,你看那儿是什么?"

"什么?"

周寻云抬头看去,却忽地听见一阵风声急速闯入耳中,他心道一声不妙,压在佩剑上的手还未动作,自己颈边便乍出一道刺眼的银光,速度快如闪电,杀招直逼命门!

望见自己颈边的锋利剑尖,周寻云双瞳骤然一缩,喉结滚了滚,大气都不敢出一口。

果然!

身侧是峭壁悬崖,周寻云不能拔剑,只能死死瞪着周宸川,瞳孔中满是失望和愤怒,心中已然升起必死之意。

然而,周宸川却自嘲一笑,剑锋未动:"五弟,是不是一直以为我会这么做?"

"什么?"

周宸川微笑着,收剑回鞘。

"我倒不是不知你对我有防备,只是……有些时候,莫要因旁人的谬说而误了眼前的真相,五弟觉得呢?"

周寻云皱了皱眉:"谬说?"

"挑拨你我的一些闲话罢了。"周宸川沉下眼,是与他年岁不符的沉稳,他若有所思地看向悬崖之外,"我想……你大概也听过不少?"

周寻云听出他话中意有所指,急道:"不是这样的,母妃她……"

"温贵妃未免对你太严厉了。"周宸川释然一笑,比他从容多了,满不在乎地双手枕在脑后,慢吞吞地走着,"皇族血脉珍贵,你我兄弟二人年纪相仿,更应该互相照应,为何总要伤和气,想着那些你争我抢的事?"

和气?可是我也不想卷入太子之争,母妃说是你逼我的……

周寻云欲要辩解几句,可周宸川神色肃然,却叫他怎么也开不了口。

"不过,温贵妃会有那般考量也不奇怪,我绝无责怪之意。"周宸川轻轻转过身,缓慢驾马向前,"但……我希望能与五弟好好相处,也许你不记得了,但你年幼时,我与你见过好些回,也算有过缘分,如今这山崖间只有你我二人,大可不必像宫中那般拘束。"

玩伴?好好相处?

被汹涌的信息吓住,周寻云下意识地想要回嘴,却又一时哑住,眼前不自觉地浮现出他们二人并肩野猎的场景,竟并不觉得奇怪。

"况且,我们是兄弟这件事是永远不会改变的,比任何友谊都要来得坚固。"周宸川淡然地笑了笑,"今日如此,明日如此,往后亦如此。"

周寻云怔在原地。

过去周寻云从未想过将周宸川当作兄长,更别提是一位关系亲密的兄长。

莫非,真是他想错了……

不等他细想,周宸川忽然"啊"了一声,指着前路道:"五弟!到了,快上来!"

语毕,那毛色漆黑的骏马双蹄一蹬,噌地飞上一个峭壁。周寻云赶紧也拉紧缰绳,追了过去。

霎时,一片粉海桃林倏地闯入眼帘,初春的微风卷绕着丝丝清凉,抚弄过每一片柔软的花瓣,美不胜收。

桃花海下，几只毛色发亮的小鹿追来追去，小蹄踏着一地粉泥，离它们不远处还有一潭清澈见底的池水，湖底的巨石在波光中浅浅摇曳，几只说不上名的水鸟则在水面上抖动尾羽，可爱得紧。

周寻云望见那成堆的鹿群，当即兴奋得拉弓欲射，却被周宸川一手拦了下来。

周宸川煞有介事地朝他做了个噤声的手势，领着他绕到桃花林后。

"你在林前拉弓，万一射偏了，得吓跑不少猎物。这桃林后还有不少落单的老鹿，个头也大，就算射偏，也不会惊扰太多。"

"我……我才不会射偏。"

周寻云赌气似的红了脸，立刻拉弓射出一箭，却还是射偏了方向，那公鹿顿时被激得跳起，朝林子深处跑去。

周寻云急忙去追，另一支箭却倏地从他耳旁飞来，一击射中公鹿大腿。

"三哥！你干吗！"

"在温贵妃面前可不能这么叫我。"周宸川这么说着，脸上却满是笑意，"这只公鹿可得算我头上，五弟还要继续加油啊。"

周寻云不服输，立刻寻找新的目标，时不时还去抢着射周宸川的目标，对方也只是大笑着任他为之。

桃花海下马蹄声声，飞箭如影，周寻云额间滑下汗水，却是畅快无比。

青丝飞扬间，透过滑落眼前的汗水，他看见周宸川墨袍黑衣，英姿飒爽，时间好似就此静止，为他们二人停留。

有多久没像现在这样快乐了？

不，这似乎是从未有过的感觉，就好像血脉中的某个部分被唤醒了一般——

也许正如周宸川所说,他们同为龙种,流着同样的血,本就该如此亲近。

黄昏前,周寻云找到感觉,很快也射到一只小鹿,只不过他们两人的猎物大小相当,分不出上下,输赢便也不了了之。正准备往回走时,却恰好遇到了来寻找他们的另一行人——周宸川的伴读,以及他的那些京中友人。

其中一个个头最矮的,听说是三品官员家中的独子,不知为何,他瞧见他们兄弟一并下山时,眼中竟闪过一瞬的疑惑。

方才射猎时的热情稍有退却,周寻云下意识地觉得这人有些古怪,便想着提防一二,却不想那人低吼一声,拉弓放箭,竟是朝着他马儿的大腿射去的!

几人这会儿还在半山腰,正是下山最险的路段,纵使周寻云拽绳而退,马儿的大腿还是被利箭划出一条长长的血痕,当即仰天嘶鸣,朝另一侧倒去。

摔下马的一瞬间,周寻云大脑一片空白,只感觉满嘴扩散着血锈味,又苦又腥。

为什么……

他努力睁开眼,视线却被血污蒙了大片,天地皆红。

周寻云沉沉吐出一口凉气,失去意识前的恍惚中,他最后听到的,是周宸川无数次焦急的呐喊声:

"五弟!"

周宸川抱起满头是血的少年,目光怔然,随后猛然转头,朝那放箭的男孩发出一声沉沉的怒吼。

"混账!这是在做什么!"

那少年浑身一颤,握着弓的手心冷汗直落:"殿下,这……我……我以为……"

"什么叫你以为?都愣着干吗!还不快下山叫军医来!"

周宸川捧着少年的头,掌心已经沾满血液,红得刺眼、灼目,犹如那日落在半山腰间的夕阳,遮天蔽日,沉沉压在他的心上。

沉入黑暗中的周寻云并不知道周宸川是如何紧张地守在自己身边,更不知周宸川事后是如何发怒、如何痛苦的。他们两人间的联系似乎生来便难挡挫折,终是不可靠近。

再睁开眼时,周寻云愣愣地望着透明帘帐上映着的黄光,不禁发呆。

这是哪儿……

温贵妃瘫坐在床榻边,颤着声抬起头,顿时惊起,大声叫喊起来。

"太医?太医呢!子昂醒了,子昂醒了——"

就在这一刻,她差点有些分不清自己是因为对儿子的疼惜爱意而落泪,还是因为自己合计了多年的心血差点在这一刻付之东流而愤恨。

"母妃……我……我没事。"

周寻云动了动眉,只觉得眉心传来撕裂般的阵痛。

"我……怎么了……"

"你落下马,摔在一大块碎石上,昏了好些天才醒来!"温贵妃哽咽着,眼中却充满恨意。

"你怎么这么糊涂,我不是说过了,让你远离周宸川!你怎么还不听话!"

"三哥?"

周寻云下意识吐出这个称谓，但若是细想，便觉得脑中千百只细虫啃噬似的，疼入心肺。

温贵妃先是一怔，随后反应更是剧烈了，她猛地一退，霎时打碎了一盏紫翠琉璃灯，碎片散了一地，屋中骤黯。

"谁是你三哥！我是你的母妃，你没有其他兄弟，你只有母妃！"

偌大的静室之中，被摔碎的琉璃灯火闪烁，明明灭灭，如同周寻云逐渐暗淡下去的一颗心。

说话间，一个婢女忽然破门而入，跌跌撞撞地跑进来："娘娘，娘娘！三殿下在宫外跪着呢……"

察觉到周寻云眼中一瞬绽出的光，温贵妃心中一紧，俯身坐到床边，微翘的眼角泛出盈盈泪光。

"子昂，你年纪小，不懂这些道理，周宸川整日游手好闲，顽劣不堪，若是大顺江山交到他手里，那才是害苦了黎民百姓。"说着，温贵妃又是一声叹气，小指轻轻拭去眼角泪花，"他的伴读若不是得了他的应允，怎么会误伤到你，你当时又没带个侍卫，还好你福大命大，不然母妃可怎么办……"

"母妃莫要伤心，都是我太过大意罢了！"周寻云哪里见过温贵妃这般柔弱的样子，急忙安慰她，"你让三哥……不是，你让三皇兄回去吧，就说我谁也不想见！"

"这才是娘的好孩子。"

温贵妃欣慰一笑，侧过头，很快又恢复往日那种冷厉的姿态，指示下人将周宸川打发走，又差人去御书房向皇上告上一状。

周寻云望着天花板，眼神涣散，不愿再细想深究母妃话中的真真假假，他静静躺下。

那日驱马飞射的场景似乎已是许久以前的回忆，他记不清细节，却仍记得桃花海下，两个少年无比真诚的笑意。

阖上眸，是鲜衣怒马，悄然藏着两个永远停在桃林间的少年。

这场梦后，他依旧会是他的对手。

毕竟，今日如此，明日如此，往后亦如此。